INK

文學叢書

240

美人捲珠簾

林佛兒◎著

目錄

附錄

〔序〕

林佛兒的推理文學軌跡

傅博

如何爲台灣推理小說創作史定位是一件難題。日治初期，在台灣的日本人模仿當時在日本國內流行的「偵探實話」等犯罪讀物，零零碎碎地在台灣發行的報紙、雜誌發表這類讀物，之後也有幾位台灣人發表似是而非的推理小說。這些都不具全推理小說要件，不能稱爲推理小說。

但是，近年有些年輕人，不具正確的推理小說觀與歷史觀，卻大談特談台灣推理小說史，認定台灣推理小說元年爲一八九八年。這是錯誤的。上述這些讀物頂多只能稱爲「台灣推理小說前史期」的讀物，只具供與研究日治時期的大眾文化的人士當作參考資料的價值而已。不必把狗屎當作黃金，欲來豐富台灣推理園地。

第二次大戰結束前後，始有兩位作家相繼發表具有推理小說要件的作品。第一位是林熊生（日人，台大醫學教授，又是民俗學者金關丈夫的筆名），於一九四一年八月至十二月，在《台灣警察時報》分五回連載的《船中的殺人》（一九四三年十月出版單行本）。之後，一九四三年八月起，在《台灣公論》陸續發表「曹老人探索」系列作品七篇，然後分爲三輯出版（一九四五年一月至四七年一月）。

第二位是葉步月（本名葉炳輝，醫生）於一九四六年以日文出版《白晝的殺人》。之後，就沒有後繼的作家出現，只呈曇花一現現象，對後世並沒發揮任何影響力。

事必有其因。一九四五年八月日本投降，十月中國國民黨政權派陳儀接管台灣，翌年禁止台灣人使用日文，剝奪台灣人發表自己的思想和感情的機會。繼之，四七年的二二八事件，陳儀大屠殺台灣知識份子，欲奴化台灣人。這種恐怖政策下，人人恐慌，有誰敢以文字表達己見。於是文學一時死亡。

一九四九年十二月，大陸全土赤化，中國國民黨政權逃亡台灣。台灣變成他們的「反攻復國」基地，由此他們首先提倡「反共文藝」，要求文藝爲政治服務，非反共文藝作品，一律加以干涉、抵制，之後的四分之一世紀，文藝作品清一色是反共，推理小說沒有生存餘地。這段期間，海外的人文書籍也被禁止翻譯出版。

一九七七年，鄉土文學論戰發生，是非反共文藝與反共文藝之爭，一時鬧得轟轟烈烈，結果胡秋原把鄉土文學與反共文藝都歸納爲「民族文藝」而收場。之後，統治者的文藝政策稍爲放寬，海外的文藝作品開始進入台灣市場。

這年，由林佛兒創辦不久的林白出版社，在台灣首次推出日本推理小說，松本清張之《零的焦點》，長年被封閉在反共文藝醬缸的讀者，發現另一個新世界——沒有口號、非教條主義的自由文藝。從純文學、遠景、爾雅、洪範等幾家文藝出版社獲得讀者支持，引起非反共文藝的第一次熱潮現象，可證明當時讀書人的需要。

林白出版《零的焦點》之後，陸續出版松本清張選集二十多集，可見推理小說在台灣是有市場的，眼光銳利的林佛兒老闆，當然不會放棄機會，於一九八〇年創刊「推理小說系列」叢書。「推理小說」這個文學術語是林白這時候從日本輸入的舶來語。

這段時期，正值上述的台灣文藝熱潮期，沒有出版社注意到推理小說在台灣有市場，於是一九八四年十一月，林佛兒創刊了《推理》雜誌，大力推行推理小說。獨霸台灣推理小說市場。到了八〇年代後半期，雖然有幾家出版社，如希代、皇冠、志文、星光等紛紛參入推理小說市場，呈現台灣第一次日本推理小說熱潮。因此，生產過剩、品質不齊，不到幾年即退潮。雖然如此，「推理小說系列」與《推理》仍然繼續發行。

話說林佛兒創刊《推理》之後，稿源須依靠海外推理小說，以日本爲主、歐美爲副。因爲當時除了林佛兒曾經嘗試過撰寫推理小說之外，還沒有人創作過推理小說。《推理》除了刊載海外推理小說之外，積極鼓勵國人的創作，經常刊載一些未成熟的創作，並且從一九八八年起每年舉辦「林佛兒推理小說獎」一次，至九一年共辦四次，培養出一批年輕作者，如思婷、葉桑、余心樂、藍霄等，其功勞不可忽視。而林佛兒本身也加入創作陣營，一時呈現推理創作熱，讓讀者看好本土推理小說前景。

但是，九〇年代初期，林佛兒移民加拿大，繼之林白內部的風風雨雨，「推理小說系列」停刊，《推理》由林佛兒獨撐。之後其內容漸漸變質，爲了迎合好色的讀者，刊載與推理小說毫無關係的官能小說，而他本人過度熱中政治，做出部份篇幅爲政治服務的愚事，引起部份忠實的推理小說迷之不滿，《推理》由此漸漸走入末路，終於二〇〇八年四月休刊，結束了二十四年歷史。悲哉！

雖然如此，三十年來，林佛兒對台灣推理小說之發展，其貢獻不能忽視。本文不作定論，讓後世的專家去定位。但林佛兒是台灣人用華文創作推理小說，尤其長篇小說，是第一人，殆無疑義。

林佛兒於一九四一年出生，台南縣人。撰寫推理小說之前寫過詩、散文、小說，這些文類分別結集成書，如《芒果園》（詩集）、《南方果樹園》（散文集）、《北回歸線》（長篇小說）等十一部。

林佛兒熱中推理小說創作的期間不長，僅僅四年（一九八〇至八三年），有兩短篇兩長篇。處女推理短篇〈東澳之鷹〉是寫一對不尋常的陳姓夫婦的悲劇。主角冬貴是一個平凡的某機關職員，其妻子慕蘭在某貿易公司當老闆秘書，晚上時常跟著老闆忙於交際應酬。國慶日那天冬貴參加遊行時，慕蘭搭乘公司包租的遊覽車，在蘇花公路途中東澳被謀殺。是一篇不在犯罪現場證明型本格推理小說。

第二短篇《人猿之死》是寫台北華西街一家專賣補腎丸藥舖的一隻招牌猩猩被殺，當天晚上老闆娘在外面打牌沒回家，引起老闆的誤會，故事意外展開。

處女推理長篇《島嶼謀殺案》是寫馬來西亞僑生白里安在台灣的大學畢業後，利用華僑的身份跑單幫，經常來往香港、台灣。他在台灣認識李卻後，與之結婚，婚後發覺李卻有吸食迷幻藥習慣，他爲了戒除她的惡習慣，帶她回去檳榔嶼，返台途中兩人到香港觀光，並與李卻的英文老師周清紅晤面。他發覺她們師生兩人的曖昧關係，深夜白里安造訪周清紅，而發生肉體關係。他們回到台北半年後，白里安在香港時，李卻被謀殺。凶手是誰？

綜觀以上三篇，故事不複雜，都是描寫因家庭糾紛而引起的悲劇。林佛兒除了謎團設計之外，專心刻劃男女主角不尋常的生活環境與心理感受，這與他之非推理小說的主題相同。其細膩的筆調與早年寫詩與散文有關，他以散文家的眼光去觀光，描寫人、事、物，以詩人的感情敘述故事。其推理小說可說屬於風俗派推理。

本書《美人捲珠簾》是四篇中最長的一篇，故事比較複雜，兩件殺人事件同時發生在台灣與韓國，被害者是父與子。兩案件之外另有案中案，使整個故事撲朔迷離。

葉青森三十六歲，幾年前與日人阿部一郎合股，專營台灣土產與成衣的出口，每兩個月出差日本一趟，出差時必先過境韓國兩三天，因此，兩年前認識了餐廳股東又是歌手的朴仁淑。

葉青森幾年前與李玲結婚，生下一男一女，母親已去世，現在與未滿六十歲的父親葉丹青住在天母的大宅院，是典型的小資產階級。

悲劇發生在葉青森到日本出差的第四天，李玲送子女到幼稚園後，去跳有氧舞蹈，十二點不到回家，發現葉丹青被殺陳屍於寢室。去日本出差的葉青森也失蹤，幾天後在韓國仁川新生港發現其屍體，父、子同時被殺意味什麼？又葉丹青生前常去的老人茶店的茶孃，幾乎同時期被殺，案件是否與葉家殺人事件有關？

本書於一九八七年五月由林白出版社出版，筆者曾經以島崎博名義，寫了一篇序〈談林佛兒的推理作品〉。事隔二十餘年，要重新出版，要筆者重新寫序。這次除了四篇作品的簡介外，介紹三十年來林佛兒的推理文學軌跡，其功罪讓讀者論斷，不作結論。

最後，呼籲停筆（推理小說）三十餘年的林佛兒，早日歸隊，爲明日的本土推理小說開創新園地。（敬稱略）

二〇〇九年八月七日

〔代序〕
我的推理小說之路

林佛兒

關於推理小說，我從一個閱讀者、出版者到創作者，有一條漫長的心路歷程。當然，我驚歎於愛倫坡的〈莫洛街血案〉，他所創小說，除了愛情與冒險的敘述外，還另有一種形式，連接一個命案又一個命案的偵探與推理，設計了一個詭局，起造了一間密室，然後從邏輯著手，作者與讀者進行一場思維的鬥智與解碼，在懸疑與狡詐中，解開串連起來一個一個的結。我認爲所謂本格派的密室追跡，爲解謎而解謎，是一種枯燥而冷酷的遊戲，較爲乏味。愛倫坡如此，江戶川亂步亦然。一個是美國甚至世界的偵探小說之父，一個是日本探偵小說之父；〈莫洛街血案〉、〈二枚銅貨〉，若論其作品開創性和形式，我自然尊敬，但卻乏人性和社會性，其可讀性的動力與感動，即減分不少。

在日本，從本格派跳脫出來的社會派，在六〇年代，由松本清張開創並發皇，《點與線》、《零的焦點》飆起滔天巨浪，使日本推理小說界進入一個新的里程碑。松本氏當年光是版稅，每年收入超過一億新台幣，凡十年以上。松本清張僅小學畢業，卻得過芥川獎——日本最高榮譽的文學獎。他在大眾文學——推理小說的範疇裡，也佔有極高地位。晚年在沒有放棄推理創作的情形下，又一頭投入考古行列，不出數年，即成爲專業歷史考古學家。

一九六九年，我在譯稿上第一次看松本清張的作品《零的焦點》，便陷入廢寢忘食地步。我自己沉迷，讚歎，而後並把松本清張重要作品近三十部，由林白出版社翻譯出版推薦給台灣讀者。除此之外，我並創辦《推理雜誌》月刊，自任主編，以松本氏社會派爲重點，介紹給台灣及海外華人讀者。鑒於台灣推理小說的創作，作者少，分量輕，到後來自己跳入寫作推理小說，松本氏的社會派風格影響我很深，他筆觸的文學況味亦是一絕。台灣許多名作家的所謂純文學作品，不客氣地說，論文學性尚難望其項背。

一九六八年，我二十七歲創辦林白出版社之前，已出版了詩集、散文集、短篇小說集共七本。出版社包括皇冠、水牛及台灣商務印書館等，後來我自己搞出版，業務繁雜，才知道出版是一門艱苦的工作，從工友幹到社長，日以繼夜，做的都是繁瑣與粗重的配銷工作，編輯又煩心，哪有閒暇從事寫作！因而二十多年來，除了長篇小說《北回歸線》、詩集《台灣的心》、散文集《尋找香格里拉》外，推理小說只完成了二個短篇〈東澳之鷹〉、〈人猿之死〉，推理長篇《島嶼謀殺案》、《美人捲珠簾》，數量嫌少，在小說藝術及懸疑推理裡所設的詭計、祕局，均有待加強。所有小說類型中，唯推理小說最難寫，不論密室推理或社會推理，要做到無懈可擊，簡直不可能，能做到百密一疏，已經達到很高境界，就如台灣俗語說：「鴨蛋卡密亦有縫」。我的推理小說創作，既然是走社會派路線，就要強調社會正義，手段就不止要隱惡揚善，在那個只能報喜不能報憂的年代，政權欺壓弱勢，特權當道，黑暗角落裡的那群人、那些事件，通常被忽視被壓抑，因而富者愈富，貧者愈貧，這就是一個社會建立在極端不公平下的不幸後果。因此，我寫的推理小說，起因和結果，不需要錦上添花，就是要利用主題和故事，揭發社會黑暗的一面，把人性醜陋的隱藏的部分，也揭露出來，讓社會儘快達到公道正義的境界，至少，要有一股和黑暗抗衡的光明力量。

其實，推理小說與一般小說無分軒輊，一樣可以寫愛情、親情、友情，推理作家的文學素養如果高超，其推理小說的文學性和可讀性，會超越名作家的文學作品，例子不少。推理作家甚至必須有更廣泛涉獵，諸如醫學、哲學、心理學，以及邏輯學。日本推理小說社會派作家，如松本清張，其作品被拍成電影無數，早期在台灣金馬獎觀摩電影的《砂之器》、《天城山奇案》，都是藝術片。如果抽離推理成分，仍然具備了純文學的醇度和條件。

推理小說的要素，無非是：一、什麼人；二、在什麼時間；三、在什麼地方；四、有人被殺了。有了這幾條主軸，利用故事的演變，人物的穿插，場景的安排，再暗槓幾個詭局。於是接著就是作者與讀者鬥智和邏輯推理的開始。我的四種推理作品，當然朝著這個範疇在進行，功力如何，不敢自謬。有幾個主題可略爲指出。其中二個短篇，〈人猿之死〉背景發生在華西街，華西街賣藥郎中的叫賣聲，男主角以猩猩人形坐鎮模樣，以及觀眾諸種嘴臉與形象，環境髒亂，人聲沸騰，幾乎寫活了當時華西街景象。〈東澳之鷹〉，背景在東部東澳，當時那麼偏僻的村莊發生了命案，東澳的自然生態、小民動靜，及弦月形海灣與山村美景，盡入故事中，也是作者著力的重點。首篇長篇推理《島嶼謀殺案》，背景拉到國外的香港、馬來西亞檳榔嶼，寫一個馬來西亞華僑，和一個吸毒女人不忠的故事，結局在九龍尖沙咀天星碼頭收尾，無名屍被認出的因素，是從死者長褲褲頭上以毛筆寫著「台灣人楊吉欣」六個字，這是破案關鍵。這部作品首刊於一九八二年《美洲中國時報》，被主編周浩正稱「台灣推理小說第一人」，當時身爲台灣人的我，台灣意識已經強烈地萌芽，所以以「台灣人楊吉欣」做結局，不是無心插柳，而是要伸張愛台灣之必要的特別植栽。再者，天星碼頭的場景，當時寫得栩栩如生，歷史的變遷，如今天星碼頭已不復存在，這是文學的喟歎。

《美人捲珠簾》更把背景拉到韓國漢城（今首爾）及仁川，女主角之一是韓國人。這個故事除了男女情慾恩怨、糾葛纏綿外，也帶出比較台灣與韓國的國情與國力。二十五年前的韓國，不管工業基礎、體育水平，以及國民所得，都遠落在台灣之後，可是韓國人的愛國心和志氣，那種不服輸的強悍精神，卻是台灣人所欠缺的。當時台北市中華商場樓頂上的霓虹燈廣告，清一色日本品牌，然而在韓國卻看不到一面日本的市招。當時台灣國民黨政府爲汽車這個所謂「民族工業」保護裕隆已二十年，韓國現代汽車的小馬（PONY）才在起步，但所有的韓國人都用國產車。二十五年後的今天，韓國「現代」已是世界第七大的汽車製造廠，還有「起亞」及「雙龍」等大廠。而台灣的裕隆，仍然在裝配階段，用裕隆日產和中華三菱的名號在裝配賺台灣人的錢。二十多年前，有消費者質疑裕隆的能力和技術，經濟部工業局局長韋永寧公開挺裕隆，說，我們不是沒有能力自製引擎，而是自製比進口日貨昂貴，用「保護民族工業」之名，剝削消費者幾十年，政府竟然執行這種政策！這樣的國家怎麼強得起來！這是我在小說中對台韓的經濟策略、人民骨氣與民心向背的比較。二十一世紀的今天，百姓的憂慮不幸成眞，台灣各行各業已被韓國遠遠地拋在後面。這也是《美人捲珠簾》小說中錯綜敘述，情殺和推理之外的憂心之處。

景翔曾爲文說我的觀察能力，一趟國外旅行便把該地風情寫得活靈活現。其實不然，以《美人捲珠簾》的韓國背景，有漢城及仁川，仁川並不是觀光客去的地方，尤其山坡上的華僑中學。一九八〇年，我是台北市南門獅子會會長，與仁川及濟洲島二個獅子會結盟爲姊妹會，來往頻繁，當時韓國尚未開放觀光簽證，國民所得也比台灣低很多，我每次到韓國姊妹會受到很高禮遇。我為了寫《美人捲珠簾》，便把要設定的場景，請姊妹會會長實地帶我去觀察並作筆記，光是仁川一地，我一年內去了三次。漢城當時尚在戒嚴，夜間十點後便宵禁。小說中在十點前一刻大家搶計程車共乘回家的緊張場面，便是反映當時社會現象。沒有深入體會，這種用文字把熟絡的場景寫活，尤其是異國，實在不容易做到。帶讀者隨故事旅遊各地，使其有身歷其境感受，是社會派推理作家的重要象徵。

我的推理小說中，這方面特別用心，也有詭局的設計，過程懸疑；也有解謎，這方面的成績，我盡了力，當然也有侷限。但是我寫推理小說，除了應有的要素外，達到可讀性高，使推理小說有更多方面的趣味和感動，我相信讀者不會失望。我創辦了《推理雜誌》月刊，經過二十四年的努力和推廣，為鼓吹台灣作家出來寫推理小說，《推理雜誌》在早期也辦過四屆的「林佛兒推理小說獎」，得獎作品也出了單行本。由於應徵者少，不得不停辦。《中國時報》人間副刊，十多年前也辦過一屆，當時我做決審委員，看到參賽者並不踴躍，成績也不理想，心頭暗叫不妙，果然，《中國時報》次年便停辦了。

一九九八年，中國天津百花文藝出版社與我簽約，要出版我的三本長篇小說，除了推理《美人捲珠簾》、《島嶼謀殺案》，還有《北回歸線》。先出版了《美人捲珠簾》與《北回歸線》後，發現封面上印著「我國台灣著名作家林佛兒」，擅自加上「我國」二字，我頗為不爽，抗議無效，就不把《島嶼謀殺案》交其出版。上述二書在中國再版多次，出版社一直通知去領版稅二萬多人民幣，因為不爽，直到二〇〇五年，赴天津參加華人盃羽球賽，才順便領取。《美人捲珠簾》在中國出版，經中科院研究員胡小偉推薦得到二〇〇一年中國第二屆長篇偵探小說大獎，我沒有出席領獎。獎狀及獎牌，直到二〇〇五年主辦單位託人帶到台灣，請遠流出版社社長王榮文轉交。我對這個獎一直不掛在心裡，反而常常自諷：「也好，二〇〇一年這個獎，總算打敗十三億中國人。」

這幾年來，由於網路寫作發達，推理小說逐漸出現佳績，有一些人才可以期待。在我退休後，有了更多的時間蒐集和整理資料，我將再投入長篇推理小說的創作，爲台灣的推理小說發展略盡綿薄，也一圓我人生的大夢。

發表於二〇〇八年四月《文訊》二七〇期

美人捲珠簾，深坐顰蛾眉；
但見淚痕濕，不知心恨誰。

——李白〈怨情〉

第一章　最後的床戲

微曦中，她褪下了衣衫
光裸相對的時候
有淙淙水聲，輕輕溢出
而塵封的祕密騷然

1

睡眼朦朧間，似夢非夢，葉青森一直感覺有一隻巨大的手臂在撥動他，使他被壓迫的身軀輕輕地飄浮起來，逐漸地，他又覺得光裸的身軀上像有一條濕冷的蛇在上下地滑動著，有點悚然，他正要驚叫時，低低的呢喃像遙遠的濤聲，細碎地在他身畔響起，有一種氣味，若濃郁的香水味，直撲他的嗅覺裡。他翻動了眼皮，睜睜合合兩次，終於醒了過來。

他發現太太李玲正赤裸地斜躺著身體，一隻大腿壓在他下部上，用曖昧的笑容盯著他，在他面前吐氣如蘭。

「哇噻！妳又來了。」葉青森無奈地說，邊看著窗外透進來的一層魚肚白，問：「現在幾點鐘了？」

「五點半，天都快亮了，嗯……」李玲撒嬌著，把臉埋在他的胸口上，輕輕地吻他。

「唉喲！我昨晚回來已經凌晨了，睡不到幾個小時妳就把我吵醒了，眞是的。」

「人家要嘛……人家……」李玲鶯聲燕語，狀極嫵媚，她呢呢喃喃地一翻身，壓到葉青森的身體上面。豐滿的肉體又微滾著火燙，軟若無骨。輕柔的摩擦，使他的毛細孔脹大。

葉青森有點酥麻，他開始感到她的威力，他一直想不通一個在正常起居生活裡，看起來規規矩矩、良良純純的好女人，在床上會有另外一種天壤之別的表現；唯他妻子最使他不可置信。但是，每次、每次的房事床戲，就使他對所謂人不可貌相的說法深信不疑。

「阿森，我要嘛……」

「阿玲啊！我今天要到日本出差呢，妳給我留點精力，好不好？」

「哼！就是你又要出國了，我才要把你吸乾，免得你到外頭作怪搞鬼……」

李玲說罷，身體便在他身上搖擺起來，她的嘴在他臉上猛親著，一會兒用她的舌頭去舔他，一會兒去搔他耳根。

葉青森被她搞得奇癢無比，忍不住的呵呵大笑起來，滿床亂顫。

「阿森……你不要亂動嘛！讓我來伺候你，讓你舒服……」

這時，葉青森的腦海裡快速地映出了一個女人的影像，清晰無比，她紅潤的臉龐正含情脈脈地看著他──那是生活在另外一個國度的女子。

然而，儘管這個女子在葉青森的心目中有多大威力和分量，也敵不過就在身邊喃喃細語妻子的魅力，她又嚷又叫，如醉如訴，一下子就把葉青森的男性動力發動了。

葉青森不再言語，他緊緊地把她摟抱著，讓他倆的身體之間沒有空隙。然後，上下擺動摩擦著，進入一種原始的野性世界。

「阿森──眞好……」李玲狀極痛苦，呻吟著。葉青森緊閉眼眉，拚命地向上撐，緊硬得像鋼筋……

露著微弱天光的窗外，有微微的風吹在九重葛上，帶刺的紅色花朵，紛紛飄落，有輕輕的咳嗽聲，好像從薄霧的院子中，間歇地傳來。

三十六歲的葉青森是台灣佳里貿易公司的總經理，他的公司專營土產及成衣的出口生意，由於他的合夥夥伴是一個日本人，因此日本方面的生意來往，占了公司營業額相當高的比率。所以出差日本的機會就特別多，大概每兩個月就要到日本去一次。公司業務由於不倚重美國，故受景氣影響不大。擁有二十多名員工的佳里公司業績不錯，一九八三年的利潤分紅，葉青森一個人就分到了三百萬之多。

葉青森畢業於國內著名大學的外文系，離開學校後，從事了幾年的祕書工作，他爲人機智聰明，加上肯吸收上進，數年後就出來自組公司。前幾年業務平平，直到一九八〇年認識一個有生意往來的日本採購員阿部一郎，合組佳里貿易有限公司，生意就像拋物線一樣，直往上拋升，至今未見下墜的跡象。

他是台灣一九八〇年代一個中小企業的典型。

葉青森的父親葉丹青，六十歲不到，他出生於桃園縣的大溪，日據時代高等科畢業後，就到台北來闖天下，初在辯護士事務所任級仕仔（工友）。台灣光復後，他與台北人莊氏結婚，次年生下了獨子葉青森，也就是在那個時候，他開始從事代書工作。三十幾年來，葉丹青可說事業一帆風順，由於他的代書業務，使他接觸到點石成金的土地投機環境，因而賺了不少錢。如果說他有遺憾，便是他年輕的時候即喪妻，膝下僅有葉青森獨子一人，他沒有女兒，一個偌大的家，顯得落寞些。

葉青森在父親逼迫下，於十年前結婚，妻子李玲，是他大學同學的妹妹，也是大學畢業，長相出色，身材高䠷。父親覺得有些不習慣的是她外省籍，自小在眷村長大，不太會講台灣話。

這些年，葉青森的事業也算滿順利的，他的妻子李玲先後替他生下一男一女，一起住在天母一處大宅院裡，別墅平房，外牆用石塊砌起，建坪七十餘坪，土地近二百坪。葉丹青由於擁有若干房地產，又喜歡種花蒔草，五十歲不到便退休離開代書工作。因此天母的家，無論前庭或後院，都種滿了花花草草，尤其院子左側的玻璃房子，或掛或置滿了各種蘭花，滿室飄香。

葉家是一個美滿的三代同堂的「小」家庭。

2

今天早上，葉青森和妻子李玲行過房事後，又迷迷糊糊地睡著了。不知道過了多久，兩個小兒女，七歲的兒子小傑和五歲的女兒小婷，要到幼稚園之前，來把他吵醒了。又親又嚷，說爸爸要到日本出差，男孩要買機器人，女孩要洋娃娃。葉青森被他們的天眞和笑聲吵得整個醒過來，他坐起把他倆抱過來，壓在床鋪上嬉鬧，直到他們討饒後才放手。他也氣喘如牛地笑著，抬起臉，他看到妻子正站在門邊，似笑非笑地看著他，很奇怪和怪異的表情，等視線與他接觸後她便離開了。

孩子上學後，他又睡了一陣，因爲今天他要去日本出差，不用到公司上班。飛機是十二點的班次，十點半出發還來得及。

九點鐘他的妻子叫他起床，等他在廁所看完報紙梳洗完畢時，李玲已在餐桌上等他吃早點。

他坐下，喝了一口稀飯，忽然覺得怪怪的，抬頭看他太太一眼，發現在對面的李玲，在餐桌上原本都穿著睡衣的，現在卻一身整整齊齊的外出服，脖子上還圍著一條領巾。

「咦，妳今天幹什麼，穿得整整齊齊的？」他有點困惑地問。

「嗯，今天我要送你去機場……」太太溫柔地說。

「幹，天要落紅雨了。」葉青森突然間冒出了一句台灣話。

李玲已聽得懂他這句台灣話的口頭禪，便微笑地質問著：「怎麼？每次出差，還不都是你不讓我送的，怕我開高速公路，怕我這、怕我那……對不對？」

「我要公司小陳來送就好了。」

「小陳剛剛打電話來，我謝絕他了。反正，今天就是我送你。」

「好，也好。」葉青森覺得妻子很體貼，一股暖流從心田流過。

這時，葉父走進餐室，顯然他正從花園回來，手上還戴著麻布手套，另一手拿著剪枝的鐵剪。葉父瘦瘦的身材，顯得很清癯，頭髮微禿，兩眼卻炯炯有神。

「今天，又要到日本嗎？」他問著兒子，冷峻中帶著關懷。

「是，爸爸，這次到東京，要專程到京都兩天，去看他們的西鄉織。」

「這回要去多久呢？」

「大概十天……」

「哦，」父親沉吟了一下，看一眼他的媳婦。「妳要送他到機場嗎？」

「是，爸。」

「開車要小心啊！」

「是，爸。」

他還想說些什麼，沉吟了一下，最後還是沒開口，擺擺手走開了。

出門的時候，十點鐘左右，天下著雨，太陽躲在雲層裡，院子裡的花草濕漉地顯出一片蒼翠。牆腳一片初開紅色和白色的杜鵑花，耀眼得讓人心曠神怡。葉青森本來不太喜歡杜鵑，空有美名，在它沒有到春天開花的時節，杜鵑粗壯的枝椏和平凡的葉子，實在沒有什麼美感，但是父親卻說：「杜鵑花最能代表台灣了，台灣人應該『崇拜』杜鵑花才對。」他一直搞不清楚父親這種說法的根據，父親做了大半生的日本人，受日本教育，有很深的日本情結，他說台灣如果要有國花，應是杜鵑，而不是梅花。經由父親的灌輸後，他是逐漸喜歡杜鵑了。就像現在，他要離開家門的時候，這一叢叢的雨中杜鵑，給他從未有過的感動。

父親戴著斗笠在院中巡視，看到兒子媳婦倆要出門，兒子祇穿一件西裝，便說道：

「現在初春，東京還在下雪呢！不穿大衣夠暖嗎？」

「我有給他準備大衣了，收在皮箱裡。」媳婦講得一口蹩腳的台語。

「好，那就好。」

「爸，要不要我幫你帶些什麼東西回來？」兒子孝順地詢問著。

父親經兒子一提，才忽然想起什麼似的，說：「對了，如果有空去神保町，幫我找一本有關菊花栽培的書回來，我最近突然對金線菊有興趣起來。」

「好的。哪，爸爸，我走了。」

「爸，我大概要過中午才回來，小傑和小婷放學回來麻煩你招呼一下，飯菜在廚房，熱一下就可以吃了。」媳婦叮嚀著。

「放心，我知道了。倒是妳開車回來時要小心啊，不要開太快……」

「我知道，爸爸再見！」

父親目送兒子和媳婦把汽車開出去。當他聽到大門闔上、然後又是一陣引擎加速的聲音揚長而去時，他突然有些悵惘。

3

在高速公路上，葉青森一邊開著車，一邊愉快地吹著口哨，雖然天雨，高速公路兩旁的美麗景色都被雨霧遮掩了，他還是心情很好，他一邊看著坐在身邊的太太，她今天穿著一件緊身的牛仔褲，一件蓬鬆的紅色圓領毛衣套在身上，他忽然瞥到太太這身打扮是這樣的年輕。尤其牛仔褲裡，一雙繃得緊緊的豐滿大腿，以及細腰肥臀的。他自己都不相信這是已經有兩個孩子的母親的身材，他不免又多瞧了一眼。

「小心，你幹麼呀？開車看前面啊！」李玲有點嬌嗔地說。

「唉呀！」葉青森嘻皮笑臉地說。「我從來沒發現妳的身材是這麼的漂亮。」

「是呀！過去我身邊躺著的是一截木頭呀！」李玲回諷地說。

「好吧，好吧，等我從日本回來，我要把妳剝得精光，在燈下好好欣賞妳。」

突然有些塵埃吹進李玲眼裡，她把臉別向窗外揉著，並輕輕地罵道：

「不要臉！」

葉青森聽她這一句撒嬌，樂得大笑起來。

「對，我就是不要臉，我是妳丈夫啊！不要臉，不要臉……」

李玲從車窗玻璃看到丈夫的側影一片模糊。雖然結婚十年了，現在卻感到那張臉是那麼地陌生。

她無由地從心底升起一陣無奈與哀愁。

葉青森在韓航很快便辦好了手續，離飛機起飛的時間祇有三十分鐘，他們很快地上到二樓出境處。

由於葉青森經常出國，到國外出差就好像到南部一樣，因此當他要進入關口時，仍然嘻皮笑臉，對李玲摟摟抱抱。

李玲的心情可不一樣，這可能是她第一次送他到機場的緣故，她內心翻騰著，鼓動著一如進入蕭蕭森林裡，聽到風吹樹海的聲音，她無神的眼睛彷彿看到一片樹海在風中翻動著紫浪。她突然感到泫然欲泣，一顆眼淚，盈在她的眼眶裡。

葉青森這時發現到她的神情有異，想想到底還是十年夫妻了深情難免，便調侃地說道：「唉啊！老夫老妻了，又不是沒有出過國，傷心什麼？妳以爲我不回來啦！」

李玲用一條黃色手絹擦掉眼角的淚珠，破涕爲笑地說：

「不准你胡說！」

「好，我很快就回來。」他把妻子拉入懷裡，有一種想親吻她的衝動。可是，到底是東方人，結果他祇在她耳邊輕聲說：「我愛妳！」

李玲沒有表情，推開他。葉青森苦笑著，然後一轉身，便隨著人群走入關內了，彷彿滄海一粟，從李玲的視線中消失了。

第二章　北國與南島

地理不是入侵者
他旁觀，而時間無情
當南北正交叉在一種割裂裡
生命變成宿命

1

二小時後韓航七四七機飛入韓國的領空時，漢城（Seoul，大韓民國首都，中文原為「漢城」，二〇〇五年韓國正式定中文名為「首爾」。）的天氣卻出奇的晴朗，萬里無雲，機翼下的海岸拍浪，還有幾個小島嶼，覆蓋著一層層的雪絮，充滿童話般的幻境，在陽光下閃耀。以前夏秋的季節，當北國尚未飄雪的時候，從漢城上空俯瞰街廓，那些一、二層樓的民房，屋頂都蓋著藍色、靛色或紅色的磚瓦，色彩強烈，井然有序。比起台北盆地盒子般的四層公寓，灰沉沉的一片，景觀眞是不能同日而語。

漢城，在航線上，祇是葉青森到日本的中途站，以前他買韓航機票，除了貪圖便宜外，便是免簽證，可在漢城停留個三天二夜，遊覽漢城近郊的風光。用很少的代價在漢城度假，以潤滑他在台北緊張的工作壓力。

記得有一次，想到這一次，葉青森的臉上便自然地泛起一抹微笑來。兩年前，那是他到漢城來的第二天，自己一個人在漢城最熱鬧的市中心明洞遊蕩了一個下午，看到形形色色的韓國青年男女奇裝異服，喧囂放肆，在街上恣情作樂，也有穿著軍服的阿兵哥，以及高頭大馬雄糾糾的警察騎著摩托車，從街頭呼嘯而過。

明洞的街頭，熱鬧與人潮，奇形怪狀，不下於台北的西門町。祇是漢城距離三十八度線，只有幾十公里遠，虎視眈眈的北韓軍隊，隨時可以闖進來，韓國是在交戰狀態。可是，漢城卻一點也沒有烽火味，如果看到入夜以後的各種夜總會，那種狂歡的情形，一定不敢想像這是戰時韓國的面貌。

當葉青森走倦了，也覺得肚子餓了的時候，他抬頭一望，看到對面街角有一間韓國料理店，並用中文字寫著「山水亭」。

他覺得這個名字很有中國味道，便跨步過去。「山水亭」門廳前有一塊庭景，裝飾著竹子及假山，噴水從長著青苔的石隙裡汩汩而出，水聲淙淙地流落內階的一池潭水裡。漂著浮萍的水池裡，還有金鯉魚悠游穿梭。是一家頗有格調的韓食館。

葉青森在門前被這匠心獨運的景觀吸引了一下，便在自動門開了後跨步進去。

館內有點黑暗，所有的燈光都是聚光燈，投射在每張桌面上。由於是下午三時左右，用餐的客人並不多，一個穿著韓國傳統服裝的女服務生過來引他入座。

站著的服務生低頭用韓語親切的問他要點什麼?葉青森聽不懂朝鮮話，他卻注意到這個韓國小姐淡淡的化粧，面色紅潤，嘴唇一抹紅色的口紅，像櫻桃般的可人。而低垂的粉頸，白得像雪一樣，他被她的美深深吸引住了。

「對不起，」他用英語說。「請妳給我菜單好了，我不會講韓語。」

小姐首先怔了一下，把胸前的菜單遞給葉青森，然後用生澀的日語問道：

「先生，你是日本人嗎?」

倒不是葉青森有大男人主義，而是每當他在國外一碰到白種人，交談起來開口便問：「你是日本人嗎?」他就很生氣。現在他又碰到這種情況，所不同的是，問話的是一個嬌滴滴的女人。

「哦，不!我是台灣人。」

「咦，台灣人?」

「是，我是台灣來的，台灣——」

「哦，是嗎？」她恍然大悟地用日語說，接下來卻令他嚇了一跳，突然冒出一句中國話：「你好嗎？」

葉青森呵呵地笑起來，想不到這女人竟然會說中國話。

「好啊，好啊，妳的中國話講得很標準，哪兒學來的呀？」

「我的家住在仁川，山上有一所華僑中學，鄰居都是華僑，所以學了一點。」

怪了！葉青森幾乎要大叫起來，他以爲她衹會「你好嗎」、「謝謝你」、「我愛你」、「再見」這些簡單常用的詞彙，想不到她不但聽懂了他所說的話，還回他一串長長的中國話。雖然有些山東腔，卻還是講得清清楚楚的。

葉青森更樂不可支，笑得心花怒放。

「太好了，太好了，他鄉遇故知，給我一客韓國烤肉好啦！」

「謝謝！乾散韓密達……」

她也是微笑著，收回菜單時，頻頻以七十度的鞠躬敬禮退場。

葉青森打從心底樂起來，他到國外這麼多次，從來沒碰到一個外國人聽得懂他的中國話，都是要用很菜的英文和日文跟人溝通，想起來就火大。現在這個女人終於聽得懂他的話了，他不免對這家店感到親切起來。

用餐的時候，他一直瀏覽著餐廳內部的裝潢，尤其四周的牆壁，全都掛了一些字畫，漢字的書法特別多，不但書法寫得蒼挺有力，而且都出自中國唐朝的詩句：像王維的「返景入深林，復照青苔上」、像杜甫的「國破山河在，城春草木深」等，其中在葉青森左側的牆上，橫匾上寫了兩個大字「無垢」，署名石林，無垢是多麼高的境界，通常一些文人雅士寫無字，不是無限、無窮，就是無極等，誇大、虛張聲勢。沒有想到山水亭的主人會請人寫個「無垢」二字，這是多麼清高的靈性。無垢下面還有一單聯，用隸書寫著「美人捲珠簾」，深深地吸引著葉青森。這些富有中國傳統和美好的東西，竟然出現在外國的一間飲食店裡，簡直不可思議。

他用餐用到一半的時候，正當他神馳於中國古老優雅的詩情畫意裡，那個臉部有很深輪廓、鼻梁挺直的女侍又笑著走到他面前鞠躬地問道：

「菜好吃嗎？」簡短一句，聲音卻像風鈴般地清脆悅耳。

「不錯，不過跟在台北吃的韓國烤肉不一樣。樣式不一樣，口味也是這裡甜一點，不過，眞的還不錯……」葉青森覺得既然她聽得懂中國話，他就像演講似的，大發議論了。

「謝謝！」她又是一鞠躬，然後一綹秀髮掉下來，遮住半邊紅潤的笑靨，顯得更朦朧迷人，她用左手輕輕地撥開太陽穴的髮絲，那動作溫柔極了，又充滿了一種不可抗拒的魅力。

葉青森覺得內心一直很興奮，好像血液的循環加快起來。

「還要些什麼嗎？」她輕輕地問道。

「謝謝！」他有些急促地說：「菜很好，吃得很飽，而且你們店裡的裝潢很有中國味道，在台灣也很難有這樣境界的菜館呢！」

「謝謝誇獎，都是我們老闆自己設計的。」

「你們老闆是中國人嗎？」

「哦，不是啦！」她很明朗地笑開了，那笑容，恍若一朵旭日初升時綻開的向日葵。「我們老闆當然是韓國人。」

「眞不簡單呢！」葉青森邊說邊巡視牆上的字畫。「那，這些中國字呢？」

「書法是我老闆的朋友寫的。署名石——林——」她這兩個字講得有些吃力，同時用手指著牆上的字，她鬆寬的綢袖退到了手臂的地方，露出了一隻圓潤白皙的手，像一截光滑的玉石，在聚光燈下熠熠生輝。

葉青森像遭到電擊般，視線停在她的手臂上。

「石林是一個和尚呢！」她也愈說愈高興，好像遇到了一個知音。「他來過我們店裡，我看過他幾次，是七十歲的老和尚，精神還很好，我們老闆說，他年輕的時候，在中國的一座——什麼山修行過呢！」

「哦，難怪這麼精通中國書法，照這樣看來，他的漢學恐怕也不錯的。」葉青森的目光直逼著她，像懸崖上一管灼熱的探照燈。

她慢慢感到他的異狀和企圖，有些不好意思地說：

「這我就不知道了。」

葉青森很喜歡「美人捲珠簾」這句李白詩，便指著字問她道：

「妳知道這幅字——『美人捲珠簾』的意思嗎？」

她搖搖頭，有些遺憾地說：

「不知道！」

也難怪，這女子雖然中國話講得不錯，可是到底還是個外國人，難怪她衹會說，不會認字了。這下子，可樂了葉青森，他剛好在高中時背過〈怨情〉，「美人捲珠簾」便是出自此處，作者是唐朝的李白。他爲了表示中國人學問淵博，便掉起書袋子來了，他清清喉嚨慢慢地說道：

「這是一個中國詩人寫的，生時距今已有一千二百餘年了。全詩四句：『美人捲珠簾，深坐顰蛾眉，但見淚痕濕，不知心恨誰。』意思是說，美人——就像妳，一個好看的女人，捲起門簾，坐了很久，而且眉頭深鎖，淚痕斑斑，又不知道她在想誰、恨誰？涵義很簡單，卻包含了多少的哀怨和悲愁啊，妳說美不美？」

她似懂非懂地笑著，小嘴裡又吐出了清脆的聲音。

「好啊，美啊，好美啊——」嗲嗲的，拖了很長的一陣鼻音。

這時，葉青森忽然站起來，冒昧地問道：

「我很喜歡『美人捲珠簾』那幅字，也喜歡妳，我想在那幅字前和妳拍張照片，好嗎？」說著，他就彎下身，從一只小旅行袋裡掏出一架照相機來。

她聽得懂他的意思，可是有些尷尬，她回頭朝著櫃枱請救兵，跟一個中年婦人談了幾句，就答應了。

「我老闆娘說沒有關係！」她說

祇見那個略顯福態的老闆娘，穿著現代的洋裝，滿臉笑容，施施然地走過來，用日語對葉青森說道：

「先生，你很有眼光，她是我們店裡最漂亮的姑娘，也是股東之一呢，她還是梨花大學的畢業生哩！」

「謝謝老闆娘高抬貴手！」他用簡單的日語回答著，然後把全自動的照相機遞給老闆娘，就和梨花大學的畢業生在桌子和矮牆前，靠得緊緊地，葉青森站在「美人捲珠簾」的聯幅下哈哈大笑，她偏過頭來看他，一撮髮梢正拂過他的臉龐，老闆娘剛好按下了快門。嗄！一陣刺眼的鎂光燈白花花地閃了一下。

照相照完了，可是葉青森覺得站在旁邊的她軟若無骨，稍微碰觸到她的手臂，也像有一股熱浪流傳過來似的。他眞捨不得離開，衹好硬著頭皮唐突地問道：

「請問妳叫什麼名字，可不可以？」

「我！我叫朴仁淑……」她覺得自己說得不甚清楚，有些比手畫腳地。

「請妳寫給我看，同時也給我電話號碼！」他膽子愈來愈大了，說到要電話號碼時，也用手比畫著打電話狀。

這下朴仁淑可猶豫了，跟要走開的老闆娘哇啦一陣後，也跟著走了。

葉青森的心頭像打水似的，七上八下亂噗一通。沒好久朴仁淑又笑盈盈地走過來，從纖長的手指中遞過來一張山水亭商業用名片，有電話號碼，更重要的是朴仁淑用綠色原子筆寫下漢文的名字：朴仁淑。字體有些僵硬和誇張，但這對葉青森來說，可以肯定是她的名字，並且也肯定她並不討厭他。

「乾散韓密達！」葉青森也冒出了一句韓語謝謝。

如獲至寶，他接過名片端詳又端詳，才小心翼翼地收入皮夾裡。同時拿出錢來埋單，算好帳，朴仁淑再鞠躬地送他到門口。

「很難得在貴國碰到會說中國話的人，這是一種緣分，妳知道中國人特別重視緣分嗎？」葉青森逮到了機會，再不講就要被趕走了，他顯得有些急促。

「哦，嗨，是，是……」朴仁淑點點頭。

「我是很重視緣分的，」葉青森在門口接著說下去。「所以，我想跟妳做朋友，我可以打電話給妳嗎？」

從頭到尾，朴仁淑一直親切地微笑著，站在自動門外，晚風帶著猶是凜冽的春的氣息，拂著她紅潤的臉蛋，也吹亂了她沒燙過的黑髮。

「可以嗎？」他再問。

「好啊——」

好了，一切都OK了，他不能不走了，突然起勁地叫了一聲，頭也不回，葉青森快步走入霓虹燈逐漸亮起的薄暮裡。

2

那一晚上當然很無聊，在總統飯店的三十一樓夜總會，一個人猛喝啤酒，看著舞池上那些瘋狂跳著迪斯可的青年男女，放浪形駭，間或還夾雜著一、兩個穿野戰服的兵士，與女伴在大展手腳。這些現場實景，並引不起葉青森的興趣，直到快速舞步完了以後，全場燈光熄了下來，幽暗中，鋼琴旁邊好像緩緩升起一座圓桶形的舞台，突然一束強烈的燈光，夾著激昂的鼓聲，聚集地投射在舞台上。一個穿著白絲綢鑲黃邊的朝鮮傳統服裝的女歌星，手握著麥克風，向觀眾鞠躬行禮，她抬起頭來時，露著愉悅的笑臉，她的臉由於塗著大紅的唇膏，因此顯得特別白皙，變成一種很突出的對比。

她開始用韓語唱一支輕快的歌曲，葉青森全神貫注，聽不懂歌詞的意思，但旋律很有節奏，是支恰恰的舞曲，而且，他覺得那女歌手的面孔很熟，想了很久才恍然大悟，原來，跟下午在山水亭碰到的那個小姐很像，難道韓國漂亮的小姐都長得一模一樣嗎？

女歌手唱了好幾首歌曲，間夾幾首英文歌，都獲得不少的掌聲，除了音色不錯，可能人長得標致也很有關係，她一再地表示感謝，說了許多韓語，末了忽然改口用中國話柔柔地說道：

「最後，我想唱一首台灣歌曲，〈高山青〉，在座一定有許多從台灣來的觀光客，是不是？請鼓掌——」

果然，在葉青森的四周響起了一陣掌聲，他隨著掌聲回顧，竟然有一、二十個台灣人。

接著，那歌手又緩緩地用充滿了感情的語調說道：「我還要在此說一個故事，就在今天下午，我在某個地方，碰到了一個台灣人，我們用中國話談了很久，那是我最愉快的一個下午——我希望，那個人如果在座，那有多好……」

葉青森像在作夢似的，不只面熟而已，果然是她，是她呀！他祇聽她說了一半，一顆心，已像壓抑不住的一個氣球一樣，一直在充氣、在膨脹。使他呼吸困難，終於爆發出來。

他突然站起身，用幾近吶喊的聲音叫著：

「朴——仁——淑——」

很多在場的觀眾被他的舉動嚇了一跳，顯然的，在舞台上的歌手也受到震動了，她原本祇是隨口說說而已，想不到天涯何處不相逢，他竟然就在台下。

「唉呀，我眞的想不到……」朴仁淑眼睛閃著奇異和明亮的光芒。「我所說的下午這個台灣朋友，就在下面呢！」說罷她就鼓起掌來。

這時，聚光燈在全場繞了一圈，終於找到站在那兒發愣的葉青森，於是他像喝醉酒似的漲紅了臉。

「請大家為他鼓掌，他就是我所說的台灣朋友。」

掌聲於是四處響起，還帶著幾聲口哨，使葉青森淹沒在一陣暈眩裡。

「喀，喀……」一陣輪胎摩擦水泥地的聲音和輕微的震動，使葉青森從甜蜜的回憶裡甦醒過來，他把臉傾向窗口朝外看，原來飛機已降落在金浦機場，正在跑道上滑行，兩旁跑道的邊緣，堆了很多雪泥，有的已在陽光下融化，有的泛著刺眼的白光。

葉青森馬上把耽迷的心緒調整過來，收拾了一些手上的書報。飛機正慢慢地校正停妥在停機坪上。從擴音器播出了空中小姐溫柔的聲音，警告室外溫度為攝氏一度，請務必加添衣服等等關懷和感謝的話。

接著，機上的旅客便站起來走動了，秩序有點亂，有的歸心似箭，有的正有愛人久別等著相會。各人的心情眞是不一而足，但臉上都壓抑不住一股興奮之情。

輪到葉青森走到艙門口，一股冷颼颼的寒風迎面灌進來，使他的呼吸馬上變成一團熱氣，像一圈圈的煙塵，在空氣中很快地散開。

金浦國際機場雖然很大，但是空橋的設備仍然不足，旅客在雨雪中，仍然要冒著風寒，下機搭乘巴士或走路，才能到達機場主建築物裡面。一夥來自熱帶的旅客，魚貫地走出跑道，瑟縮地進入機場大廈。

葉青森經過了麻煩和嚴格的通關手續，他的一只勞力士總統型的金錶，和一架單眼的尼康相機，都在海關登記，保證在離開漢城時這兩件貴重物品，均要再帶出境。

走到入境大門口，當自動門打開的時候，祇見門口一片黑壓壓的人羣，正在等待著來歸的親友。

葉青森是一個台灣來的旅客，照理說他在漢城舉目無親，可是，他的目光，邊走邊仍在人群中搜尋。

突然，一個穿著黑色大衣、領子翻出一片灰色動物羽毛的高桃女子，手上拿著一圈花環，揮舞著從人群中跑出來。那人皮膚白皙，臉上戴著一副墨綠鏡片的太陽眼鏡，看不出她的整個面目。

她一直舞動著手上的花環，叫著葉青森的名字。葉青森發現後也興奮地直揮手，他幾乎是粗魯地撥開身邊的人群。

兩個人接觸時便緊緊地擁抱在一起，這樣旁若無人的態度，在東方的國家，尤其民族性強悍的韓國，當然引來一些猜忌和不悅的眼光，其中有一個三十歲左右的男子，站在一邊，雖然戴著太陽眼鏡，看不出他的眼神，但依然可以從下半個臉部，看到他憎惡的表情了。

然而，這一對熱戀中的男女，已不在乎旁人，自然就沒有察覺到別人的反感了。

葉青森就從此刻踏上韓國的土地後，便失蹤了，永遠沒能活著回到他可愛的故鄉，再見到他的慈父、賢妻及天眞的兒女骨肉了。

他的生命，像冬天的雪片，從大氣層裡粒粒地飄落，未曾觸降到大地，便化成雨水，成爲土地上一攤無可留戀的黑色污泥。

3

每次李玲送走了葉青森以後，每天的生活起居沒有兩樣，她除了早上不用再伺候葉青森的早點以外，就是偌大的一個房子，少掉了一個男主人，顯得空虛一點。到了晚上，她把小孩照顧睡著了以後，便守在電話旁邊，焦急地等著國際電話。

晚上十一點多鐘，李玲躺在床上正接一個電話，突然她的房門被敲了兩下，她來不及回話，接著門便推開了。探頭進來的是她的公公葉丹青，她一緊張便把電話掛斷了。

「唉呀，」她公公說。「是阿森從日本打回來的嗎？」

「是呀！」李玲有點不解地回道。

「妳掛得太快了，我本來要他再幫我帶一本養蘭的書回來。」

「沒關係，」李玲輕快地說。「明天他再打回來時，我會告訴他。」

「好了，那就沒事了。」葉丹青說後，留著一臉狐疑地走了。

可是，李玲卻忽然叫住他。

「爸，通常這個時候你不是都睡了嗎？你剛才怎麼會聽到我跟青森在通電話，而且那麼著急？」

「哦，」葉丹青有些詭異地說：「我剛好起來上廁所，聽到妳在講電話，我想妳一定是跟阿森在講電話，要不然，這麼晚了還會跟誰講呢？」

「原來這樣。」李玲從床上坐直，露出上半身，她穿著一件粉紅色的絲質睡衣，裡面沒有穿胸罩，隱隱約約可以看到豐滿的胸部。

「爸爸肚子餓不餓，要不要我給你下麵吃？」

葉丹青瞄了她一眼。有些猶豫，後來便說：

「也好，肚子倒是眞的有點餓喔！」

李玲掀開棉被從床上下來，晃動著兩只乳房，便走出去了。

葉丹青坐在餐椅上，等著媳婦幫他煮麵，有點疲倦，他很少這麼晚還未睡覺，如果他沒到老人茶室消磨的時候，他都在九點看完連續劇後，便上床睡覺了。最近，由於他單傳的兒子出國頻繁，尤其近來常接到很怪的電話，他便有點兒心緒不寧起來，一有輕微的聲響，他都會醒過來，尤其半夜的電話聲，那鈴鈴的聲響，雖然電話機一具在客廳、一具在兒子的房間，但響起時兩支都響，尤其客廳那一支，更特別的刺耳。就像今夜，電話聲使他失眠了。

窗外下著雨，雨點滴滴答答，樹影婆娑。葉丹青凝視黑暗的窗外，彷彿看到一些逝去在生命中無可奈何的影子，在雨中飄搖。

「爸，麵好了。」

李玲的聲音把他從沉思中叫醒，他將視線從窗外收回，看到媳婦已把熱騰騰的一碗麵放在餐桌上，她也在對面坐下來。

葉丹青看到祇有一碗麵，便問道：

「妳不餓嗎？」

「不，」她笑著說。「我怕胖，不能吃了。我拚命在做有氧運動呢！」

既然如此，葉丹青便埋首吃他的麵了。這時，坐在一旁的李玲有些吞吞吐吐。

「爸爸，我想說說青森，他……」

葉丹青大口地喝了一口湯後，抬起臉來，嚴峻地看著她，問道：

「他怎麼啦？」

「爸，他應酬那麼多，每晚都那麼晚回來，又喝得醉醺醺地……」

「我也知道，但是男人嘛，他要應酬。」

「爸，可是……」

「我就說嘛，不是我反對外省人，對他們有偏見。」葉丹青端坐身子，正色地說：「你們外省的女人，最會強調什麼女權，先生辛辛苦苦下班回來，做妻子的還要他幫她洗菜，吃過飯更要他幫她洗碗，給小孩洗澡什麼的。幹！這女人在家是幹什麼的？這些家事本省女人就不敢給上班回來的先生做，可是慘了，最近有一個電視洗碗精的廣告，畫面上一個女人穿得漂漂亮亮，手中拿著一塊盤子晃著說：『誰來幫我洗碗呢？』一個先生和兒子就興沖沖地跑來，洗得不亦樂乎，幹伊祖媽！我看到就火氣大起來……老婆不洗碗！吃飽取相姦啊！」

「爸，我幾時讓青森洗過碗了？」媳婦打斷他粗俗的話。

「還不是我把妳改過來的，妳以前剛嫁過來的時候，還不是阿森一回來，妳就纏住他，要他在廚房幫這幫那，還說這樣夫妻的感情才會親密。」公公面有慍色地說。

李玲有點委屈地說：

「爸，我們不要說這些了，我祇是要你知道，最近青森應酬多，我沒有關係，我是怕他精力透支，又酒又色，只怕會搞壞身體……」

「勸勸他呀！」

「我是勸過他呀，但有什麼用！最近他又在一個酒廊，交了一個女人，打得火熱，星期日都敢打電話到家裡來呢！」

「喔，有這回事！」葉丹青稍微訝異一下。

「再下去，我都怕那女人跑到家裡來搶我的丈夫啦！」

「妳管他啊，把他搶回來啦！」

李玲看著面前這個清癯但固執的老人，很失望，覺得她公公眞是不能夠溝通，不知是由於省籍觀念，或是受日本教育遺留下來的大男人主義，對著這個家的兩個大男人，她眞是充滿了無力感。

他吃完了最後一口麵，用手背抹著嘴巴站了起來，臨走時又說：

「男人會在外面偷食，做妻子要負一半責任，妳自己要檢討一下！」

「爸……」她不知道自己該說些什麼，氣餒得像只洩了氣的氣球，整個人鬆弛癱瘓了。

「還有，男人可以在外面有女人、娶細姨，女人絕對不可以有外遇，這是個很重要的觀念，妳要記住！」葉丹青嚴肅地一句一句清清楚楚地說著。

她有些悚然，話是很重，不知道他在暗示些什麼？

然而，她衹能無言以對。

「早點睡，明天兩個小孩要上學，妳要早點……」隨著腳步聲，他消失在房間那一頭。

李玲整個身體軟弱無力地靠在椅背上，呆呆地怔忡著。這時不知哪裡飛來一隻蒼蠅，正嗡嗡地在餐桌上那只油膩的空碗上空，飛來飛去，一會兒停在她冒著油珠子的鼻尖上，李玲倏地一揮手，那隻倒楣的蒼蠅被她一把握入手心裡，她走到廚房，用力猛地朝瓷磚上一摔，咔一聲，力道很足，大頭蒼蠅便暈在地上一動也不動，李玲穿著拖鞋的腳，又加上一腳，把牠踩得碎骨分屍。

是葉青森出國的第三天。早晨九時李玲在東區一家有氧舞蹈中心有課。雖然昨晚她睡得很不安穩，可是她依然很早起來料理了早點，要送兩個小孩到幼稚園。出門時，沒看到她公公在院子裡修剪花草，也沒有看到他坐在玻璃花房裡的搖椅看報紙。她公公一向起得早。沒有看到他，是有些意外，莫非他昨晚也睡得不安穩？

今天李玲心神有點飄忽，車子開出了巷口，幾乎撞上一個騎腳踏車運動的青年，那青年車子騎在馬路旁邊，是李玲開得太猛衝上去的，所以那青年氣凶凶地回頭臭罵著，李玲很氣，也不甘示弱地罵著：

「他媽的，想死呀！」

是一句很意外的粗話，坐在後座的小傑和小婷都聽到了，小傑馬上說：

「噢，媽媽講髒話！」

「媽媽羞羞臉，我要告訴爸爸！」小婷也跟著嘟囔著。

平常兩個小孩都會跟媽媽開玩笑撒嬌，現在媽媽心情不好，便直截了當地把話頂回去。

「你們給我閉嘴！」聲音很凶。

兩個小蘿蔔頭很少看到媽媽那麼凶，他們受到了驚嚇，便垂下頭，噤若寒蟬。

李玲送到幼稚園門口，讓他們自己下車，小傑和小婷都回頭擺手說再見，看那天真的模樣，做母親的才稍微開顏。

在有氧舞蹈中心，兩個小時的減肥訓練，她拚命地做運動，拚命地隨助教的口令做韻律操，隨迪斯可的旋律跳快速的舞蹈，把自己搞得氣喘如牛、汗流浹背。

可是，一些不安的思緒一直困擾著她，使她心浮氣躁，好像有一種不祥的預感，從生命的深處，如泉湧般不斷地衝升上來。

下課後大家在沖熱水澡時，美麗的助教走到她身邊，跟她寒暄。

「喲，密斯李，妳看妳的身材苗條得多了。」她說著，看著她滴著水珠的赤裸身體。接著用手去按著她的腰部。「妳看，腰圍很標準，大腿的贅肉也沒有了，妳看妳的大腿多圓滑均勻。」

助教叫林朝雲，是文化大學舞蹈科系畢業的一位學生，二十歲出頭，個子不高，但長得很好看，身材也適中，橢圓形的臉蛋長滿了細碎的雀斑，稚氣得別有一番味道。

李玲本來就跟她很有話講，起初她很不習慣裸裎相對，但每次這小傢伙都一樣脫光，若無其事地過來猛盯著她的身體看，又比畫這個比畫那個，總算逐漸習慣了。

然而今天李玲的情緒不好，那麼好聽的讚美話也引不起她的興趣。她心不在焉地說道：「如果眞的那麼漂亮，爲什麼留不住我先生的心呢？」

林朝雲有些意外，她從沒聽她吐露過心聲，因而顯得很尷尬，她衹好說：

「唉呀，妳先生不是把家弄得舒舒服服的嗎？男人有時候是會花心一些……」

「可惡……」她失神地說。

她冷得反常，是她在上課的時候就看出來了，她有時候眼神閃爍，有時緊抿著嘴，近乎咬牙切齒的模樣，林朝雲心想，一定是她先生傷到她的心。

她唯有安慰著李玲：

「不要把事情盡往壞處想，鑽牛角尖反而害了自己……」

李玲沒有回她的話，逕自把蓮蓬頭的水關了，她用大毛巾擦拭著身體的水滴，又用手掌在大腿上拍得噗噗作響。

「我要回去了。」她邊穿衣服邊說。

林朝雲也跟她到衣服箱前，穿上一件袖珍的丁字型內褲。

「妳沒有事吧？」她疑惑地問。

她抬著遲緩的手，套上毛線衣，也是不經意地說：

「小孩大概要回家了，我要走了……」

說罷拎起一只小旅行袋，失魂落魄地出了門，林朝雲跟在她後面陪她上去。

她看著李玲倒車，然後疾馳而去。

4

李玲開著車子在台北市繞了一大圈，回到天母的家，剛好十一點半。

她在大門口習慣地按了兩下喇叭，裡面沒有動靜，她看看錶，小傑小婷還沒回來，她下車開了大門，把車子倒進車庫，這中間，也沒看到她的公公。她的心思有些飄浮。

她進門去，在餐桌上看到早上她沖的一杯牛乳尚擺在桌上，吐司麵包也未曾動過，李玲覺得奇怪，便把頭朝窗外探了探，窗外衹有風吹樹葉，晃動著一片光影，其他毫無聲息。

沒有看到她公公的影子，李玲下意識地朝著裡面公公葉丹青的臥室走去。

她在門口猶豫著，抬起的手在空中停了一會兒，終於把門輕輕一推，門便開了。

葉丹青的臥室很簡單，一張搖椅外，靠窗的地方祇有一張古董般的小桌子，桌面上架起一個木框框，裡頭嵌著一面褪了水銀而發黃的鏡子。

床上很亂，被褥隆起一堆，擱在床尾，床單有些紅色汁漬，染了二朵，像梅花似的，並沒有看到人。

「啊——」

李玲突然恐怖地叫了一聲，她探頭發現靠牆的床底下，葉丹青滿身血跡地躺在那裡，一動也不動。

她冷靜了一下，猛撫著胸口深呼吸，祇聽到自己的心裡在呼叫著「啊啊啊……」，她再也按捺不住了……

恍恍惚惚地，她腳步凌亂走到客廳，癱在沙發上，斜著身體撥著一一九的電話。

十五分鐘之後，先抵達葉宅的是救護車，醫護人員抬著葉丹青的時候，發覺他皮膚已冰冷，心臟不再跳動，鼻孔已沒有呼吸的氣息。

「他已經死了。」一個比較年長的醫護人員對跟在他們後面的李玲說。

李玲顫抖了一下，身體便軟了下去。

兩個醫護員一人一邊，把她架到沙發上，她掩著臉，悽悽切切地哭了起來。

「家裡祇有妳一個人嗎？」年長的醫護員問。

「嗯嗯……」她點著頭

「死者是妳的什麼人？」

「我公公……」她抬起淚眼模糊的臉。

「妳趕快打電話報警啊！」

李玲再撥一次一一九。斷斷續續地告訴值班員這裡的狀況、地址。掛上電話後，忍不住又哭了起來。

「打電話通知妳先生啊！」有人提醒她。

「我先生到日本出差去了……」

那人唉呀了一聲。

「那，打給妳家人呀！」

經過這一提醒，她才又撥了一通七字頭的電話。電話鈴聲響了一會兒，對方傳來一聲蒼老的女聲。

「喂……」

「媽——」李玲哇啦一聲，又大哭起來。

對方被這情況嚇了一跳，彷彿從夢中醒來，聲音也變了。

「喂，小玲嗎？什麼事呀？」

「媽，這裡出事了，我公公——他死了，您趕快過來呀……」

「妳說什麼？小玲，小玲……」

「媽，我公公被人害死了，您趕快過來呀！」

「是，是，小玲，妳不要亂動喔，妳報案了沒有？」她的聲音也急促起來。

「媽，我已經報案了，您趕快過來就是了。」李玲說完便掛上電話。

醫護人員看看沒有自己的事，兩個人便準備要走，年長的開口說：

「那，我們要回去了，妳就等警察來吧！」

李玲面有難色，哀求著說：

「請你們等一下吧！等警察來，或者我媽到的時候，你們才走。」

他們發現她有些駭怕，這也難怪，自己一個人面對一具屍體，女人家當然會怕。可是，他們不回去銷勤，不行呀！

「可是……」

「拜託一下，我媽很快就到了。」

這時，十二點十分。門口響起汽車聲，也有小孩子的叫鬧聲，接著門鈴響了。

「糟糕！」李玲急急站起來，朝大門口走去。「我兒子他們放學了，我不要他們看到這個……」

李玲用手背擦著臉上的淚痕。開了大門，跑到門外去，又把大門掩上。

小傑和小婷正興高采烈地晃著書包要進門。看到媽媽滿是淚痕的臉，有些奇怪地看她。

李玲蹲下身子，一把將兩個兒女抱進懷裡，口氣嚴肅地說：

「你們現在到對面朱阿姨家，我們家……爺爺出事了，等一下外婆會帶你們回來。」

「爺爺怎麼啦？」小婷天眞地問著。

「爺爺是不是生病了？」小傑指著停在門口的救護車訝異地問。「爺爺他……」

「是，爺爺生病了，你們不要多問，現在跟朱小萍到她家去。要乖喔！」

兩個小兒女很不願意，但做母親的硬把他們推走了。

回到屋內，她馬上又打了一通電話到公司，找到日本人阿部，告訴了他情況，要他趕快打電話到日本，把她先生找回來。

「什麼，什麼意思？」她先生的合夥人阿部一郎用生硬的國語驚訝地叫道。

「我公公……葉先生的爸爸被人殺死了，要趕快打電話去找他回來……」

「哦哦，哦，是，不可能的……」阿部吐著一連串錯愕的單字。

她掛上電話，迷茫的眼神看著窗外，她是不是在心裡想，當她先生接到這個消息時，他的反應將如何？一定悲痛萬分。

十二時三十分。

兩個便衣刑警來到了天母葉宅。

進門後，年長的醫護員便開腔了：

「一一九通知了我們，我們到這裡時大約十二點，患者已經死了。」

「人呢？」帶頭的刑警方臉大耳，不苟言笑，簡短而冰冷地問道。

「在裡面的房間。」

帶頭的刑警是組長，四十五、六歲左右，皮膚很黝黑，穿著一件皮夾克，身體胖得有些臃腫，嘴巴一直在動，好像在嚼著口香糖。另外一位比較年輕，倒長得眉清目秀，他手上提著一只黑色的公事包，跟在後面。

「妳是誰？」他轉向一旁的李玲問道。

李玲有些不知所措，她瑟縮地回道：

「我是這家的女主人……」

「男主人呢？」

「我先生出國去了。」

「那麼，」組長好整以暇地問道：「那麼，死者又是誰呢？」

「我公公！」

刑事組長不再說話，大約知道了概況，對環境、人物也有了一點點的了解，回頭對他的助手使個眼色，那小夥子反應靈敏，馬上打開公事包，拿出兩雙白色的手套來，雖說是白色手套，手掌部分已經有了塵污，可以看出許久未曾洗過。

他倆慢條斯理地戴手套。兩個醫護員都好奇地看著那兩個刑警的一舉一動。李玲由於剛才被緊迫追問，現在也顯得從容一些。

組長的目光在室內巡視了一周，輕輕地拍拍手，對著李玲說：

「那麼，妳帶我到現場去！」

李玲可能心不在焉，或是還在緊張之中，一時沒聽懂他的話。

「現場……」

他把臉色一沉，一臉不悅的表情。

「現場，就是死人的地方啊！」

這下她才明白過來，於是畏縮地帶著他們穿過一條長長的甬道，到了最後一個房間，距離客廳與李玲的房間有十碼遠，這間房間的對面是廚房。她正要推開門的時候，組長阻止了她。

「讓我來，」組長說著，搶先了一步，現在他回過頭來訓誡著大家：「從現在起，這間臥室，你們都不可以隨便亂動。」

說罷，他把虛掩的門推開了。室內有些凌亂，但卻很簡單，沒什麼家具，只見搖椅擺在衣櫃前，從門口祇能看到這些。

「死者呢？」他又冷冷地問。

「在窗子邊的床下……」

兩個刑警走進去，後面跟著那兩個救護員，李玲卻站在那兒畏縮不前。

「妳也進來呀！」組長幾乎命令著。

五個人擠在這間六坪大的臥室，雖不擁擠，但組長一直用不帶感情的緊逼語調，拒人千里外，使得氣氛顯得很冷酷。

組長帶著助手繞到窗邊，在葉丹青的屍體前蹲下，把俯在地面死者的臉孔扳過來，死者滿臉是血跡，額頭上有個一元大的凹洞，明顯地遭過重物襲擊，可能也就是致命傷，除了滿地血跡外，葉丹青身上已找不出傷痕。血跡已凝固，堆積厚的地方，還有些細碎的氣泡，以刑事組長辦了十幾年案子的經驗，不用經過法醫檢驗，他也判斷得出死者已死亡多時。

「你們動過現場嗎？摸過屍體嗎？」組長站起來，回頭問著他們。

兩個救護員面面相覷，有些尷尬和驚惶，年長的終於說道：

「我們接到通知到達這裡時，以爲死者只是受傷而已，所以我們準備要把他抬上救護車，搬著的時候，才發現他已經死了……」

未等他講完，組長已脫口而出地罵道：

「眞是笨蛋！你知道你的指紋都留在他身上了嗎？」

「我們沒有想到……」另一個膽怯地說。

「好了，」組長又打斷對方的話，問站在門口的李玲：「妳動過嗎？」

「沒有……」李玲囁嚅地。

「沒有！沒有妳怎麼知道他死了呢？他們都要搬動他時才知道已死，妳什麼都沒做，怎麼就知道他死了沒有？」組長辦案辦人似的，聲色俱厲。

李玲被組長一凶，心都寒了，但她祇能鼓起勇氣說：

「我祇看到我公公滿身血跡，所以就打一一九叫救護車……」

「妳打一一九到現在多久了？」

「大概一個鐘頭前……」

「妳不知道那時妳公公已死了嗎？」

「不知道。」

組長露著懷疑的目光，盯著她不放，嘴裡嘀咕了一、兩句，好像三字經之類的，別人聽不大清楚。他在室內繞走了一圈，然後對著李玲問道：

「好了，現在妳從頭給我說一遍！」

「怎麼說……」她不解地問。

「從發現屍體開始，把妳所看到、想到，以及可能性統統詳細地給我說一遍！」

李玲抿了抿嘴，一對無神的眼珠子空洞地眨了一下，像在思考似的，便開始訴說，聲音很冷靜，條理也有條不紊。她說：

「我早上送小孩到幼稚園上學後，便到東區去上有氧舞蹈課，在那裡跳兩個鐘頭的韻律操，回到家大概是十一點半，我進門以後，沒有看到我公公，我早上做好放在餐桌上的吐司和牛乳也都沒有動過。我覺得很奇怪，通常我公公很早便起床，蒔花、剪草和澆水，這些事情便占了他一個早上的時間。他不在院子裡也不在花房，我便到他臥室去，起初，門一打開看不到人，正要離開的時候才發現被褥有些凌亂，而且好像有一股血腥味，於是走進去，才發現我公公已躺在血泊中……」

她一口氣說到這兒，臉色有點蒼白，彷彿心有餘悸似的。

在她訴說過程當中，組長的目光一直不停地盯著她，看得她渾身不自在。

「然後呢？」組長問。

「然後，我嚇死了……我馬上打電話給一一九，叫救護車……」

「然後呢？」組長又問。

「然後，然後我就坐在客廳等救護車，他們十五分鐘後就到了，就是這樣。」

「然後呢？」組長神經兮兮的，又是一句然後，把李玲給搞糊塗了。

「我……」她不知所措地。

「我覺得妳有漏洞，如妳所說，當妳發現妳公公時，看到他滿身血跡，妳便打一一九了，我想妳是站著看，連蹲下身子都沒有，是不是？」

「但是，救護員說，是他們移動他，把他俯臥的身體扳正過來，換句話說，如果這樣看，」組長說著站在床前，做著傾身的姿勢。「妳根本看不到他的臉吧，妳怎麼知道他受傷呢？」

李玲已感覺到她處在被質問的立場，心裡很不服氣，便急急脫口說：

「我看到地上的血啊；何況，我公公躺在地上，怎麼會不是出了問題呢？」

「好，當妳看到妳公公躺在地上，妳的直覺反應是什麼？」

「什麼直覺反應？」

「就是說，他爲什麼倒在那兒呀，是心臟病呢，是自殺呢，或凶殺……」

李玲稍微猶豫了一下，翻著一對眼珠說：

「哦，我第一個感覺是，是否小偷進來被公公發現，而發生凶殺？至於心臟病或是自殺，那都是不可能的，我公公身體很好，他又很有錢，沒有自殺的理由。」

組長還有問題，他正在盤算如何開口時，客廳的電話響了起來。

這時候大家面面相覷，組長首先朝助手使個眼色，便向眾人說：

「那麼，我們就一起到客廳去吧，我去接電話，我還要打電話到地檢處，請檢察官和法醫來。」

組長先走出臥室的門，幾個人魚貫而出，年輕的助手殿後。

組長站著拿起電話，嗯嗯哦哦兩聲，接著便質問對方：

「你是誰？」

「我是阿部一郎。」話筒裡傳來的聲音。

「你是日本人嗎？阿部一郎！」

李玲聽到阿部一郎，便插口說：

「那是我先生的合夥人，我來接……」

組長又用生疑的眼光瞧著李玲，用冷得像冰一樣的語氣說道：

「是找妳的，我們在旁邊聽，妳要直話直說。」

李玲從組長手中接過電話，手中沁著冷汗，她像一隻被逼在斷崖前的綿羊，軟弱無助。

「喂，喂，阿部先生嗎？是是，我已報了案，家裡來了刑事……對，對的，你找到我先生了嗎？什麼，找不到他，沒到日本……怎麼會呢？請你繼續查，一定要找到呀……你要過來，好好……」

喀嚓一聲，可以聽到對方掛了電話。李玲握著的電話還放在耳畔，喃喃自語地說：

「他說找不到我先生……我先生到日本已經四天了，是我親自送他到機場去的，怎麼會沒到日本呢？奇怪……」

組長把話筒從她手中拿過來掛上，他向他的助手示意說：

「先打電話到地檢處，等一下我們回去補件，請法醫和檢察官來，看來又是一件凶殺案。」

年輕的小夥子便坐在沙發上，拿起話筒撥號，電話很快接通，他報告一番，又詳細地告訴對方這裡的地址。

兩位救護員覺得已用不著他們，便要告辭，組長要他們留下單位和姓名。

「以後說不定用得著，要請你們做證人時請務必隨傳隨到！」

助手送他們出去，年長的救護員嘴裡還不停地說：

「眞倒楣，生意沒有做到，說不定還要惹來滿身麻煩呢！」

客廳是一個正方形的大房間，約有十坪，從玄關右折，便是一排約有八片大檜木做框嵌玻璃的窗戶，咖啡色防火布的窗簾，拉了一半，一組咖啡絨的大沙發，轉了一個大L形，其中四人座的長沙發便倚窗而設。兩張茶几很有現代感，一張擺著一座黃銅製的枱燈，靠牆的一張就擱著電話。沙發對面五碼遠的牆壁，造了一個美式的壁爐煙囪，沿著牆壁直上，一架裝幀古樸的RCA二十六吋電視機，擺在壁爐左邊，機上有一架新力牌的錄放影機。

組長的眼睛在客廳巡視了一周，不禁有些羨慕，這是一個富裕的家庭。但是，現在不是他欣賞或品頭論足的時候，他是公出，任務在身，他把逐漸要鬆弛的精神收緊起來，對李玲說：

「我們坐下來吧！離檢察官和法醫到的時候還有一段時間呢！」

李玲心有戚戚焉地在組長對面坐下。

沒多久，門鈴響了起來，助手應聲去開門，進入客廳的是阿部一郎。

阿部一郎年約四十五歲左右，身材短小精壯，留著三分頭，臉形方正，有很密的絡腮鬍子，卻刮得很乾淨，一片鐵青的鬍根，好像隨時要冒出來。

他一進門，未經介紹，便用半生不熟的國語著急地向李玲說道：

「我打了好幾個電話，飯店、我家，以及他應該到的地方，都說他未到，很奇怪啦！而且飯店說他是訂了房間，但是要明天才住進去。」

李玲站起來迎接他，聽他這麼一說，表情狐疑不止，她悲傷地問道：

「怎麼會呢？怎麼會呢……那我怎麼辦呢？」

阿部一郎沒有回答她，卻反問道：

「伯父呢？伯父死了嗎？」

「他死了……在裡面的房間裡。」

「我……我去看看。」

一直坐在沙發上看著他們對答的組長，這時站了起來，阻擋住他。

「我是來辦案的組長，現場不宜破壞，我們正在等待法醫前來驗屍。你是——」

「我是日本人，阿部一郎，我跟她先生是同事。」

「喔，阿部一郎先生，你說你打長途電話找不到應該到日本的他嗎？」組長回頭問李玲：「他

——妳先生叫什麼名字？」

「葉青森。」

「哦，葉——青——森，葉先生到日本是公幹嗎？阿部一郎先生。」

「是，是去出差的，他每兩個月要到日本去一趟，我們外銷了許多成衣到東京給批發商。在日本百貨公司或服飾店的廉價品，幾乎都是我們公司出口的，葉先生必須常到日本去找新的樣式回來加工裁製……」

「好了，阿部先生，」組長用手勢打斷了阿部，有點調侃地說：「這不是業務報告，我想請問你，葉青森在日本失蹤，據你所知，會有什麼可能嗎？」

「這，這……」阿部吞吞吐吐地，看了一下身邊的李玲，好像有口難言。

「有原因嗎？」

「不，不是有什麼原因，葉先生經常到日本，以前從未發生過這樣的事情……」

組長覺得他有點鬼祟，覺得可疑，便換了個角度問他：

「你跟葉家很熟嗎？」

「差不多！」從外國人的嘴巴裡講出來，像一句吊兒郎當的話。

「跟葉青森除了合夥人的關係外，私交好嗎？」

「私交不錯。」

「有沒有常來這兒走動？」

「哦，來是不常來，不過——」他拉長了聲音，突然看著李玲笑起來。

「我倒是常常三更半夜把醉醺醺的葉先生送回來。」

「哦！」組長嗯了一聲，低下頭陷入沉思。

窗外突然起了陣風，樹葉、玻璃窗被吹打得噗噗作響，從葉隙裡漏進來午時的陽光，像金片似的到處飛竄。

除此，客廳忽然靜極了。

組長再仰起臉時，神色嚴肅地問阿部：

「你認識葉老先生──就是死者嗎？」

因爲組長表情特異，阿部覺得有點不尋常，他有些不悅地反問道：

「我不知道你的意思……」

「我是說，你除了跟葉青森很合得來以外，跟他父親有來往嗎？」

「你的問題很多，我覺得你的態度有些不對──不過，告訴你也沒有關係，我跟葉老先生倒是很熟，當初我剛跟他兒子合夥做生意時──那是三年前吧，我的中國話不行，葉老先生的日語講得很好，有很多語言上的困難，都是他幫我們溝通解決的。」

「只有這樣嗎？」

「是，就是這樣──」阿部一郎斬釘截鐵地說。

氣氛明顯地對峙起來，阿部可能覺得他不是犯人，刑警的口氣不應該那麼咄咄逼人，一種本能上的自衛心態，使他強硬起來。

組長因辦案的關係，整日對著一群牛鬼蛇神，他不凶悍，便問不出案子來，因此凶凶狠狠、緊迫盯人，也成了他的職業病。他這種說話口氣和處事態度，搬回家對老婆兒女也照來不誤。

「好，我想我們稍安勿躁，檢察官一會兒就到了。」組長忽然變得很悠閒似地說。

於是，阿部趨前朝李玲鞠了躬，露出一臉關懷之情，安慰她說：

「葉青森不會有什麼事的啦，他大概臨時變卦，住在別個地方了，他很快便會打電話回來的。只是葉老先生怎麼會……太不幸了！儘管放心，有我們在……」

李玲怔忡著，無言以對。

這時候，門鈴又急遽地響了起來，在寂靜和悲傷籠罩的客廳裡，顯得特別的尖銳。助手看了一眼，便自動地出去開門。

雜沓的腳步聲及嘟囔聲帶進來三個人，兩個男的外加一個女人。女人五十開外的歲數，後腦勺上梳個圓髻，穿著一件黑色滾紅邊的旗袍，有些褪了色，所以變成淺灰的感覺。她的五官很端正，令人看起來覺得她很精明厲害。薄施脂粉，十足半老徐娘的裝扮。她是李玲的母親。

她一進玄關，便哇啦哇啦地叫開了。

「小玲呀，小玲——」

李玲一聽見母親來到，她本來緊繃的神經突然鬆弛下來，迎上去，叫了一聲媽，便放聲哭倒在媽媽的懷裡。

「親家公呢？親家公呢？」媽媽著急地說。

「在房間裡！」女兒在懷裡啜泣著說。

另外進來的兩個男人沒有多大理會她倆，倒是組長起來招呼。兩人都穿著西裝，一老一少，老的西裝外面還套著一件白袍子，他是一個資深的法醫。年輕的小夥子看起來年輕得不像話，不超過三十歲的年齡使他看起來很嫩，但他卻是一個發號施令的檢察官呢！

「報告檢察官，死者在裡面的房間，我們十一點半接到任務，到達時救護人員也在這裡，可是，死者的心臟已停止跳動。我判斷他殺成分很濃。」組長熱切地報告著，口氣與剛才完全不一樣，顯得很溫和。

年輕的檢察官巡視了室內的每一個人，然後老氣橫秋地問道：

「苦主呢？」

「報告檢察官，」組長先到他身前，放低聲音報告道：「是這樣的，據我初步調查，死者是這一家的主人，兒子剛好到日本去接洽生意了，這個家現在只剩下那個在哭的年輕女人——他的媳婦。」

「叫什麼名字呢？」

「死者叫葉丹青，苦主還沒有問。」

檢察官便轉身向哭成一團的母女，有些不耐煩似地叫著：

「不要哭了，妳過來，妳叫什麼名字？」

李玲嚶嚶泣泣，她用衣袖抹抹眼角的淚痕，面向檢察官說：

「李玲，我叫李玲……」

「李小姐，從現在起我正式問話，妳都要據實告訴我，這是我的職權，妳知道嗎？」

「我知道……」李玲囁嚅地說。

「那麼，我們到現場去吧！」他回頭叫方臉的刑事：「宋警官，你帶頭。」

他們一夥人魚貫地通過甬道，轉入葉丹青的房間。組長在前面，檢察官和法醫跟在他後面，李玲和她的母親以及阿部殿後。

房間裡一下湧入六、七人，顯得有些擁擠。檢察官在室內環顧了一遍，好像忽然發現阿部似的，便問道：

「他是誰？」

「哦！他是個日本人，是她先生的合夥人。」

檢察官仔細地瞧了一下，轉臉去問組長。

「宋組長，現場遭到破壞嗎？」

「我看沒有，剛剛救護人員來過，本擬要將死者帶回急救，發現死了，就走了。」

「有沒有失竊呀？」檢察官這次是對著李玲問。

李玲站在床沿，她有些膽怯地說：

「我最先進來時，除了被褥有些亂，其他都沒有什麼異樣。」

「有可能竊盜殺人嗎？你們家貴重的物品都放在哪裡？」

「我不知道是不是竊盜……不過，我們在銀行有開保險箱，據我所知，我公公身邊並沒有什麼貴重的東西和現金……」

在他們交談的時候，法醫已經戴好了手套，拿出幾樣器具，蹲下身在檢查死者。

「妳幾點發現死者的？」

「我是十一點半從健身房回來，沒看到公公，去他房間才發現的。」

「確定十一點半嗎？」

「是的。」她很肯定。

「爲什麼十一點半回家看不到人，就到房間來呢？」檢察官口氣已有問案的味道。李玲眨著長睫毛的眼睛欲言又止，因爲她的臉部輪廓深，鼻粱特別突出，檢察官是注意到了。

「爲什麼呢?」檢察官又追問一句。

「那是因爲我早上要出門的時候，就沒有看到他——我公公通常都很早起床，在院子整理花草的，所以我奇怪，他會不會身體不舒服?因爲我替他準備的早點，在餐桌上一直都沒動過呢!」

檢察官沉思了一下，然後換了話題。

「聽宋組長報告，妳先生出國了?」

「是的。」

「旅行嗎?」

「不，生意上的。」

「去哪裡?」

「去日本。」李玲說到此，猶豫了一下。「可是，在日本找不到他……」

「喔——爲什麼?」

「公司裡的人找了日本的旅館和客戶、他應該到的地方，都不見他的蹤影。」

「換句話說，他失蹤了。」

「是的……」李玲泫然欲泣，又悲傷起來。

這時候法醫很艱苦地站了起來，可能年紀大，顯得很吃力地伸直了腰，他深深地喘了一口氣，便向檢察官說道:

「致命傷只有一處，就是額頭那一個銅板大小的凹傷，是鐵器的鈍物所擊。」

「由於用力過猛骨頭都碎了，凶器一定沾有血肉。至於其他有一些瘀血的抓傷，我想是痛擊以前所發生的，痛擊以後，死者便失去了知覺，如果解剖，想必可以看出腦震盪的內傷……」

「一擊致命嗎？」檢察官問。

「沒錯！」

「凶手一定是孔武有力的男性啦？」

法醫睥睨了一眼檢察官，甩甩手說：

「也不一定是男性，女性也有強壯的人呢！何況如果對方在沒有防備之下，出其不意地痛擊，力道也是相當可觀呀，如果鈍物又有某個重量，譬如幾公斤的鋤頭……」

「凶器是鋤頭呀？」檢察官等不及他說完，打斷地搶著問。

「是，我的初步看法是鋤頭沒錯。」

凶器經法醫一說出，室內的人都面面相覷。凶器會是鋤頭，凶手實在太心狠手辣了。

可是檢察官並不這麼想，凶器不是刀刃之類，表示凶手是臨時起意，否則，哪裡有凶手不帶刀而帶鋤頭來殺人的呢？

「凶手會是熟人嗎？」檢察官再問道。

雖然偵查是檢察官的職責，但由於檢察官剛考試及格，年紀輕辦案經驗少，因此，積幾十年豐富經驗的法醫反而變成他請教的對象。

「有可能，但並不確定，譬如說，凶手是個宵小，他摸黑進來偷竊，被屋主發現，情急之下，隨手抓起一樣東西……」

「那麼，凶器是苦主家的？」

「也有可能！」

檢察官這時忽然恍然大悟，命令跟在身邊的宋組長：

「你趕快帶人找鋤頭啊！同時會同苦主，看有什麼失物沒有？」

「是，檢察官！」

於是組長朝部下使個眼色，兩個警察人員便翻箱倒櫃地搜查起來。

他們打開舊衣櫥，裡面衣物甚少，但沒有紊亂的跡象。他們開著五斗櫃的抽屜，也沒有發現什麼異樣，他們繼續搜查著……

這當兒，檢察官覺得一個六坪大的臥室擠了這麼多人，空間太狹窄，便請李玲的母親和日本人阿部到客廳去，留下了李玲。

「妳家有鋤頭嗎？」檢察官等他們離開房間，把門關起後又開始詢問。

「有。」她想了一想後答。

「在不在呢？」

李玲的眼光停留在門後的牆壁上。那面牆上有一條橫槓，寸半厚的木頭做的，中間開了四個凹洞，剛好有些家用的工具如鋸子、起子、虎頭鉗，可以往上一掛，又方便又隱密。因爲那個位置，只要打開臥室的門，後靠的門就把那裡遮住了。

「啊！」李玲喊叫了一聲，指著牆壁道：「它本來掛在那裡，現在不見了。」

檢察官順著她的手勢一看，果然牆壁上的工具架，四個凹洞最旁邊的一個是空著的。

他走到架前一看，凹洞上端左右有兩個日久摩擦的痕跡，一眼就可以看出是鋤頭兩端所形成的，還有些鏽痕。

檢察官心裡於是有了個底，凶器是那把鋤頭已八九不離十，問題是現在這把鋤頭到哪兒去了呢？又是誰使用它的呢？

「宋組長，你過來。」檢察官叫著正忙得不可開交的兩個刑事警察。

組長站在窗戶旁邊，正在推開窗戶。

「檢察官，這面玻璃沒有上鎖，從裡面或外面，都可以一踮腳就跨過……」

「是，我會注意。」檢察官自顧自地說他要說的：「現在我要告訴你，我可以確定凶器就是掛在牆壁上的這把鎯頭，你看，現在不見了。」

宋組長同意地點點頭。

檢查官天真而戲劇性地指著那個空的凹洞，興高采烈地說：

「你現在要做的，就是帶著你的弟兄，做地毯式的搜查，務必要把鎯頭找出來。」

組長皺起眉頭，訕訕地說：

「可是檢察官，凶手如果把凶器攜走了呢？這好比大海撈針呢！」

「當然有困難，辦刑案你以爲在吃雞肉飯啊！」檢察官教訓起來。

「是，是！」組長不再說話，徹底地搜索起來。

李玲有些發愣，她無神地看大家忙成一團，心思卻不知飄到什麼地方！

檢察官這時上前二步，就站在李玲的面前，幾乎可以聞到她的呼吸，他很認眞地問道：

「妳知道凶手嗎？」

這句話很突然也很意外，李玲有些不知所措的樣子。

「我不知道……」

檢察官的手從西裝褲袋裡抽出來，拇指和食指彈了彈，像在捻熄什麼似的，他很悠閒，慢條斯理地又在嘴邊吹口氣。

「我以爲妳知道的……家裡只剩下妳一個人，妳公公——一個大男人活生生被殺了，應該會有動靜才對啊！」他像自言自語地說著。

「我昨夜晚睡，可能睡得很死……所以都不知道發生什麼。」李玲緊張了起來。

「老方啊！」檢查官回頭問正在收拾東西的法醫：「依你看，死亡時間呢？」

老法醫一副自信滿滿的樣子，他胸有成竹地說道：

「血已凝固，死者的皮膚也有點僵硬，我看從死亡到現在，已有十小時了。」

「唷！」檢察官天眞地叫了一聲，然後看著腕錶。「現在是一點三十分，那不是說，命案發生在今天凌晨三時三十分嗎？」

「是，相差有限。」

「謝謝你啊，老方！」

法醫老方雙手一攤，做個職業性的苦笑。

「我們準備收工吧！宋組長，你去把死者陳屍的地方，用粉筆畫好記號，打電話到刑警大隊派人來收屍，將來恐怕要解剖也說不定。」

年輕的檢察官連口氣都裝成很老練的樣子，雖然有時會顯得他是在虛張聲勢。

但是，宋組長不能不聽他的，便立刻照他的意思去辦。

正在盒子裡找粉筆的時候，檢察官又下了命令。

「叫你的部下要特別注意採指紋，在死者身上的、在門窗上的、在床頭櫃上的、在衣櫃上的……」

「檢察官，」宋組長忍不住打斷道：「你所說的我們都知道，我從警察升到刑事，已有十來年了。」

「知道更好，宋組長，我要叮嚀你，破案固然很重要，但偵訊過程要注意人權！」檢察官顯然有些不悅，他在打官腔了。

「我們還沒找到嫌犯呢！」組長咕噥了一句。

「我們已經知道凶器是什麼，找到凶器差不多就等於找到凶手啦，你們要在這方面加油。」檢察官說完揮揮手，表示不要組長答腔。

於是，檢察官帶著法醫走出臥室現場，讓兩位刑警在室內忙。

李玲也跟在他們後面，到了客廳，正在吱吱喳喳傾臉而談的阿部和李玲的母親，戛然肅靜下來，李玲的母親焦慮地望著以年紀來說可以做她兒子的檢察官，懇求地嚷道：

「這位先生啊，我親家公死得太慘了！大人要明鏡高懸，抓出元凶，讓我的親家公死得瞑目啊！」

檢察官被她這一番雖然沒有一把鼻涕一把眼淚，但歇斯底里地哀叫，弄得有點六神無主。於是他又正經八百地開腔：

「我是檢察官，不是什麼大人大人的，民主時代啦，叫什麼大人……」

「是，是。」李伯母磕頭如搗蒜，一迭連聲地：「檢察官大人──喔，檢察官先生，一定要抓到凶手，要破案啊！」

「我知道，好了，妳不要再這樣窮嚷嚷了。首先，我要你們都留下地址及電話，保持聯絡，有事要隨傳隨到，知道嗎？」檢察官習慣性地揮揮手說道。接著，他欺身向阿部一郎。「特別是你，阿部先生。」

阿部有些慍意，他怏怏然地說：

「我的姓名、地址、電話，李小姐都知道，有事由她轉告好了。」

「不，我要你們現在就交給我們。宋組長，你過來，這些人由你來辦！」

組長走過來，朝檢察官點點頭。

「我跟老方走了，這裡由你處理，可以帶回局裡問話，有嫌疑的再聯絡我，我開拘票給你。」

檢察官說罷，頭也沒回，就帶著法醫離開了客廳，組長跟著送他倆出門。

包括阿部，留在室內的三個人，一時怔忡住了。一個他們所認識的健康而硬朗的老人，在他單傳的兒子出國後，突然間被殺死了，這是多麼突然而又無奈的事。人事倥傯，世間險惡，可以代表他們現在的感觸和心境。

組長送走了檢察官和法醫，很快地又回到客廳。他用手比一下，請大家坐下。他黝黑的方臉現在顯得更震懾人。

當大家順著沙發坐下後，有一、二分鐘的時候沒有動靜。於是，宋組長開口說道：

「當我們在等刑大派人來載屍體以前，我要告訴各位，這件刑案發生在我的管區，偵查破案便是我的職責，刑案發生之後，我對前後左右的人，都有意見，也就是說，每個人在我的眼裡都有嫌疑，因此，我所抱持的態度會使我跟各位發生對立的現象，這一點要特別請各位諒解的。」

這雖然不是開場白，但是大家都注意地聽著他說話，他的觀念當然不太能使人接受，然而，在現場這個時候，並不能不聽他的。

大家默不作聲。

於是，他特別朝向坐在他左前方的李玲說：

「是這樣，通常苦主都會特別悲痛的，李小姐，妳請節哀，同時，我希望妳能冷靜地從昨天晚上或者是最近的時間，妳所發現的包括家庭的，或是妳公公有什麼異狀，都全部告訴我，一件案子的任何線索，都是破案的一種契機——妳知道我的意思嗎？」

李玲微微抬起頭，她是有話要說的，只是不知道要從何說起。

「現在，妳不是我們的嫌犯，我不是在偵訊妳，妳儘管說好了，給我們一些啟示。」宋組長慫恿道。

李玲的眉毛上揚著，灰色的眼眸閃著奇異的光，她忍不住他的需索，微顫著說：

「我公公的生活單純，種花蒔草外，平時喜歡唱日本歌曲，偶爾，也會出去喝喝老人茶。除此，我想不出他還有什麼嗜好。」

「最近有什麼不正常的舉動嗎？」

「也沒有什麼，不過，他最近是比較常常外出……」李玲若有所思地。

「哦，」組長眼睛睜大起來。「常常外出，到哪裡去呢？」

「我聽他說過，好像在迪化街那裡的一家老人茶室……」

「跟朋友去嗎？他應該有些朋友的，是不是？」組長暗示著。

「他本來有一群朋友，年紀跟他相仿，而且都受過日本教育，因而，他們有個叫什麼『樺之會』的小團體，每個月初一、十五兩次，都到北投去喝酒，叫個『那卡西』，大展歌喉——」

「妳公公的這些朋友，妳看過嗎？」

「看過幾個……」

「知道名字嗎？」

「他們叫的都是一些日本名字，像『殺不漏』，像『摸你』啦等等……」正經的對話中，李玲突然冒出一些不純正，而且有點嗲聲嗲氣的「殺不漏」和「摸你」時，嚴肅的組長也聽得有點啞然，年輕的助手卻忍不住笑出聲音來了。李玲的母親也看看阿部，兩個人不禁莞爾。

「好，好，」組長稱好地加油說：「這些人如果妳再看到他們，還認識嗎？」

「當然認識！」李玲很快地回道，這時她由於看到大家有些笑意，本來緊張的臉龐，也鬆弛不少。

「那麼，妳公公賭博嗎？譬如說，打打麻將這些……」

「我公公不會賭錢，他連看都不會！」

「怎麼那麼確定？」

「我嫁來葉家快要十年了，從來未曾看他打過牌，而且，他一直告誡我先生，我體會到，我公公最痛恨的就是賭博……」

李玲答得很堅定，使組長原本想套出一些涉身賭場不好下場的可能性，爲之破滅，不過，他並沒有死心，組長隨之又轉變了話題。

「那麼，妳剛剛提到妳公公最近常常外出，去迪化街喝老人茶，好像不是初一、十五的樺之會什麼的，是不是？那麼，他是自己一個人去嗎？」

「不，」李玲憂鬱的臉蛋閃過一抹神祕的美，她用右手輕掠垂在眼睫的烏髮。「他去喝老人茶，是住在我們家對面河邊違章建築的一個計程車司機介紹的。」

「哦，是這樣嗎？」組長的興致又高昂了起來，接著追問：「妳公公怎麼認識那個計程車司機的？」

「他叫黃種，我公公都叫他黃種仔，由於他年紀大了，出門做生意都比較晚，所以早晨也來幫我們洗車子，他在附近大概包洗了十部汽車。」

好像又解開了一個謎題，宋組長打從心底高興得不亦樂乎。他暗忖著：葉丹青的死，據他初步判斷，強盜殺人的可能性不大，現場既沒有失竊什麼貴重的東西，門窗也沒遭到破壞，只有從他的背景和交遊去著手。首先，不要忘記他是個擁有房產的有錢人，而他富有，只有他的朋友和熟人知道。

現在，李玲提到了幾個老朋友，還有一個住在對面的司機，第六感告訴他，應該從這裡去發掘。

他不露聲色地，又緩慢地問道：

「照妳這樣說，那個司機每天來你們家洗車，妳也是跟他很熟了嘍？」

「是。」

「妳覺得這個黃種仔的怎麼樣？」

「什麼怎麼樣？」李玲不解地問。

「唉呀！」宋組長嘆息了一聲。「妳就介紹他吧！他的長相怎樣、做人如何等等啦！」

李玲當然跟他很熟，黃種仔每天早上七點左右，都會來她家院子洗車，他揿電鈴，來開門的大部分都是她，她對他並無所謂喜惡感，只是覺得他每次看她都露出一種似笑非笑的飢渴模樣，是有點邪門。可是現在要介紹他，倒眞不知從何講起。

組長看她有些迷茫，好像猶豫不決的樣子，便奇怪地問道：

「有什麼困難呢?妳就從他幾歲開始吧!」

「喔，他大概有五十出頭，個子中等，臉孔沒有特徵，明顯地笑時，眼睛會眯成一條線……然後，他好像很有責任感，早上洗車，下午便出去開計程車，聽說家裡兒女很多……」

「好了，就是這樣，妳看妳這樣一說，他的輪廓就會全部顯現出來了，現在我覺得好像已經看過這個人似的，如果他一出現，我就認得他……」宋組長喜孜孜地說著，有些誇張，但他爲了達到某種效果，自然增加強度。「李小姐，妳剛剛說過，妳公公最近常到迪化街去喝老人茶，是黃種仔介紹他去的，介紹只要第一次，但是後來，他再去，也是與黃種仔一道去的嗎?」

「是的，大部分都是他們一道去的，每次大都在吃過中飯以後，黃種仔剛好要出門做生意，就順道帶他去啦。」

「妳公公忽然跟黃種仔走得那麼密切，妳不覺得很奇怪嗎?」

「是因爲他們一起迷上老人茶的關係……」

問答的兩個人終於有些口渴，倦了，在座的李玲的母親卻聽得津津有味，有時候想插嘴進來，都被組長的手勢擋住了。而阿部一郎呢，他的中文能力並不是很強，有些話中帶著閩南話的，他根本就「莫宰羊」，可是他還是聚精會神地仔細傾聽著。

這時候，宋組長由於唇乾，他用舌頭在嘴唇上沾了一圈，便看著正在那兒埋頭做重點記錄的助手，使喚他道:

「小陳啊，去弄杯水來喝喝吧!」

年輕的小陳露出一臉堆砌的笑容，正要站起來，卻被李玲的母親搶著去倒茶水了。

宋組長喝了一大杯開水後，清清喉嚨，便又開始問李玲:

「迪化街那個老人茶室，妳去過嗎？」

這雖是宋組長的隨口一問，想不到卻問出結果來，可見線索只有微乎其微的機會，也不可輕言放棄的這個信念，絕對不錯。

李玲意外地說：

「前些日子要補冬，剛好要到迪化街去買些中藥和年貨，我就順便帶我公公去那家老人茶室，好像就在台北大橋下不遠，一幢紅磚砌起的二層老房子，內面古樸，騎樓上就擺了一些籐椅，入口處是一扇老式的木框玻璃門，玻璃上用隸書寫著他們的店名——『有緻老人茶』。」

「很好，但是，有女人嗎？」組長追問。

「什麼女人？」李玲不懂。

「現在有些老人茶室，都變了質，除了賣茶，還僱有女人陪坐呢！」

李玲嚇了一跳，面有訝異之色，她拘謹地說道：

「我想沒有，因爲我公公不會到那種地方去找女人！他在這方面是個……君子。」

組長想著，她單純，也用不著跟她爭，反正只要知道地方，就一切好辦。

「我們今天到此爲止，我們就等刑大的車子來吧！至於案情，我胸有成竹，回去以後我要做個研判，抽絲剝繭，我想明天大概要傳訊一些人到局裡問話，務必請你們合作。」

說罷宋組長就站起來，大伸懶腰，凝重的氣氛便輕鬆了許多，雖然大家遭遇不同，各懷心事，但總算是一個階段結束。

阿部一郎也站起來舒口氣，而李玲的母親在一旁嘀咕著，唯有李玲仍臉色泛青，不開朗。也難怪，死了公公，丈夫也不見了，她是不折不扣的一個「苦主」。

第三章　異國之夜

落日消失在群山之中
陰陰鬱鬱的異國之夜
飄著雪，輕若飛絮
像寂靜中無聲的告別式

1

葉青森和朴仁淑在機場大廈門口，攔下了一部計程車，就直奔漢城。

在開著暖氣的計程車上，他打開了她風褸的釦子，露出朴仁淑豐滿的身子，她上身只穿一件U字形的羊毛衫，可以看到她白皙的乳溝，緊靠著他的身體，又暖又香，軟若無骨。使兩個月不見、日夜空思夢想的葉青森不克自持，心火直冒。

於是兩個人像兩塊磁鐵，即使沒有口令，卻有默契的互相吸引在一起，絞著纏著，旁若無人，熱烈地親熱起來，好像再也分不開了。

計程車大概經過四十分鐘的奔馳，開進漢城景福宮敦化門附近的一條巷子，在一幢三層樓的小洋房門前停下。

這是朴仁淑在漢城的家，也是葉青森夢寐以求在漢城的愛情小築。

三層樓的房子朴仁淑一個人獨居樓下，有三房一廳，玄關之後的客廳布置得很優雅，字畫很多，充滿了書卷氣，在壁爐上方的一片大牆上，掛有一幅巨大的橫聯，用草書寫著「美人捲珠簾」五個大字。

上方有題款，寫著青森仁淑雅囑，下款署名是于還月，是台灣著名的學者兼書法家。

客廳約有五坪大，很隨便地散置了幾張蓬鬆的沙發，一張古典樸素的茶几，和雕工精緻的太師椅，都是用紅木製作的，分別擱在一邊，太師椅靠在「美人捲珠簾」的字畫下。

葉青森和朴仁淑一進門，行李一丟，便又擁抱纏綿起來，慾火熾烈，簡直像星火燎原般地，一發不可收拾。於是，他們邊擁吻邊嘻笑，然後推開玻璃門，進入房間，房間約有六坪大小，雖是日式，床鋪卻不是榻榻米鋪成的，它是用泥漿混合著糯米凝固的地板，堅硬得像洋灰水泥，從下面燃燒著煤球，使炕上散發著溫熱，典型北方的農戶炕鋪。

葉青森狂野地把朴仁淑擁向炕鋪，朴仁淑來不及找一床韓國毛毯墊墊，葉青森便以餓虎撲羊的姿勢撲下去。

朴仁淑叫了一聲，小心地避開他，坐在鋪上傾斜著身體，含情脈脈地說：

「阿森，你要溫柔一些……」朴仁淑從他們認識的這兩年來，在生活及語言上，受了葉青森的影響很大，阿森的叫法，就是接受他的建議而叫的。

葉青森有些意外，這個北國妞，自從去年他們第一次上床以後，在床笫間所表現的狂野，一直是讓他在台灣作夢也揮之不去，那種繾綣與癡迷，使葉青森爲之瘋狂。

怎麼，這次竟然含蓄起來啦！

「幹什麼啊？」葉青森不解地。

「你坐下來，」她說，留出一個可以擺腳的地方，讓葉青森坐下，然後垂下粉頸，羞答答地說道：「人家……」

他眞是不懂她的意思，她的害臊表情倒是一反常態。他的熱情冷卻了一半，困惑地問：

「妳怎麼啦？有什麼祕密嗎？」

她媚人的眼梢直盯著他，一手撫著肚子，不勝嬌羞地說道：

「我有了……」

這句話雖然小聲，但對葉青森來說，卻如雷貫耳，他先是驚喜一番，接著便深蹙眉頭。

「啊，眞的嗎？」

如果朴仁淑是他的妻子，元配夫人，妻子有喜，做丈夫的當然雀躍萬分，問題是，葉青森在台灣已有家，妻子小孩無一不缺。現在，這個在異國他所愛的女人，卻爲他懷孕了。

相識兩年，葉青森起初是抱著逢場作戲的心態與朴仁淑交往，朴仁淑的愛卻不一樣，她全心全意投入，愛他愛得一塌糊塗。今年夏天的時候，朴仁淑忽然提到結婚的事，已經把葉青森嚇了一跳。

而現在，她竟然進一步地懷了他的孩子。

朴仁淑發現他表情錯綜，憂喜參半，又被他一句冷頭冷腦的「眞的嗎」搞傻了，嬌嗔地說著：

「當然是眞的，這哪裡有亂講的。」朴仁淑不開心地說。

葉青森猛點頭，嘴裡呢呢喃喃：

「那就好，那就好……」

「你好像不高興，是嗎？」

他發現到朴仁淑的不悅，趕緊展開笑容，哈哈大笑地說道：

「什麼話，我太高興啦！仁淑，那是我們的愛情結晶啊！」

朴仁淑嫣然一笑，倚偎在他的胸前，陶醉在她的幸福裡。

葉青森雖然笑著，但是心中卻充滿高處不勝寒的感覺，他失神地問道：

「有幾個月了？」

「兩個月了，還不是你上次來的時候……」朴仁淑風情萬種地說。

兩個月，剛好是他上次來出差的時候沒有錯，葉青森在心中盤算著，可是，每次行房的時候，她不都是吃避孕藥嗎？怎麼會有了呢？他不解地問道：

「妳不是每次都吃避孕藥嗎？上次怎麼失敗了呢？」

她垂頭吃吃的笑，把臉靠在他的胸前廝磨著道：

「就是上次沒吃啊！」

上次沒吃，難道是故意的？葉青森生疑地問：

「妳本來就計畫懷孕嗎？」

「我想嘛……」她從來沒有這麼嬌羞過。

然而，葉青森心中疑懼異常，他知道朴仁淑是全然地愛著他，眞心地想要爲他生個孩子，只是，在妻子和情婦之間，葉青森所面臨的，眞是一種痛苦的取捨啊！

他不敢多問，只好改變話題道：

「讓我摸摸看！」

「不要嘛……」

葉青森還是伸過手去，掀起她的羊毛衣，一件毛織的長褲緊緊地圍在她的腰上，肚子平平，未見隆起，他的手就放在她白皙的肚皮上，溫暖而柔軟。

「好像跟平常沒有兩樣嘛！」

「只有兩個月，當然還看不出來，最少也要三個月才有形呀！等下次你再來漢城時，不但可以摸到，而且還可以聽到……」

對著這樣的一個愛情結晶，朴仁淑是那麼的充滿了期待，葉青森眞是不忍心掃她的興，他的神思飛馳到亞熱帶的台灣故鄉，他的妻子李玲及小傑和小婷的影像，一一浮現在他的腦海裡。李玲癡癡地望著他，小傑和小婷直喊著爸爸……

「阿森，阿森，你在想些什麼？」她搖著突然發愣的他。

「我在想……」

「你在想男的還是女的嗎？」

他只好將錯就錯地說道：「是呀！」

朴仁淑猛地坐直身子，很正經地問他：

「你想要男的還是女的？」

「男女我都喜歡。」他說了違心之語。

「我倒是喜歡男的，他要像你……」

葉青森再也禁不起這樣繞著孩子的問題轉，愈聽他愈心神不寧。他要趁著朴仁淑肚子尚未隆起以前，好好享受她芬芳四溢的肉體，以及她的激情。

於是，他不再言語，順手把她扳倒在熱炕上，掀起她的羊毛衣，然後一頭埋入她豐滿的胸脯上，用動作代替了一切。

不多久，她便哼哼唧唧地呻吟起來，他脫下她長褲的時候，她象徵性地用手去護著肚子。她的手指修長，指甲上塗著粉紅蔻丹，顯得性感迷人。

他忍了兩個月的情慾，像火山般地爆發了，汗如雨下，熔漿四濺，他又一次深深地進入她的體內，持久又堅挺。

抱著他的兩手，使盡了力氣，指甲掐入他的皮膚。他在狂情的時候，並不覺得痛，只覺得他身邊的她嬌喘如牛呼喊的聲音，像風中簷前的銀鈴，清脆又激越。直到兩具白條條的肉體鬆弛慵懶地橫躺，朴仁淑才昏昏沉沉地睡去。

葉青森起身找菸，他點燃了一支，銜在嘴裡，然後在她的身邊躺下，斜著臉在枕頭的這邊看她。她的睡相像天使般的安詳，充滿彈性和修長的身體，不像即將做母親的女人。

他把枕頭墊高，半靠在牆壁上，猛吸猛吐著煙，好像在作夢一樣。

慢慢地，他的神思漸漸地回到時間的迴流裡，回憶起使他癡迷如此的相遇……葉青森自從在山水亭認識了朴仁淑，兩個月後，第二次到了漢城，一下飛機就打電話給她，飯店也沒有去，就直赴山水亭。

在山水亭只能解兩個月未見面的思慕，聊聊而已。那個晚上他便又住進總統大飯店，因爲朴仁淑依然在那兒的夜總會客串唱歌。

說她是客串歌星，實在是形容適當。朴仁淑不但有大學的學歷，在仁川的家庭也滿富有的，除了父親擁有房地產以外，哥哥也在仁川開了一間規模頗大的加油站。而且，在山水亭，她並不只是個職員，她也是股東呢。

這些朴仁淑的背景，是在這次重逢以後，陸陸續續從她口中得知的。

當天晚上，朴仁淑唱完了歌，已是凌晨二時，那時候的漢城，尚在戒嚴時期，人車到晚上十時就不能通行，直到凌晨四時才解嚴。所以朴仁淑在總統大飯店的職員宿舍有房間，她本可回地下層的宿舍去的，可是禁不起葉青森的力邀，那個晚上，朴仁淑便在十三層的客房裡，與葉青森同眠一宵。

那是他們最初的接觸，孤男寡女，乾柴烈火，其過程之纏綿與細緻，自不在話下，肉慾之外，兩人又引進了諸多精神領域的東西，在朴仁淑對中國一知半解的情況下，葉青森只好使出渾身解數，從小學到大學共十六年的歷史課程裡所學到的中國歷史和文學家的知識，現買現賣一番，就把朴仁淑整得一愣一愣、服服貼貼的，中國的地大物博、學問艱深，使她佩服得五體投地，也不由得對葉青森敬愛有加。

認眞分析起來，這種異國男女的戀情，最初的吸力，都免不了是對對方的好奇和新鮮，這樣的感情架構，本就比較脆弱，像廉價粗花布般，經過時間的清水一洗滌，便黯然失色。

對朴仁淑來說，這分不期然的邂逅，發展之快，也出乎她的意料之外，如果說這是由於朴仁淑是個北方的豪放女，敢愛敢恨，那也未必，牽情的另一端——葉青森，也是一個很重要的因素吧！

2

葉青森，中等身材，容貌並不是屬於俊男型的，祇是剛毅中有點冷酷，尤其他深陷眼眶中的那對棕色眼睛，深邃無比，像有一種探測不完的大海深情一般。他說話的時候，眼光閃爍，充滿慧黠之神，而且聲韻清澈、詼諧四起。

他是個成功的生意人，外交能力好，有文化人的氣質，卻沒有市儈氣。雖然他已三十出頭，健康卻不臃腫，他的身體仍然保持十八歲小夥子那種挺直及結實的模樣。

這也許是朴仁淑所鍾情的原因之一吧。

最初之夜後，他們談了很多，大都繞著文化的層次在談，賣弄也罷，畢竟他們除了溫存外，對現階段對方城市的狀況及生活習俗均了解不深，實在無從談起。

漢城四月，正是冬殘春臨的季節，被白雪覆蓋了一冬的樹木，開始冒出綠色的枝枒，櫻花正盛開著粉紅或深紅的花朵，從飯店的窗戶往外看，一片花團錦簇的花海，到處充滿春的氣息。

那天早晨他們起床後，叫了早點在房間裡用餐的時候，兩個人又聊了起來。首先從漢城正在大力建設的地下鐵談起。

「我覺得漢城的現代化建設做得很認眞，地下鐵也發展得很快。」葉青森坐在窗台，邊吃吐司邊說。

坐在小沙發上的朴仁淑，穿著一件綠絲絨的睡袍，袍角撩起，可以看到她一雙白得像象牙的均勻大腿，緊緊地併靠在一起。她粉粧盡卸，卻仍不失麗質天生的秀美。

她回眸輕聲地漫應著：

「我覺得我們漢城太窮了，內戰時期所受的創傷至今尙未恢復，要不然我們可以做得更好更多……豈只地下鐵而已，我們想辦亞運、想辦奧運……我們有很多理想，唯一的理由，便是我們要生存、要進步，不進步，不突飛猛進，便會被我們的敵人消滅了……」

葉青森可以體會出來，這是愛國情操的表現，並不是口號。台灣與韓國的處境有許多相同處，不過，積極性與強悍性卻不及韓國很多。

「據我所知，貴國向外國借貸了許多錢，在冬天，鄉下還會凍死人……」

朴仁淑很快地打斷他的話：

「這都沒錯，但我們一切都爲了工業升級，躋身國際，我們是窮，但志不短！」

葉青森並不是想跟她抬槓，他講的是事實，她回應的何嘗有錯，這些都是開發中國家的矛盾和痛苦。

「說到工業升級，我的感觸很深，就以汽車製造業來說吧！我在一本介紹貴國的刊物上讀到，現代汽車的PONY，自製率達到百分之九十九，好像祇有儀表板的螢光漆是進口的，這是很令人佩服的。我知道你們發展汽車工業十幾年的時間，能有這樣的成績，一定是政府和企業家的通力合作，用大魄力去完成的……對不起，我們台灣發展汽車將近三十年，自製率卻每下愈況，到現在還祇是在裝配階段，說什麼發展，簡直保護特權嘛……若干年前，我還在報紙上看到我們汽車政策的主管當局，工業局長韋永寧公開說，我們不是不能提高自製，而是提高自製不如購進零件來得便宜和順當。一個政府官員居然這樣說，簡直把我這小老百姓氣昏了。到現在我還恨得牙癢癢的……」

這眞是一段長篇大論，這樣對國事的演講，也不是在這種場合說給愛人聽的，可是，對葉青森來說，政府的一些保護特權損害消費者權益、公權力不彰等毛病，一犯再犯，使他充滿了挫折感，因此，祇要他談起時，又加上比較，眞是急死他了，難怪他會情緒化起來。

他亢奮演講的時候，朴仁淑側著臉帶著好玩的表情盯著他看。等到他說完了以後，她不疾不徐地站起來倒了一杯茶，端到窗口給他。

葉青森接過她遞給他的熱茶，不禁笑了起來，頑皮地問道：

「妳在笑我嗎？」

「不是！」她也笑著答道。

「是的，我明明看出來，妳的笑容有問題！」

朴仁淑沒說話，只是把身體倚過去，靠在他身上，她的頭就枕在他的肩膀上，葉青森低下臉，聞到一股清新洗髮精的檸檬味和她的體香。

葉青森的一雙手從腰把朴仁淑抱上來，使她豐滿的臀部緊貼著他的大腿。他逐漸感到一陣熱流傳遍了他的全身。

她在他的懷裡有點氣喘地說：

「我覺得你有些像我哥哥，他愛國愛得很強烈，但顯得有些急躁……當年他念大學的時候，曾經為朴正熙濫捕學生，整天罷課示威，也入獄多次……」朴仁淑說到此停頓下來，仰起臉好奇地看著他，問道：「你在你國家裡批評國事、搞運動，坐過牢嗎？」

顯然的，朴仁淑的這個問題要有答案，但他不知道她所要的是哪一號人物和行徑。

因此葉青森祇好像小丑般誇張地大笑起來，自我解嘲地說：

「對不起，我是個生意人，我祇要賺錢，不管國家大事，至於批評，我才不呢！在台灣，我是一隻冬天的蟬……」

朴仁淑沒能聽得懂他的話中有話，尤其蟬，生長在北國的她，連聽都沒聽過，難怪她不懂。於是，她問道：

「什麼是冬天的蟬啊？」

葉青森逕自笑起來，又無奈又感傷，終於笑出眼淚來。

「蟬在夏天叫得很厲害，幾乎要吵醒所有樹林裡的生物，然而一到了寒天，牠便躲進地層底下，冬眠了，像死去一般……」說到此，葉青森的語調變得很沮喪。

朴仁淑有些震驚，她不懂他的神情為何轉變得這麼快，而且又是為了些什麼，她驚訝地看著他，凝視中充滿了愛憐。

「你怎麼啦?」

「我……」

「我說錯話了嗎?」

葉青森猛然發現自己表現得太脆弱，在美人面前，無由的感傷，實在是笑話。他吸了一口氣，振作起來。

「沒有什麼!我想到我在千里外的故鄉台灣，突然有些傷感而已……」

他說罷，緊緊地把朴仁淑抱起來，由於他的雙手從她的腰部勒起來，因此把她的睡袍下襬整個撩起來，一直撩到腰邊，露出了豐腴均勻的大腿，和三角褲。

朴仁淑有些害臊地叫起來，急忙用手把睡袍扯下掩住暴露的下體。這一掙扎，使葉青森抱得更緊，把朴仁淑充滿彈性的乳房，擠得鼓鼓的，從衣領邊露出大半個來。

「放——手啊!」

葉青森除了身體廝磨外，居高臨下，他的視線好像在瀏覽著桃源的仙境，有肥沃的平原和豐碩突出的雙峰，在面前微微地震顫……

一陣昏眩直往葉青森的腦門衝，他又情不自禁地激越起來。豈有放手之理啊，他在心中呼喊著。

「仁淑，仁淑……」

他的吻，急如夏日的西北雨。落在她唇上，以及把她扳過身體來，白得像牛乳的胸脯上……

朴仁淑祇有喘息的分，整個身體癱軟了。

他把她放在窗台上，褪下她的睡袍，光滑的身子在輕輕顫抖著。

葉青森一頭撞進她的胸前，然後順著地勢直往下攻擊。當他的舌頭在她的肚臍眼上梭巡的時候。

「啊，啊……」朴仁淑用了這種國際語言，表露她的意亂情迷。

她眞的忍受不了他翻天覆地的侵略，他狂野地蹂躪她一片山谷中人跡罕至的處女地。她由他擺布著，在窗台躺下，他間不容髮地欺身壓下。

他們狂亂地擠壓著、舔著，已忘記了剛才的討論，動作就是最原始的語言。

窗沿暖氣管吹上來的暖氣使他們熱上加熱，朴仁淑香汗淋漓，葉青森呼號著，上氣接不了下氣……

窗外，白日當頭，陽光灑滿了一地，遠方光禿禿的石山，寧靜無語，飯店前的公園，一片櫻花，吐著在漢城難得一見的繽紛。

3

做完愛後，他們小睡了一會兒，醒來時已經中午時分，他們都覺得肚子很餓。

在穿衣服的時候，朴仁淑扣著襯衫的最後一個釦子說：

「下午我向山水亭請假，祇要能在八點回到總統飯店唱歌就好，下午我帶你去逛明洞，吃韓國料理。」

葉青森一切準備就緒，坐在沙發上吐了一口煙，對吃飯沒有異議，可是他卻說：

「我覺得漢城沒有什麼特色，除了景福宮稍有些歷史遺跡外，明洞就跟我們台北的西門町一樣人來人往而已，我倒希望妳帶我去看看你們的舊社區。」

朴仁淑不置可否地嫵媚一笑，說：

「舊社區有什麼好看的！其實，你喜歡看古蹟，我應該帶你到慶州去看，慶州古城面積很大，比景福宮好看得多了。」

「好啊！」葉青森神采奕奕起來。「我們就到慶州去吧！」

「但是慶州在釜山那兒，離這裡有好幾百公里呢！」朴仁淑咋舌地說。

「眞可惜！」葉青森遺憾地說。

朴仁淑看葉青森很失望的樣子，覺得有些過意不去，她想，帶他到那邊去看看也好，至少可以讓他了解一下韓國除了漢城以外，還有洞天。祇是那麼遠的地方，不可能一天來回，山水亭無妨，但夜總會不容易請假。她因此困擾地皺緊眉頭。

「怎麼啦？」葉青森問道。

她走過去，在他的大腿上坐下，低語道：

「我在想，如何向總統夜總會請假，帶你去一趟，因爲路途遙遠，勢必要在那兒過夜，住一晚……」

「雖然我很想去，但不要勉強，」葉青森雖然這樣說，但眼中流露著渴望的神色。「妳祇要告訴我慶州的一些大概就好了。」

朴仁淑移動著身子，從茶几上拿起皮包。她即使穿著一身暗色的衣服仍掩不住她的嫵媚，長髮披肩，一甩就像晨光中閃爍著白練般的飛瀑。

「慶州嗎？」她說，停在他的面前。「離韓國南部大港釜山祇有四十多公里，面積相當大，現在的規模是朴正熙時代重建的，著名的有佛國寺、普門團地、博物館等等，也有遊湖的地方，總之，可以消磨一整天……」

「哦……那麼好嗎？」

「是不錯，不過，你下次來漢城時，確定日期，好先安排一下，我們到慶州去度假。」

「那太好了。」

朴仁淑伸出手把葉青森拉起來，順手拿起房間的鑰匙，說：

「好了，我們出去吃飯吧！」

葉青森雖然餓，但像小孩子般地賴皮著，讓朴仁淑連拖帶拉地拖出房門。

離開大飯店，走過兩條街，便到了熱鬧的明洞地區。

葉青森在春暖花開的街上，很瀟灑地攬著朴仁淑悠閒地散步著，雖然不是假期，但人潮仍然不少，爭奇鬥妍的女性服飾店，有點日本風味，播著熱門迪斯可音樂的唱片行，幽靜的咖啡店一家連著一家。

朴仁淑溫馴地倚偎在他的身邊，邊走邊介紹一些比較特別的商號。他側耳傾聽，臉上流露著快樂的表情，充滿了溫馨。這樣一對親暱的男女，在局外人看來，一點也看不出他們是一對異國情侶，也不會感到有什麼不對，同時，也會爲他們的幸福感到羨慕。

後來，他們在一家全部用韓文寫的市招前停住，是一家料理店。葉青森看不懂韓文，也不知裡面在賣些什麼東西。

朴仁淑興奮地指著這片店說：

「這是漢城最有名、最大眾化的韓國料理店，叫韓一館，他們的烤肉好吃無比，你喜歡嗎？」

台北也有韓一館，葉青森想，台北那家一定是模仿這一家的。馳名到台北去，那必然不簡單。他點點頭說道：

「好啊！韓一館，可是我一個字都看不懂。」

「是要吃飯，誰要你看懂字啊！」

朴仁淑嘻笑地一把把他拉進店內。

韓一館是二層樓的建築，他們在樓上的角落找了一個位置，坐下來就向服務生要了兩份烤肉，又叫了一瓶啤酒。

此地的烤肉，當然很道地，色香味俱佳，但是卻沒有湯喝，所以他們喝完了一瓶啤酒，又增添一瓶。

兩個人把兩瓶啤酒喝完以後，直打嗝，朴仁淑白皙的臉蛋，紅得像水蜜桃，光滑滋潤，彈指可破。

葉青森有些飄飄然，感動地說：

「仁淑，妳現在好漂亮！」

朴仁淑聽到讚美，心裡很樂，但嬌嗔地白他一眼，捉弄地說道：

「怎麼，現在漂亮，昨天就不漂亮啦！」

葉青森呵呵地笑將起來，伸出手打了她一下肩膀，輕快地說道：

「好傢伙，妳捉弄我呀！」

「誰叫你亂說話，又說錯了……」

「眞的，仁淑，我一點都沒有說錯話，妳本來就很美，喝點酒後，美得……變成國色天香，以後，我們吃飯或做……」葉青森本來想要說做愛，但話到嘴邊又吞了回去，到底現在說這個字眼比較不適合。「定要跟妳喝些酒，增加妳的嫵媚和氣氛。」

「才不呢！你要把我變成酒鬼啦？」

他們就這樣天眞、無憂無慮地互相取鬧。一餐飯吃了兩個小時。

在櫃枱結帳時，樓梯冂上來幾個粗獷的男人，他們大聲地說著話，還間雜著笑聲。

朴仁淑回頭看了一下，有些緊張，她急忙靠近青森一步，好像怕被對方看到似的，神色迥異。

葉青森自然發現這個情況，他當時裝作若無其事，等下了樓梯走出店門，他終於忍不住問朴仁淑道：

「剛才那幾個男人是誰？」

朴仁淑面有難色，有點呑呑吐吐。

「誰啊？」

「我看到妳有意地躲避著，我想妳是認識他們的，他們是誰？」

葉青森口氣逼人，好像沒有結果便不肯罷休的味道。在起風的街上，朴仁淑突然有點惘然。

「是幾個住在仁川的朋友……」

「不那麼簡單吧？」葉青森狹隘的心胸逐漸暴露出來。

「其中有一個是……」

「男朋友？」

「不是，」朴仁淑突然堅決起來。「其中有一個是我大哥，那個留有絡腮鬍的。」

「眞的？」這倒出乎他的意料之外。

「我爲什麼要騙你？」

「如果是哥哥，妳應該幫我介紹呀！」

朴仁淑在街上跺著腳，露出一副不以爲然的表情，很鄭重地說道：

「我哥哥不准我交男朋友啊，他管得比我父親還嚴，你知道我父親在一九五二年內戰時受了傷，命是撿回來了，但卻殘廢了。我們都是大哥帶大的，他說一不二，我們都怕他。」

葉青森在胸中翻騰著一種酸的酵素，終於回止下來。原來是哥哥，他還以爲遇到了情敵呢！於是，他一掃心中陰霾，笑逐顏開地說：

「介紹也無妨啊！」

「他會把我打死的，你知不知道？本來在夜總會唱歌，他也不同意的，後來因爲總統飯店夜總會經理，是我大哥的好朋友，經理答應幫忙管教我，才勉強答應的……」

好啊，他心中想，管得愈嚴，朴仁淑的愛情就會愈專注，對他，這樣一、兩個月才來漢城一次的異鄉人，簡直像請了管家，更有保障啦。他高興在心裡，於是轉開了話題，關心地問著她的家況：

「妳說妳父親因爲打仗而殘廢了，他……」

「他眼睛瞎了，又斷了一條腿……我們小時候是很苦的，戰後仁川才慢慢開發起來，我們家的一些田地，變成了街路，增値了，是最近才富裕起來的，我哥哥在仁川開了一家加油站……」

「哦，那麼妳是戰後才生的，妳父親不是殘廢了嗎？怎能……」葉青森問得有點冒失。

朴仁淑怏怏地說道：

「那跟生殖能力沒有關係……所以我對戰爭很憎恨，從我懂事後，父親的形象，以及這個世界給我的認識，就是殘酷。」

他們站在街頭討論這些實在有點不倫不類，葉青森已經感覺出氣氛不對，他遂攬腰一把抱住朴仁淑，俏皮地說：

「好吧！我們不談這些不愉快的事啦，漢城春天的街頭，充滿了綠意，風也像帶著梳子似的，妳就帶我去大街小巷逛逛吧！」

於是，朴仁淑在他的溫情攻勢下，展露了笑容，兩個人踩著輕快的步伐，一同踏青去。

可是，葉青森剛剛在樓梯口看到的幾個男人，好像有一個蓄著大鬍子沒錯，這個朴仁淑嘴中嚴酷的大哥，對葉青森和朴仁淑這對異國情侶，具有宿命性的影響，亦未可知。

他們這時走到一棵楓樹下，在光線幽暗的天色下，露著它不屈服、光禿禿的枝幹，沒有葉子可落的楓，卻在枝椏間，冒出了新芽。

4

直到菸頭的餘燼燒痛了葉青森的中指，他才從回憶裡驚醒過來。

這時，暮色已降臨，房間內深暗得像張開了一帷布幕，睡在旁邊的朴仁淑，只剩下一團模糊的影子。倒是一陣窸窸窣窣的輕微聲響，從外面傳來。葉青森靠近窗一看，原來雪花像棉絮一樣，正緩緩地、稀疏地落著，純白的雪花，在傍晚的光線下顯得特別地白。

葉青森顯得很欣喜，雖然在韓國他已有多次看到飄雪的經驗，但是依然十分雀躍，何況是在做愛後吐著煙圈的時候，更加感到詩情畫意。

在窗前飄落的雪花，是六角形的，有些沾到窗櫺上，嵌得寸餘高，室內由於燒著煤球，因此浮起的水氣把窗玻璃模糊了。葉青森把嘴巴移到窗玻璃上，對著呵一口氣，然後用手掌把它抹掉，窗外的景色便又清晰無比。

他像小孩子般地充滿新奇，一直不停地做著這個動作。而窗外巷口的雪，鋪得像一層白霜，在漸漸昏暗的天色中薄薄發亮。

「阿森！」

在他耽於一種千年寂靜的神馳中，突然被朴仁淑叫醒了過來。回過頭，他看到她撐起上半身，疑惑地看著他。

朴仁淑奇怪地問道：

「天黑了，你怎麼不開燈呢？」

「下雪了，下雪了……」葉青森自語般地說著，又回到他雪白的世界。

朴仁淑很不以爲然，下雪對於她，一點也不稀奇，倒反而在雪後，道路泥濘濕滑，帶來了很多的不便。雪，對北方人來說，並不是個個都有好印象。

她站了起來，從抖落的毛毯下露出她一絲不掛、光溜溜的身體，她順手從矮几上抓來一件睡衣穿上，在牆壁上按了一下開關，一只垂掛在橫梁上的吊燈，嘩地一聲亮起來。

葉青森因爲光線突出，他皺緊了眉頭，揮著手示意要她關燈，他說：

「我要看雪呢！」

但是朴仁淑沒理他的話，她過來在他旁邊跪下，從後面抱住他，撒嬌地說道：

「阿森，我們出去吃飯，我肚子好餓哦！」

他感覺到背部的柔軟和彈性，那是她豐滿的胸部緊靠著他所造成的，加上室內電燈一開，窗外就眞的黑暗起來了，輕飄的雪花，也變得模糊而散漫，逐漸與夜色融合在一起。

眞是掃興，葉青森心裡嘀咕著。便順勢仰躺過去，朴仁淑沒有注意，兩個人便在睡炕上倒成一堆，並且呵呵地大笑起來。

他反身壓住她，把手伸進她的睡衣內，一隻大手掌就緊緊地握住她的乳房。

「都是這個在作怪，都是這個……」葉青森邊說邊笑，聲音震動屋瓦。

「住手，住手，不要臉……」

她說罷，也笑得花枝亂顫。

他們在炕上胡鬧了一陣，終於疲倦了，也覺得肚子實在餓了。

葉青森便有氣無力地問道：

「我們到哪兒吃飯？」

「下雪，走路不方便，我們乾脆到遠一點的地方去，好嗎？」

「好啊，但是要吃好一點！」

「吃好一點」是葉青森的口頭禪。在台灣，由於政府給公司可以報的交際費很多，不吃白不吃，所以每次碰到好朋友或客戶，便流行這一句「吃好一點」！現在即使到漢城來，消費額比台北低得很多，當然一脫口，也就是「吃好一點」。

「啊，對啦！」朴仁淑像發現新大陸似的，興奮地說：「我聽說華克山莊的希爾頓夜總會，有美國拉斯維加斯來的秀，我們就到那兒吃飯，一邊欣賞節目吧！」

「主意不錯，我也好久沒有到希爾頓去了，在那兒賭賭錢。」葉青森說，忽然想到一件事。

「咦！本國人不是不可以進入嗎？」

朴仁淑噗哧一笑說：

「傻瓜，我是你的太太啊！」

葉青森愣了一下，接著也哇啦哇啦地笑起來。

於是，他們起身穿外出服，一會兒工夫，便收拾就緒。

出門的時候，朴仁淑從鞋櫃裡拿出一雙厚重的黑膠底皮鞋給他穿，她說：

「這是下雪時穿的，這些天一直下雪，路上都結了一層冰，很滑，穿皮底鞋很危險，一不小心就摔個四腳朝天！」

葉青森覺得從心底溫暖上來，他感到朴仁淑在某些細節上很溫柔體貼，使他很受用。

接著，她又抽出一雙女用紅色的膠底鞋，然後對自己說道：

「我也要小心才行……」說著說著，臉頰飛上一朵紅霞。

「哪，」葉青森說。「我們穿上這些東西，在夜總會就不能跳舞啦！」

「我們就跳慢四步的布魯斯好了。」

最後，朴仁淑在門口找出一把大洋傘，揿熄了室內燈，走到屋外，台階上已有積雪，雪花仍無聲無息地飄著，雪經過路燈的探照，好像撲火的飛蛾，紛紛地垂直輕落。

夜幕，整個地籠罩著雪國。

葉青森又被這罕見的雪景迷惑住了。朴仁淑則在身後，輕輕地關上木門，上了鎖。

「糟糕！下雪天都不容易叫到計程車！」朴仁淑撐開傘走過來挽著葉青森的手臂說道。

葉青森從她手中接過特大號的洋傘，不經意地問道：

「不是巷口就有嗎？」

「那要看我們的運氣啦！」

「就是說嘛，我說要買部小馬汽車給妳，妳就不要。喏，現在要看別人的臉色啦！」

朴仁淑就在巷中停住，很認真地說道：

「第一，我不接受你這麼貴重的禮物。第二，在敝國，像我這樣年輕的女孩子擁有車，又自己開車，太囂張了，所以不行。」

「眞是的！一部小馬韓幣六百四十萬元，等於新台幣三十一、二萬，我可花得起啊！再說，你們貴國，對老百姓要求很苛，好像都用重稅在遏阻舶來品入侵，洋菸洋酒更是在嚴禁之列。可是，記得你們朴大統領被自家人槍殺時，桌上洋菸洋酒都有啊！」

「好啦，我拒絕跟你談這個，國情不同，何況，貴國也好不到哪兒去……」朴仁淑突然臉有惱色快速地說道。

政治這個東西，到哪兒都有特權和腐化，到哪兒都很敏感，所以不談也罷，葉青森心裡想。

於是兩個人沉默下來，就不聲不響地走到馬路邊。果然，車聲稀落，好久才有一部車子疾馳而過。

他們兩人擠到巷口一家畫廊兼藝品店的廊腳，稍遮雪花的沾身。

朴仁淑抱怨道：

「搞不好要等半小時也說不定，等下看到計程車就攔下來，管他的……」

葉青森一邊看著從暗空裡飄落的雪花，一邊逕自笑起來。

「你又在笑什麼?」朴仁淑沒好氣地說。

「我又想到你們漢城的計程車，可以不認識的人同時擠上一部車，然後司機收兩份費用，乘客也很容易一拍即合啊!」

「那是因為當初戒嚴的關係，不擠就回不了家。」朴仁淑正色地說道。

這時候，一部計程車正從敦化門那邊轉過來。朴仁淑踏出一步，用力地揮手招車。

計程車果然在他們的面前慢慢停住，朴仁淑低頭一看，前座已坐了一個男人，後座卻是空的。

司機探過頭來，看了他們一眼，就把後門打開。

朴仁淑一把將葉青森拉進車裡去，用韓國話直接跟司機說，司機回了幾句，又點點頭。後來，朴仁淑又跟前座穿風衣的男乘客說幾句，那人也回話，卻沒有回過頭來。

車子繞了一圈，經過青瓦台總統府，便朝郊外開出。

車內很暖和，朴仁淑倚靠在葉青森的身上，剛才的不悅一掃而空。她輕聲地對他說：

「很幸運是不是?前面那位客人，也剛好要到華克山莊去。」

「哦!」葉青森不置可否。

「那個人的口音很像南部的鄉下人，大概是從濟州島來的，我想他也要到華克山莊去開開洋葷……」

車中的音樂突地掩蓋了朴仁淑的話，一曲韓國流行很久的電影主題曲〈我心中旋轉的風車〉，在一個纏綿的女聲和薩克斯風聲中，濫情地哭泣起來。

車子在黑暗的雪地疾馳著，爬山轉彎，常常有車燈迎面撲來，刺得眼睛都睜不開。

細雪在車燈照射下紛飛，雪花和燈暈交融一片，形成一種很奇特的景觀。在葉青森的視覺裡，彷彿車窗外是一個眞空飄浮、粉雕玉琢的世界。

車子大概開了四十多分鐘，終於到了華克山莊的希爾頓酒店。朴仁淑與前座的那個人各付了車資，下車前她一再地感謝他的幫忙搭順風車，否則，在這雪天的晚上，他們可能到現在還盼不到計程車呢！

那人頻頻點頭，也小聲地回應著，頭卻沒有回過來。下車後，他翻起風衣的領子，幾乎遮掉他一半的臉，他很快地進入酒店大廳。

葉青森和朴仁淑進入夜總會時，離八點開演的第一場秀還有半小時，一個穿黑色晚禮服、漂亮的女領檯過來招呼他們。葉青森用英語跟她說，希望有一個好位置，然後塞一張十元美鈔給她，她先怔了一下，然後很快地接過去。於是滿臉笑容地帶他們到伸展台邊的一個雙人座的位置，很有禮貌地拉開了椅子，讓他們坐下。

朴仁淑本質上是一個很勤儉的人，對於葉青森在公開場所這種略施小惠，而常常得到很多好處的作法，最初很不以爲然，感到這樣對她的同胞是一種侮辱，也是資本主義社會最敗壞的一種風尚。可是，漸漸地，習慣性籠絡了她，這種優越感中得到方便的事兒，反而使她對葉青森產生男人的氣概這等印象。

他們叫了兩客紐約牛排，吃到一半的時候，節目就開始了，出來報幕的是一個高眺的朝鮮女郎，臉蛋很漂亮，身材諒必也不錯，只可惜被韓國鬆垮垮的傳統服裝全包住了，看不出來。

她首先用韓國話報幕，後來又用英語講了一遍。她的英語很菜，完全沒有文法可言，這使葉青森想到韓航空中小姐的英語也是這副德性。

這時候，葉青森的背突然被碰撞了一下，他回過頭去看，一對新進來的客人搬動椅子正要坐下，男的還戴一副墨鏡，流里流氣的，像個小太保，葉青森想，這號人物怎麼到處都有，幾乎不分國籍的。

節目開始了。

前面的幾個節目都是本地的藝人在表演，歌藝不甚了了，其中有一個中年男子，長得其貌不揚，他用韓語邊打諢邊唱，即獲得如雷的掌聲，他便奇怪地向朴仁淑問道：

「那人是誰呀？講些什麼話呀？好像很受歡迎的樣子！」

「他叫金斗憲呀，是全韓國最好的丑角，連北韓的人都認識他呢！」

「哦，像我們台灣的小鄧啦！她的歌聲風靡了整個中國大陸！」

「小鄧是誰？」

「小鄧的全名是鄧麗君，是一個鴛鴦蝴蝶派的女歌手。」

「你們跟中國大陸不是有深仇大恨，死不來往嗎？怎麼她的歌能在大陸流行呢？」朴仁淑很奇怪地問道。

葉青森覺得要說明這種國仇家恨的宿怨，不知道要費多少唇舌，只像唱台灣歌仔戲一樣，比畫兩下就打發過去了。他說：

「錄音帶都是從香港流過去的，這種轉口生意我們政府沒辦法禁止，再說這是一種偉大的統戰啊，那種靡靡之音，會把社會主義的中國大陸搞垮的，我們何樂不為呢？」

「那鄧麗君不是比一顆原子彈還厲害嗎？」她有點取笑地問。

「豈只一顆原子彈，她在大陸與鄧小平齊名呢，他叫老鄧，她叫小鄧……」葉青森說到此，也禁不住地笑將起來。

朴仁淑困惑地看著他，覺得他又在搞什麼花樣，因此特別注意他的話，以防又有弦外之音。

「莫名其妙，你在笑什麼啊？」

「沒有啊！」他說。「我祇是覺得把老鄧和小鄧這兩號人物並排在一起，實在是很滑稽……」

「那有什麼好笑的！」她很不以爲然。

朴仁淑當然不懂，韓國和台灣雖然難兄難弟，但國情到底不同，她自然體會不出這種辛酸。

「好了，不要再談論這種掃興的事啦，下次來漢城時，我帶幾卷鄧麗君的錄音帶給妳聽就是啦！」

這時，節目正好告一段落，全場燈光都熄滅了，祇剩下檯桌搖曳的燭光，照紅了每一個人的臉頰。

在一片靜默中，突然響起如雷鼓聲，整個樂隊急促的音樂乍起，像排山倒海地捲來。於是燈光逐漸亮起，帷幕也緩緩地升高。祇見站在舞台中間一群華麗的舞者，男的穿緊身舞衣，女的穿開衩晚禮服，上面空空的沒有衣物，露出兩只豐滿得過分的粉紅色乳房。

台下嘩嘩的驚嘆聲不絕於耳，在觀眾的目瞪口呆中，隨著音樂，他們快速地歌舞起來。

葉青森看得出神，陷入忘我的境界。朴仁淑看他那副德性，便問道：

「好看嗎？」

「嗯！身材眞漂亮，白種人眞沒有話講！」他連頭都沒回就應道。

「我不知道你這樣愛看裸體的女人，其實我可以帶你去脫得更徹底的地方看。」她的口氣已經有些不高興。

「好啊，在哪裡？」他目不轉睛地看著舞台上的上空女郎，並沒有察覺，順口答道。

她從桌子下面伸過手，狠狠地在他的大腿上擰了一把。

「唉喲！」他痛得哇啦一聲大叫起來，鄰桌的客人也被他的突然吼叫嚇了一跳。

葉青森察覺自己的失態，也看到朴仁淑低著頭噗哧地笑著。

「好呀，妳放冷箭啊！」

「誰叫你那樣色迷迷的，好像貓兒沾到魚腥味似的。」

「不要講得那麼難聽好不好！對了，妳剛剛說要帶我去哪兒看什麼來著？」

「你看，你看，死相！」

「男人嘛，中國古語說：食色性也。沒辦法！」葉青森嘻皮笑臉地。

朴仁淑把椅子往前挪了些，靠近他，神情愉快地說道：

「在我們家的仁川地區，有兩家著名的夜總會，一家是由奧林匹克大飯店附設，一家叫國日館。尤其是國日館，唱歌之外，有很徹底的脫衣舞表演。國日館的老闆是我哥哥的朋友，我最早就在那兒唱歌，後來因爲環境複雜，素質比較低，唱了兩個月就走了。我們明天晚上到國日館去，讓你看個飽。」

葉青森覺得她愈說愈起勁，便調侃她說道：

「好像讓我去看脫衣舞，妳也很興奮的樣子？」

「才不呢！我回國日館比較親切，等於是回娘家，而且，我想明天就約在國日館，我哥哥早就想見你了。」

葉青森有些意外，認識朴仁淑兩年以來，她偶爾談到她的家庭，但卻甚少提到她的哥哥。記得有一次在韓一館碰到，也未介紹，好像朴仁淑很怕哥哥的樣子，怎麼，現在她竟要引見了。他不免有點兒吃驚地問著：

「怎麼，妳哥哥知道我啦？」

朴仁淑赧然地說道：

「大概在半年前，總統夜總會的經理李錫雨告訴我哥哥的，那一次你剛到漢城，我當晚請假跟你在一起，沒回宿舍去，剛好我哥哥到夜總會來看我，找不到，經理祇好告訴他實情。」

「哦，我的天！妳哥哥有什麼表示沒有？」

「他當然暴跳如雷，他祇有我這麼一個妹妹，他一直以爲我很純潔，想不到竟然跟男人開房間去了，他怎麼忍受得了，等你回去後，他找到了我，把我叫回去訓了一頓，同時問了許多你的事，我自然把我對你所知全部都告訴哥哥了。」

現在，舞台上的精采節目葉青森已無暇觀看，他把椅子儘量移靠在一起，小聲地專心談話，以免影響別人觀賞的興致。葉青森很在意地問道：

「那麼，妳哥哥對我的印象如何？」

「談什麼印象，我祇能好話說盡，所幸有一個意外，我哥哥本來對外國人——尤其美國人，印象壞透了。想不到他對台灣人，卻好像沒有那麼糟糕。他問我你是幹什麼的，最重要的是感情認不認眞。」朴仁淑說到此停住了，癡情地盯住他，反問他道：「阿森，你絕不能欺騙我的感情喔！」

葉青森有點心虛，他自詡對她的感情是認眞的，然而，卻是有限度的，因爲他還有一半要留給台灣的妻子和兒女。葉青森又一次違心地說：

「我愛妳像大海那麼深，怎麼會欺騙妳……妳說，妳是怎樣跟妳哥哥說我的？」

「反正什麼都說了，祇有一件事不敢說，就是你在台灣結婚生子了。我想，如果我講明白了，哥哥一定會打死我！」朴仁淑戚然地說。

葉青森也戚然起來，自從朴仁淑知道他在台灣結婚後，曾經很生氣，後來她要求祇要他離婚就好了。葉青森每每敷衍著她，祇求在漢城能享受美妙的齊人之福。

現在問題來了，朴仁淑懷了他的孩子，況且，她哥哥也急著要見他，家人出面，恐怕不像朴仁淑這個當事人這麼好應付。葉青森苦苦地思索著，陷入深深的愁城中。

「阿森，怎麼不講話了？」

「我……我在想要不要見妳哥哥……」

朴仁淑忍不住提高聲音說：

「唉呀！遲早要見的，這是逃避不了的，何況，我已經懷孕兩個月了，他馬上就會知道，不講、不見面反而糟糕！」

見見面也好，葉青森暗忖著，祇要不深入討論問題就好，如果萬一不能轉圜，大不了下次不要來漢城就是了。

果眞如此，那不是就要跟朴仁淑絕交了嗎？葉青森想到此，心突然隱隱地酸痛起來。他不知道要說些什麼，有氣無力地叫著：

「仁淑，我的心有點痛……」

「怎麼啦？」朴仁淑緊張起來，她偏過身體，扶著他關切地問道：「心臟嗎？你以前心臟不是沒有問題的嗎？」

葉青森看朴仁淑由衷的關懷，覺得於心不忍，便勉強展開笑容說：

「沒事，我沒事的，心有點痛而已……」

「我們回去吧，早點休息也好，晚上我們不要回漢城，明天我帶你觀光仁川，當年內戰時，麥克阿瑟就是從仁川登陸反攻成功的。現在山頂有他的銅像，是遊覽勝地！」

葉青森其實一點毛病也沒有，他衹是擔憂明天如何面對朴仁淑的哥哥。他本來還想到賭場去碰碰運氣，現在這麼多問題掃他的興，留下來也沒有什麼意思。

「好吧，那我們晚上住哪裡？」葉青森說著站起來，手摸著胸口，狀極痛苦的樣子。

「港區新生地那兒新開了一家國際觀光飯店叫帝城，我們去那兒！」

葉青森沒有意見，於是起身埋單，離開座位的時候，不小心碰到了後面那個戴墨鏡的客人，從鏡片裡好像可以看到那個人惡狠狠的眼色。

5

帝城大飯店是一幢六層樓高剛落成的建築，蓋在一片新生地上，擴港工程正在加緊進行，四線筆直的大馬路，了無車影。

葉青森和朴仁淑到達帝城時，已經是深夜十一時，衹見店舖稀落的燈火，以及黃色的路燈，閃閃爍爍，充滿了荒涼的詩意。

帝城本身也擁有夜總會，通宵營業。葉青森本來還有興趣要去跳跳舞，但朴仁淑撫著肚皮婉拒了，她對肚子裡的小生命，看得比自己還重要。

次晨他們在九時醒來，吃了早點以後朴仁淑建議帶葉青森到仁川四處走走，像聚集許多華僑的舊社區，及半山上的華僑中學等。當然，北山公園也是值得一遊的地方，當年韓美聯軍從仁川登陸反攻，北山曾是最激烈的戰場之一，無名的兵士戰死很多，聯軍從此長驅直搗平壤到鴨綠江。

韓國政府爲了紀念這世界著名的戰役，以及感謝這場戰役的統帥——美國麥克阿瑟將軍，故特在此山上豎立了他的銅像。

現在仁川北山，不僅是仁川居民遠足郊遊的好地方，連漢城及各地的民眾，也常絡繹不絕地來遊玩朝拜，變成了一個怡人的觀光區。

朴仁淑計畫遊玩一個下午，把仁川逛完，然後才約哥哥到國日館吃晚飯，順便讓他們見見面。朴仁淑不想帶葉青森到她家是有原因的，她怕家人少，哥哥又凶，沒有什麼話好講，在國日館夜總會見面，萬一話不投機，因爲人多，大家都會收斂一些。待嫁女兒心，朴仁淑臨出門前，特地打了一通電話回家，接電話的是她嫂子，嫂子告訴她，哥哥已經出門了，恐怕是先到第一注油所，寒暄了幾句，朴仁淑便掛斷電話。

她坐在沙發上，直撫胸口，伸著舌頭說：

「哥哥不在，已經到注油所去了。」

葉青森看得出朴仁淑很怕她哥哥，他不知道爲什麼，就算是韓國男人的大男人主義聲名遠播，交男朋友照道理是一個成年女子的自由，難道朴仁淑連這點自由也沒有嗎？

葉青森連連搖頭，不解地問道：

「妳怎麼那麼怕妳哥哥呢？是因爲妳交了男朋友，他反對嗎？」

朴仁淑囁嚅地說：

「倒不是怕他反對我交男朋友，而是他從小等於替代了父職，把我們帶大，他有他的威嚴。況且，你的身分比較特別，第一，你是外國人，第二，已婚……我想到此，就從心裡怕起來……」

葉青森把最後一口香菸吸完，把菸頭在菸灰缸捺熄，有點悻悻地說：

「奇怪，我們不要見面不就得了！」

「不，我聽說過一句中國話，叫什麼醜媳婦也要見公婆的，這是逃避不了的，而且，要愈早解決愈好。」朴仁淑說到這兒等著葉青森回話，但他抱著胸，站在門口不說話，卻用一種奇怪的眼光看著她。

於是，朴仁淑衹好自言自語地說道：

「哪，我就再打到注油所去找他！」

電話很快就接通了，接電話的是她哥哥，他們用韓國話在電話中聊起來，顯然也有些爭執，因爲在朴仁淑談話當中，她的臉色一會兒泛紅，一會兒泛白，而且語氣很急促，不像平時的溫文。

葉青森是一句也聽不懂，衹覺得韓國話有些腔調，很接近日本話，尤其是南部九州方面的。

朴仁淑後來一連地點頭，好像承諾了些什麼，然後放下話筒。她微紅的額頭冒著細碎的汗珠，手心也出了一把冷汗。

她重重地舒了一口氣說：

「好了，我跟哥哥談好了，晚上七時在本地的國日館夜總會，我哥哥請你吃晚飯。」

「不會是鴻門宴吧！」葉青森開玩笑地說。

朴仁淑聽不懂這句話，她心中好像放下一塊大石頭，心情頓時輕鬆起來，她抓起手提包輕快地站起來，高興地說道：

「好了，我們可以放心出去玩了。」

突然，葉青森感到朴仁淑很脆弱，一股憐惜之情油然而生，他伸過手挽住她。

「我到韓國這麼多次，認識妳也有一、兩年了，仁川卻從未來過，我想如果沒有認識妳，我這一輩子是不會來這個地方的，說起來，人生的際遇真是充滿了奇特和緣分……」他說到此深情地凝視她，又說道：「妳要好好帶我逛逛仁川哦，因為她是妳的故鄉，也等於是我的故鄉！」

葉青森開了門，長長的甬道恍如還沒醒過來，光線幽暗，寂靜無聲，唯一的動靜，就是斜對面的一個房間，好像有人剛剛進去，門正好關上。

朴仁淑和葉青森乘電梯下樓，未及走出飯店大門，就發現外頭是一片冬季以來，難得一見的大好陽光，把雪地曬得白亮亮的。

可是等到他們一出大門，葉青森感到白雪反射著陽光，刺眼異常，而且一股冷颼颼沁入皮膚的低溫迎面撲來，凍得葉青森立即戴上皮手套，豎起大衣的寬領子，直呼氣，口冒白煙地說道：

「哇哈，怎麼出了大太陽，還這麼冷呢？」

「你真是亞熱帶來的土包子，出太陽天氣就不冷了嗎？有時候雖然出太陽，溫度照樣是零下二十度呢！」朴仁淑穿一件淺灰色動物皮毛的大衣，戴上太陽眼鏡，充滿了青春活力，她興奮地說道。

葉青森則童心未泯地從大門口的台階上抓起一把積雪，把它揉成一團，朝園亭中用草繩包裹起來保護過冬的枯樹擲過去。

「好冷啊，好冷啊！現在幾度呢？」他蹦跳而誇張地問道。

「大約零下五度！」

帝城大飯店的前庭停了幾部計程車，有的已經發動引擎，排氣管噗噗地不斷冒出白煙，在淡薄的空氣中一下子就隨風飄散。司機站在車門外，直搓著手。他們衣服穿得並不多，一件皮夾克而已，可是幾個司機都戴著墨鏡，即使從馬路上走過的男人也不例外。

難怪沒戴太陽眼鏡的葉青森眼睛一直睜不開來，原來光線實在太亮了。

朴仁淑看到他瞇著眼睛躲避強光，覺得很抱歉地說：

「對不起，我沒有想到今天會出大太陽，你的太陽眼鏡放在家裡沒帶出來，或者等一下我想辦法弄一副來戴。」

「沒有關係啦，慢慢會習慣的。」他說。

他們走下台階，一個計程車司機過來打招呼，朴仁淑用韓國話跟他交談，兩個人談著談著，司機開心地笑起來。

「好了，阿森，他今天帶我們一天，我們跟他包了，五十元美金！」

「貴嗎？」葉青森順口問。

朴仁淑笑孜孜地說道：

「五十元是多了一點，但我是有目的的，等一下上車，跟他談開來，我想把他戴的那副太陽眼鏡弄來給你戴。」

「好詐啊！」葉青森說著擰了她一把。

於是兩個人開懷朗笑著上了計程車，坐定後，朴仁淑問道：

「我們先到哪裡？」

「我沒意見，妳今天是導遊啊，妳說到哪裡就到哪裡！」

「那麼先到北山去好了。」朴仁淑說著，看葉青森沒有意見，便轉頭對司機吩咐著。

司機很年輕，大概剛從軍伍退役，留著大平頭，他頻頻點頭。偶爾偏過頭來看她一會兒，朴仁淑不知道說著什麼，他突然哈一聲地大笑起來，同時把頭做九十度的右轉，朝呆若笨鵝的葉青森瞄一眼。

朴仁淑又不斷地說話，彷彿在慫恿著什麼似的。

那司機於是把太陽眼鏡摘下來，遞給朴仁淑，朴仁淑伸手去接過來。愉快地對葉青森說道：

「這副太陽眼鏡我向他買過來了，二十元美金，起初他不願意，說這副眼鏡是他特別訂做的，因爲他有近視，在鏡片上加了一百五十度的度數。我記得你也有一百度左右的近視，你不妨戴戴看！」朴仁淑說著，就把太陽眼鏡往葉青森的臉上戴。

果然，太陽眼鏡一戴上，葉青森的視線不但柔和很多，也清晰不少，他調調鏡框的深淺，也很適中，他很高興地說道：

「剛剛好，而且和我近視的度數也一樣。眞是太好了。」

於是，朴仁淑從皮包裡拿出二十元送給那司機，司機接過去回過頭來直笑，露出兩個沒有被太陽曬到的白眼窩，有些像小丑的樣子。

朴仁淑靠在葉青森的懷裡，很得意地說道：

「我們國內外匯管制很嚴，所以美金的黑市很高，二十元美金如果換了韓幣，可以多出三分之一來，所以韓國人對外國人做生意都希望能收到美金。」

葉青森覺得這情況跟台灣有些相同，台灣的外匯也是不能自由買賣，可是一大堆銀樓都從事美金的黑市買賣，祇是官價和黑市價的差距沒有那麼大而已。

「美金人見人愛，尤其在開發中國家。」葉青森有感而發地說。

車子在鋪滿白雪的馬路上慢慢行駛，路兩旁一幅枯萎的景象，樹木蕭條，遠山光禿，路上行人更是稀少，十足北國冬季的風貌。

葉青森在暖氣車上看著窗外的景色，雖不美，卻很新鮮。朴仁淑卻不時地跟年輕的司機在談笑，聊到開心處，兩人不時笑開來。

車子大概在一刻鐘後，慢慢開上了上山的坡道，那顯然是一處公園，種植了一些樹木，樹枝被積雪壓得彎腰駝背的，默默地在酷寒中吸收它的水分。

朴仁淑搖著葉青森，指著車窗外蕭瑟的景色說道：

「這就是北山公園。」

葉青森用點頭答覆了她。

所謂的北山公園就是在北山依山勢建設起來，多種植了一些樹木的山坡，山有點陡，從高處臨下，是一個很堅固的陣地，有些當年作戰的碉堡，現在已經封閉，祇剩下一對黑眼睛般暗淡了的槍眼，變成夜行蝙蝠窩居的處所。

載著葉青森他們的計程車爬上了幾個大彎後，在一塊平坦的空地停下。兩個人很小心地走出車外，路上濕滑，因爲地上結著一層結實的薄冰，幾乎與洋灰水泥同色。朴仁淑是北方人，當然知道這種陷阱，她一直叮嚀葉青森要小心走路。

麥克阿瑟的銅像及紀念碑，豎立在北山最高點，視野廣闊，可以俯瞰整個仁川港。仁川港此時沒有停戰艦，卻下纜了一些商船。

他們有點艱難地走到銅像前，山風颯颯，直把衣袂吹得蓬蓬作響，那些風，像刀片似的，割著露在外面的臉頰，又痲又痛。

葉青森本來要在銅像前多流連一番，但氣溫實在太低，逗留不到五分鐘，連風衣都冷冰冰了。所以他們祇好用自拍器照了一張相，就迅速躲進車廂了。

於是，車子祇好下山，繞了幾個圈子，就又開上另一個小山坡。

這裡蓋著一些比較老舊的房子，不管一樓或兩層的造形，都像中國式的建築，紅瓦斜簷，大門開著圓月形，關著的朱紅色兩扇木扉，用大毛筆字寫著對聯，像吉祥、如意、迎春、納福等等。

沒有朴仁淑的說明，葉青森心裡亦已明白，這一定是中國人住的地方。

果然，朴仁淑指著在山坡上錯落有致的房子，興奮地說道：

「路邊這些房子都是中國山東人住的，沿著這條迂迴的山路上去，華僑中學就蓋在山腰上，我們現在就是要到華僑中學去。那裡的人全部都用中國話教學，也用台灣來的教材。從小學到高中，學生還有好幾百人哪！」

葉青森心裡想，中國人實在厲害，遍布在整個地球上，幾乎有人跡的地方，就有中國人。葉青森記得有一次到印尼的峇里島，那個懸在赤道上的一個孤島，在鬧街開店的店東，竟然有一半都是中國人。他不得不佩服中國人的刻苦耐勞與無遠弗屆。

現在的仁川，竟然還擁有中國人的社區，使用自己母語的中、小學，眞是出乎他的意料之外。同時葉青森想到華人的勢力在世界各地都這麼大，曾經在印尼、馬來西亞等地引起強烈的排華局勢，是否韓國也曾遇到這種情況，倒是他想知道的。

於是，葉青森便好奇地問道：

「在這裡，你們排擠華人嗎？」

朴仁淑溫暖地靠緊他，在他的耳邊說著：

「民族性和愛國心我想每個人都有，這裡的華人雖然都已入韓國籍，但到底還是華人，多少有點排斥，不過並不嚴重，因爲他們不像在南洋的中國人一樣，獨占和壟斷了當地很多的資產和財富。就以仁川這一地的華人來說，他們都是勤儉的小本經營者，或從事水產的養殖，或餐飲或注油所等等而已，富人還都是韓國人占絕大多數……再說，我們的民族性雖然強悍，但不至於不講理，我們國家有移民政策，在南美洲的新興國家，政府鼓勵有組織的移民，因此我們已有很多人落籍在國外，幾十年後，他們也會形成一種勢力，就像現在華人在世界各地一樣……」

正當朴仁淑說得興高采烈、口沫橫飛的時候，車子突然停在一處坡度很陡的大門口邊，司機回頭說了一些話，朴仁淑探頭一看窗外，便改口說道：

「好啦，已經到了華僑中學的門口，我們下車走走吧！」

他們小心地下了車，路上結著冰，相當的濕滑，葉青森攙扶著朴仁淑，迎向一扇老舊的大門。

華僑中小學是由幾幢二層樓校舍組合起來的。階梯式的依山而築，中間還圍繞著一塊空地，作爲操場。雖然規模不怎麼大，但還是粗具學校的架式。

經大門進入了學校，才發現學校在放寒假當中，裡面空無一人。

祇有雪地映照著天空的雲影，角落上的鞦韆，靜悄悄地，一動也不動地掛在那裡，像慵慵的病人般，充滿了寂寞。

突然從走廊上跑出一隻花貓，喵喵兩聲，怕生地一溜煙跑開了，給這酷冷無人的校舍，增加了一點點動態。

兩個人走在水泥地的腳步聲，不規則地響著，朴仁淑忽然悵惘地說：

「不巧是放假，要不然我要給你介紹一位章老師，他就住在我家不遠處，我的中文就是他教的。」

葉青森由衷地讚賞道：

「哦，原來妳也是下過苦心的，難怪妳的中國話講得那麼好！」

「我的中國話是從小跟鄰居的華人學的，華僑中學的這位章老師，是教我認字作文的。」

「嗬，還想當中國作家呢！」葉青森開玩笑地說。

「當中國作家不敢當，選中國語文為我的第二種語言，做個中國通，是我的願望。有一年開韓中詩人會議，當時我還在梨花大學唸書，我被學校派作翻譯，很盡責呢！」

葉青森雖然從朴仁淑的言行裡，觀察到她對中國文化的崇仰，葉青森有時候甚至想到，朴仁淑對他那麼癡迷，可能一半因為他是用漢文、台灣人的關係。

「妳的能力做一個翻譯綽綽有餘，恭喜妳了，仁淑。」

「你在罵我？」朴仁淑白他一眼。

葉青森一把把她摟過來，捏著凍得紅紅的鼻子說道：

「我要勒死妳呢！我在罵妳！」

他們沿著校舍的走廊，繞了學校一圈，邊走邊聊天，時間倒是過得很快，一晃已過了午時。

這時晴空逐漸陰霾起來，光線一下子暗了許多，好像到了傍晚時分。冷颼颼的風，從腳底吹颳起，呼呼地拖長了聲音，像頑童般地吹著口笛。

於是，他們乘車下山，在半山腰的一個轉彎處，找到了一家飄揚著像古代旌旗的食堂。門廊上有一橫匾，用漢字寫著「松苑」，是這家食堂的字號。

外觀是傳統的建築沒有錯，卻是日本占領時代留下來的建築物。昏黃的梁柱是檜木的，積雪的黑瓦已有些殘敗。屋內卻已改裝，兩具大型煤油爐，紅紅的火舌散發著熱氣，瀰漫了整個室內。煤油爐頂上，放著一只茶壺，開水滾得嘶嘶叫，很像台灣賣麵茶的笛音。

葉青森和朴仁淑在玄關脫下重重的風衣、外套和雪靴，老主人便帶他倆到了一間用屏風隔起來的房間。紅色長方形的矮桌四周，鋪著厚厚的座墊，靠中央的地方，座位特別隆重，有用金銀線繡滿龍鳳圖樣的靠背和扶手，格局雖小，卻滿鄭重其事的。

一走進房間，朴仁淑就笑呵呵地指著那個大位子，戲謔地對著葉青森說：

「大人，今天就讓你當皇帝吧！那個皇上的位置，就是要給你坐的，請——」

葉青森來韓國這麼多次，用膳或飲饌都是現代的西餐廳，偶爾會在街頭小館吃個人蔘雞等，卻沒有到過這種地方，所以覺得很新奇，再加上朴仁淑的奉承，他便也大模大樣，喜孜孜地在上位坐下，過過做皇帝的乾癮。

老主人在一旁陪著笑臉，間或跟朴仁淑輕聲地交談，好像在點菜一樣。倏地，朴仁淑很曖昧的低笑起來，她用眼梢挑著葉青森說道：

「乾脆，我再叫兩個皇妃來陪你吃喝！阿森，等一下你只要張開嘴就行，連筷子都不用動……」

「開玩笑，開玩笑……」葉青森雖然嘴裡這樣說，心底卻樂不可支。

朴仁淑就在葉青森的旁邊坐下，深深地對他鞠個躬，額頭誇張地低到靠在桌面上，畢恭畢敬地說：

「皇上今天請放開心胸，讓奴婢好好伺候你這最後的一餐午宴！」

「平身，平身！」葉青森也隨聲附和著，然後他奇怪地問道：「妳剛剛說最後的一餐午宴，是什麼意思？」

朴仁淑抬起臉來，眼光裝得很森然，像探照燈直照射著他，冷冷地說：

「哼，你還想有下次，我叫了兩個姑娘殷殷勤勤地服侍你，把你當成皇帝，你還想有下次啊！你真作皇帝的夢啊……」

他恍然大悟，呵呵地大笑起來。

在他們嘻笑之間，果真進來了兩位婀娜多姿、穿高麗傳統服裝的年輕女郎，面貌姣好，薄施脂粉。在這麼大冷天，她們衣帶從上胸圍繞而過，露著紅潤白皙的肩膀，兩只乳房雖然看不到，卻也性感得很。葉青森的心噗噗地跳，他不禁朝衣襟下的部位偷偷睥睨。

服務生逐漸上菜，光是大小碟的泡菜就有十來盤，從紫菜、黃豆芽到蘿蔔和高麗泡菜，不一而足，擺滿了桌面。

「怎麼，我們光吃泡菜啊？」葉青森正經八百地問。

「不，除了泡菜，我們還吃美色……」朴仁淑也正經地說。

可是葉青森一下子就聽出她的弦外之音，不禁莞爾地笑起來。

「我們吃烤肉，笨瓜！招待皇上哪裡只有吃小菜的！」

這時外面響起開門的鈴聲，好像又有客人進來，老主人在外面跟人細碎的寒暄聲，從條狀的屛風那兒傳來。沒好久，老主人雙手捧著一只鋼製的火鍋進來，放在桌子中央的爐上，點上了瓦斯。

老主人一直和藹地笑著，而且對朴仁淑帶來的這一個外國人，充滿了好奇，頻頻地打量他。

葉青森爲了表示友好，便找個話題問他：

「這麼冷的天氣，還有人上門來！」

老主人聽不懂中國話，傻傻地搖搖頭。於是朴仁淑便把葉青森的話用韓語轉述一遍，老主人聽懂後便笑開了，把臉上的皺紋，笑得擠成像一塊鱷魚皮。

他沙啞的聲音充滿了蒼老和人世間的滄桑，口氣緩慢的說完之後，又指指外面。葉青森當然聽不懂，滿臉的茫然。

朴仁淑只好再傳譯地解釋道：

「他說生意並不好，偌大的一家店，只有我們兩個人，剛才進來了一個客人，很奇怪，像個瘋子般地胡言亂語，來這種店，才只叫了一碗飯及排骨，他抱怨著哪，你還說他生意好！」

葉青森猛作揖，以乾笑來打發這種窘境，老主人也頻頻回禮，對兩位姑娘交代一番，便辭退出去。

於是，朴仁淑嫵媚地對葉青森說道：

「剛剛老闆吩咐兩位小姐，服務要特別周到，我看你今天消受得了不？」

「好，好……」葉青森樂呵呵的。「把我剖光好啦，哈哈……」

「把你分屍呢，把你剖光……」

他們說完了話，兩位姑娘左右夾住他，果眞開始親切地服務起來。她們一口一口地挾著菜給葉青森吃，讓葉青森連嚥一口口水的時間都沒有，然後又斟人蔘酒敬他，一小杯又一小杯的。

朴仁淑很愉快地看著兩位小姐的熱情勁，她也跟著喝人蔘酒，一會兒，酒精在他們體內發作，葉青森和朴仁淑的臉蛋紅光滿布，而且氣氛也熱烈起來。

兩位姑娘幾乎倚偎在葉青森的懷裡，因爲兩方面一個不會說中國話，一個不諳韓語，他們便嘗試用英文單字交談，有一、兩個字聽懂溝通了，便高興異常，又打又鬧。

葉青森抹著滿嘴的油膩，藉著酒意，斜躺著身體，側著臉向朴仁淑裝腔作勢道：

「我是唐明皇，擁有三十六宮七十二院，嬪妃三千……現在，我要對這兩位小妃，動動手腳，特別向皇妃照會一下，未知意見如何？」

「吾皇高高在上，天下都是皇上的，陛下要什麼有什麼，豈止動手動腳……」朴仁淑說得一板一眼，儼然有那麼一回事。

經朴仁淑這麼一說，已有七分酒意的葉青森，男人好色的本性就原形畢露出來，他色迷迷地左擁右抱著兩個姑娘，猛親著嘴，小姐一邊躲一邊看著坐在對面朴仁淑的臉色。

朴仁淑杏眼惺忪，恍若沒有看到一般，臉部竟無表情。

葉青森得寸進尺，一隻大手掌，就不客氣地猛抓身邊那衣襟亂顫的姑娘的乳房。

本來在這種地方，而且又有酒意的時候，男女動動手腳是無妨的，可是，有朴仁淑這個女人在場，兩個女人覺得尊嚴受損，便掙扎起來。不動則已，一掙扎，葉青森抓住胸襟的手不放，雙方一使力，鬆垮垮的韓服便像女人的兩片裙似的，一下子就扯開了，啊的驚嘆一聲，女人露出白淨的肉體，含羞地在榻榻米上亂爬……

朴仁淑仍然靠在屏風下，冷眼旁觀。

葉青森旁若無人，朴仁淑在他的醉眼中，只是遠遠的一點灰色影子。他盡情作樂，雖笑得眼淚直流，他也爬著，朝外面的裸女追過去。

當無邊無際的寒流籠罩著窗外的大地，當室內的氣溫與體溫正逐漸上升到頂點的時候，突然一陣狂傲的笑聲，從屏風後傳來。

隨著聲音進來的是一個戴著擋雨雪護耳毛帽的青年，留著一下巴的山羊鬍子。他手上揮舞著一瓶人蔘酒，狂人般地，嘴裡唸著誰也聽不懂的話，誇張、陰沉異常地笑著。

對這一個突如其來的人和行徑，幾個人都被驚醒了。朴仁淑雙手抱胸站在瘋子的腳邊，爬在地上的葉青森和裸女離桌子有一段距離，兩個人都仰著臉，奇怪地看著這個奇突的男人。

那人語無倫次，行徑十足是個瘋子，他手腳顫抖著，嘴巴呼呼地亂叫，像鄉下中邪的乩童一樣。

正當大家張皇失措的時候，那個魯男子突然停止了誇張的動作，慘叫一聲，然後把手中的酒瓶狠狠朝桌上的火鍋擲下，頓時，玻璃碎片與火花四濺，燃燒汽油的熊熊火焰，一下子就席捲了整個房間。

火勢眞是來得太快，葉青森和朴仁淑幾乎是連滾帶爬地衝出房間時，衣服已沾上了火花，他們在驚慌中被人用麻袋撲熄，而坐在裡面的那位服務生，因爲汽油濺到她的身子，未及呼喊，她就變成一團火球了。

正當大家忙著救人救火的時候，那瘋子機靈地逃走了，松苑的工人追著他，卻看著他在轉角處，飛快地發動機車，揚長而去。

一幢古老而典雅的建築——松苑，禁不起火神的肆虐，順著風勢，不到一個小時，便燒得乾乾淨淨，在灰燼中冒煙的，是與黑色污雪融在一堆的殘垣斷梁。

這場意外的火警，除了燒掉松苑外，還燒死一個服務生。

但是這場火警，實在來得莫名其妙，尤其縱火的人逃得無影無蹤，包括松苑主人及葉青森和朴仁淑他們都搞不清楚到底是怎麼一回事。

因爲發生了命案，當地警方中部署也派人來調查。

他們的說法和松苑的主人一樣，縱火的男人可能是個瘋子，因爲那個男子誰也沒見過，他語無倫次，作法又是瘋狂的行徑！

後來，松苑主人及葉青森、朴仁淑均被帶到中部署，問話的是刑事課的一個局員，四十多歲，嚴峻中略帶和善的臉孔，他姓金。

他一直提醒他們要提供原因及線索，給警方作參考。突然的一場縱火案，不能草草地以瘋子所爲而結案。

中部署這個刑事於是提出質疑地說：

「縱火的人不一定是瘋子，因爲那人的縱火是有備而來。第一，他是百分之百的縱火者沒錯，他手上所拿的那個酒瓶，裡面裝的不是酒，而是汽油。

「第二，如果他是瘋子，他不會那麼清醒地替自己留後路，他逃走的時候，用那麼短的時間發動機車逃離現場，可見這是有心機的。

「問題是，這個假冒的瘋子是衝著誰而來，松苑本身嗎？還是針對著你或她？」

談到這個問題的時候，松苑的老主人流著蒼老的眼淚說，他想不起得罪了誰，會種下這麼大的禍根。

而葉青森是一個外國人，他在漢城舉目無親，他也想不出在這個陌生的地方，有誰要置他於死地？

朴仁淑當然也想不通到底爲什麼，如果是衝著她而來，那也是不可思議的。因爲她的感情生活單純，除了跟葉青森外，她不曾在男女之間興風作浪過，也不曾跟誰有什麼過節。

唯一值得懷疑的，那縱火者一個人跟在葉青森他們身後進來，獨自叫了一客飯悶吃，要縱火，好像也在計算時間似的。

警署的人覺得從這個方向去發揮比較可靠，當然在沒有抓到這個人以前，任何情況都有可能，包括他——眞的是一個精神異常者。

就這樣反反覆覆，葉青森和朴仁淑在中部署一直折騰到下午六點鐘。出了警署的大門，天已黑了，氣溫比白天更低，而且颳著冷颼颼的風，有一點要下雪的味道。

遊仁川的興致到火燒松苑時已完全消失殆盡，還差點賠掉生命。人生變化莫測，莫此爲甚。他們站在黝黑的街道，怔忡住了，短短的幾個小時前，一幢古樸、幾代人所刻意經營賴以維生的松苑，毀於一旦。一個紅潤剔透的青春少女，也在突然間化爲殘煙餘燼。眞是情何以堪呀！

葉青森已經連一點點留在仁川的興趣都沒有了，他吵著要回漢城去。可是當晚六時半，他們已跟她哥哥約好在國日館見面，對朴仁淑來說，時勢緊迫，這一次不見哥哥，下次見面就要穿幫了。所以，情緒再怎麼不對，也一定要勉爲其難。

朴仁淑就死拖活拖地硬是說服了葉青森，兩人在中部署門口招來了一部計程車，直駛國日館。

國日館從外表看起來，並不豪華和壯觀，是一幢兩層樓的建築。裡面的空間卻滿大的，好像是從一座大倉庫改裝而來的。

六點半的時候，時間還早，已經有客人陸陸續續地進場。節目尚未開始，抒情的西洋音樂配著每個檯桌上的幽微燭光，情調顯得很迷人。

國日館的上上下下，幾乎都認識朴仁淑。當他倆到了國日館門口，就被經理迎進去，經理很親切地招呼他們，把朴仁淑和葉青森帶到大舞台旁邊一個特別的角落裡。

「李經理，我哥哥來了嗎？他也要來的！」朴仁淑興奮地用韓語問道。

「令兄中午就打過電話來訂位了，他馬上會到的。」李經理很客氣地應著，同時，他也對葉青森頻頻打量，他想必已知道，這個傢伙就是朴仁淑的心上人。

等到他倆在座位上落坐後，經理故意用日語問道：

「這位是——」

「哦，我姓葉，」葉青森也用日語回答他。「請多多指教！」

「我們朴仁淑小姐，是大學畢業生，而且也是一個好歌星，很多人追她，想不到她卻獨中意你——你這小子運氣眞不錯啊……」

「是，是，請多多指教！」葉青森只有一連點頭的份。

朴仁淑聽不懂日語，她也怕葉青森聽不懂，便不服氣地叫嚷著：

「請不要用日語交談，用英語好啦！」

結果，經理就不再開腔了，他用一種曖昧的笑容注視了一下朴仁淑，便告辭走開。

接下來的時間，兩人相對無語，雖然中間只隔著一張小方桌，葉青森卻突然感到，朴仁淑竟離得他好遠好遠。

外面雖然天寒地凍，室內的暖氣卻開得很調和，但葉青森仍然感覺有些冷，這種冷，好像打從心底冷起來的。

葉青森沒有外套可穿，因爲他和朴仁淑的外套，都跟松苑一道葬身火窟。他身上只有一件灰格子的上裝，七零八落地燙了一些火印，只差沒燒成洞，樣子極爲狼狽！

他用力緊抱身子，藉以壓抑著牙齒直打顫的蠢動。

「不要緊張，阿森，」朴仁淑伸過手去碰觸他。「我哥哥雖然對我嚴肅，但對旁人卻很溫和的……」

「仁淑，我好冷……」葉青森期期艾艾地說。

朴仁淑這才覺得有些意外，她挪過身子到他旁邊，幽暗的燈光下，她看到葉青森的額頭，冒著一排細碎而晶瑩的汗珠。

「阿森，你病了？」朴仁淑有些訝異和緊張，她用手掌去撫他的額頭，他的額頭出乎意外的涼。

「沒事的，就是覺得冷而已……」葉青森有氣無力地說道。

朴仁淑從皮包裡掏出了手絹一直幫他擦汗，一向很堅強的葉青森，現在像個嬰兒般地，任由朴仁淑擺布著。

朴仁淑用母愛的本性，輕輕地說：

「會過哥哥後，我們馬上就回漢城去！」

「祇是……現在這副德性會見妳哥哥，太窩囊了，實在不是我所願意……」

七點鐘不到，一位滿臉絡腮鬍子的粗獷男子，由剛剛那個經理堆滿笑容地帶到葉青森的位置來。那男子聲音洪亮，一直抱歉他遲到，實在是由於風雪阻途。

朴仁淑拘謹地站起，迎著她大哥，親暱地說道：

「大哥，我把他帶來了，他是──葉先生！」

葉青森很快地站起來點頭答應，朴大郎一個箭步，然後伸出手，緊緊地握住他。

「我叫朴大郎，仁淑是我家的老么，也是唯一的妹妹。」他操著山東腔很濃厚的中國話說道。他的中國話，說得沒有朴仁淑好，卻沒有韓國話的腔調。

「敝姓葉，請指教！」

「不敢不敢，你請坐──」

寒暄了一陣後，大家各自坐定，接著點了菜。用餐的時候，葉青森發現朴大郎老是用炯炯有神的眼睛盯著他，使他有一點心虛的感覺。

葉青森覺得朴大郎的年齡應該跟他差不多，但由於他塊頭大，又蓄了滿腮的鬍髭，顯得成熟而凶悍一些。

用完餐，舞台上的熱門歌唱已經開始，舞池中又有幾對年輕人在跳勁舞，人聲嘈雜，震耳欲聾。

朴大郎隔著桌子對他們講話，但聲音都被音響淹沒了。沒辦法，他祇好站起來，傾過身子跟朴仁淑耳語一番。

朴仁淑接受了哥哥的建議，轉頭告訴葉青森，於是兩個人便一同離開座位，讓侍者帶他們到舞台前右側的一間玻璃房裡，密商什麼大計似的。

朴仁淑和國日館的經理在外面，相隔有五、六公尺遠，但祇要探頭，便可以看到室內的動靜。

當玻璃門關上，室內眞是靜極了，雖然室外七彩的燈光迸射，舞影婆娑。朴大郎和葉青森在一張絲絨沙發上面對面坐下。

朴大郎給葉青森點了一枝菸，自己嘴中也銜了一枝，深深地吸了一口，吐出一團白霧後，便開始寒暄起來。朴大郎用很緩慢的中國話問道：

「聽說葉先生是台灣人？」

葉青森點點頭，很肯定地說。

「不錯，我是台灣人。」

「你在台灣從事哪方面的工作？」

「喔，我在台灣跟一個日本人合作開了一家進出口公司，賣一些貨到日本……」

「生意不錯吧？」

「託福！」

談話到此頓了頓，朴大郎又猛吸著菸，好像在思索要再問些什麼似的。

葉青森這時反而輕鬆了不少，剛剛進門時不知是肚子餓或寒冷，整個心胸悶擠的感覺已消失。朴大郎不講話的時候，他也跟著沉默。

「聽說……」朴大郎再點了一枝菸，繼續問道：「你認識我妹妹已經有一年多了？」

葉青森據實以告地回道：

「是的！」

「你覺得仁淑怎麼樣？」

葉青森有些得意地笑起來，說：

「她眞的很不錯，有難得的美德，像勤儉、誠實之類的，可見家庭教養不錯，我聽說是你從小把她帶大的……」

這一段由衷讚美的話，說得朴大郎也很受用，他很順暢地接口說道：

「家父內戰時受傷殘廢，家事都不管了……我們朝鮮人，雖然從來沒有像現在這麼強大過，但因爲土地小，又貧瘠，大家都靠著拚的精神在戰鬥，這種不認輸的戰鬥精神，是從個人到家庭而擴至全體的。我的家庭，是以正直心、知廉恥作爲家訓的。」

葉青森覺得他的話甚有道理，默默地接受他訓誡式的談話，靜觀其變。

「我去過台灣幾次，市面很繁華，但是，效率好像差一點，個人也比較投機，沒有什麼責任感。這對國家比較不好，但是對個人，富裕的生活沒有什麼影響……不知道你覺得我的看法對不對？」

「不錯，不錯，台灣人從上到下，私心太重……」葉青森說到自己的國家，想到一個到台灣幾次的人觀察就這麼入微，可見實在是一種大毛病。但是，他不願意跟外國人猛罵台灣的不是，他點到爲止，不願再長談下去。

朴大郎發現葉青森不太想談這方面的話，便改口問道：

「對不起，葉先生，不知道能否請教你一個小小的問題？」

「沒關係，請講。」

朴大郎用彷彿要洞察他內心所有祕密的眼光，簡短而有力地問道：

「你幾歲了？」

葉青森有點意外，他覺得這個問題問得別有用心，祇好謹慎地答道：

「我是一九四九年生的，三十六歲了。」

「哦，看不出來，你還比我大兩歲呢！但是你看起來比我年輕許多。」

「不會吧，或許是因爲你留鬍子的關係吧？」

他們的談話又停了一會兒，再冒出的話石破天驚，把葉青森嚇呆了。朴大郎突然問道：

「對不起，我要直截了當地問你一件事，我覺得這種事男人之間談起來比較順當，你動了我妹妹了嗎？」

「我不懂……」

「你跟我妹妹發生肉體關係了嗎？」

「是……」

「那麼，你準備幾時結婚？」

這些話來得太突然，可以說在葉青森毫無心理準備下冒出來的。他首先愣了一下，並且避開朴大郎灼灼的目光。

「我……」

「你有困難？你父母不同意異國婚姻？」朴大郎嚴肅異常，他的話不僅冷酷，而且斬釘截鐵。

葉青森心裡起了毛，他沒想到，這個問題雖然遲早要談到，但他問得這麼突兀。他一時之間，不知要如何回答，把自己已婚的事據實以告呢？還是欺瞞他，但欺騙能瞞得了多久呢？長痛不如短痛，如果對方不能諒解，趁此一刀兩斷！

下定了決心，他勇氣百倍地說：

「我也覺得我應該對大哥直話直說……我在台灣，已經結婚了，還有兩個孩子……」

話未完，一個玻璃杯在矮几上爆裂了，朴大郎氣得站起來，扠著腰大聲責問道：

「你結婚了！你結婚了還欺侮我妹妹，睡了她，你給我來日本人那套，以為一天一百美金就可解決一切，你搞錯了……」

這時經理和朴仁淑從室外發現情況，便衝了進來，發現嚇呆的葉青森縮在沙發一角。她護著他，焦急地問著朴大郎道：

「哥哥，怎麼啦？」

「妳給我離開他！」他說著一個箭步跨過來，一把拖開朴仁淑。把朴仁淑也嚇哭了。

這時，經理攔著朴大郎，要他息怒，嘴裡嘰哩咕嚕地不知說些什麼。

「好，葉先生，我們不要影響這裡的生意，你跟我到外面去談。」

「哥哥，請你不要……」

「閉嘴！」

「妳不用怕，我們要把事情談好，走——」

葉青森覺得男子漢大丈夫，不能在外國人的面前這麼畏縮，突然站起來挺著腰桿。

「走就走……」

他說著，看了朴仁淑一眼，從她身旁昂首闊步地推開門出去。

舞池外已有些看熱鬧的人，一對焦慮的眼光，跟著朴大郎急急在人群中遁去。

葉青森和朴大郎一出室外，滿天的雪花，在燈光下夾著北風紛紛地飄繞著……

第四章　一朵出岫的雲

露階生涼，繁花落過
像一朵雲，一朵出岫的雲
緩緩地在這世間的女子心上升起哀愁
啊，人影飄忽

當宋組長剛回到局裡，尚未坐定，一通外來的電話已經在等著他。

宋組長接過電話，發現打電話的人語氣期期艾艾，有點魂不守舍。

「你是誰？」他很不耐煩地問道。

「我是……我是阿部一郎……」

阿部一郎！宋組長腦筋一時沒能轉過來，祇覺得名字好像很熟。

「剛剛在葉先生家，我是那個日本人……」

「哦，對了，我知道啦，阿部先生，你有什麼事？」

話筒中傳來阿部一郎的聲音，有點沙啞。

「剛剛我想告訴你，但因爲葉太太在，有點不方便，就是……就是葉先生在日本找不到啦，我有點消息，以前葉先生告訴我，他在漢城，是朝鮮的漢城啦，他在漢城好像有一個女朋友，所以他每次到日本，都先到漢城去玩幾天，所以在日本找不到啦，不過——不過，我祇告訴你，請不要告訴他太太，免得引起風波……」

宋組長很有耐心地聽完了阿部一郎的報告，他覺得這是一條很好的線索，雖然這跟葉丹青老先生的死沒有什麼關聯，不過，至少由此可以找到苦主了，要不然，老頭子慘遭謀殺，連兒子也失蹤，可眞是無頭公案啊！

「這消息很好，阿部先生，不過，你知道葉先生在漢城的電話或地址嗎？有沒有辦法聯絡？」

「我可不知道，葉先生在漢城有女朋友，祇是聽他說說而已，並不確定，而且他出國已經第四天，我想，他明天應該就會到日本了……」

「好，好，」宋組長頻頻點頭說：「那明天就要麻煩你聯絡他，請他趕快回來。」

「是，是，不過，刑事先生，他在漢城風流的事，拜託千萬不要告訴他太太……」

宋組長聽到阿部一郎到現在還一直袒護著葉青森風流的事，便忍不住開腔訓他：

「你倒眞會保密啊，眞是狼狽爲奸！」

阿部在電話的另一端，嘿嘿地笑起來。

「男人嘛！男人都會風流的，就是我在台灣也是有女友啊！」

「好了，阿部先生，我明天大概會傳喚幾個人，希望你合作，接到我們的電話，務必幫忙隨傳隨到，至於替葉青森保密的事，如果不是迫不得已，我會答應你的。」

「好，好，謝謝刑警先生……」阿部一郎好像就要掛斷電話的樣子。

宋組長連忙叫住他。

「阿部先生，請等一下，請問你，對於葉老先生的這個命案，你有什麼看法和內幕可提供的嗎？」

對方在話筒中顯得有些猶豫，也許是沒有防著宋組長會突然這麼一問，而愣住了，反正，他吞吞吐吐含糊地說道：

「我……我一時想不起要說些什麼……」

「那沒有關係！明天如果你想到什麼消息就告訴我們好啦！」

接完了電話，宋組長往籐椅的靠背一仰，深深地吸了一口氣。毫無疑問，這又是一件棘手的大刑案，非破不可的刑案。他想：從此要以辦公室為家的苦日子，不知又要捱多久。

他端起桌上的大茶杯，咕嚕咕嚕地喝了一口濃茶，攤開卷宗，馬上又深入「天母葉宅命案」的案情研判裡，濾出了可能的線索，作為偵查的方向。

2

配合著宋組長，除了昨天到葉宅的新進助手外，資深的高刑警也全力加入「葉宅命案」的偵辦。

第二天一早，高刑警接受宋組長的命令，打電話給阿部一郎、葉太太李玲，約他們上午十點到刑事組商談。至於列為重要關係人的計程車司機黃種，則特別請助手去傳來。

今天天氣特別晴朗，清晨的陽光白花花地灑滿一地。

可是對於李玲，她心裡的陰霾可沒有因為陽光普照而掃除。

上午十點鐘，她穿著一件深咖啡色的洋裝，神色憔悴地來到刑事組，可見她一夜沒有睡好。

刑事組在局裡一條長長的走廊盡頭，是一間老舊的長方形房間，前半段是組員辦公室，後半段在組長室的旁邊，用木板隔成一個小房間，作為臨時的偵訊室。

李玲被人引進偵訊室時，阿部一郎和計程車司機黃種均已在座。黃種一見李玲來，臉上露出惶惶然的神色，隨即低下頭，不敢正視她。

宋組長和高刑警坐在一張又舊又黃的長桌子上方，等李玲坐下後，他清清喉嚨，簡單地作個開場白。

「勞駕各位到此地來，實在不是我們所樂意，我們也知道，一般人對刑事組都沒有什麼好印象，不過，我們負有維護社會治安的責任，天母葉宅不幸的命案是在我們的轄區，諸位跟葉老先生生前都有關聯，尤其是——李小姐，葉家的媳婦，她更是一個苦主——在我們還未能找到葉青森以前，李小姐要特別辛苦和委屈了……」

空氣是很冰冷，宋組長的臉上雖然有些笑意，但他的話，也像空氣那麼冷，他說到此便停頓下來，特別注視著李玲。李玲垂著頭，手上重複著絞手帕那種無意識的動作。

宋組長於是繼續說道：

「我早上跟法醫研判的結果，已百分之百確定葉老先生是被謀殺的，凶器也已確定不是刀刃之類的，是沉重的鈍物。大概就是昨天所說的鋤頭沒錯，而且，凶手不是破門而入，門窗沒有損壞，也看不出是盜竊所引起的強盜殺人行爲，所以，我們要朝著凶手是熟人的方向去偵查。首先，我們要找出葉老先生被置於死地的原因，凶手的動機……」

三個被請來的所謂「關係人」，個個面面相覷，雖沒有瞠目結舌，但是，他們從宋組長的口氣裡聽得出來，好像，凶手就是要從他們三個人之中找出來似的，不知不覺地鼻孔哼著冷氣。

「你們三個既然來了，我想聽聽你們對本案的看法！」宋組長擺明地說。

五十開外的黃種留著平頭，髮根很粗，根根毛茸茸地豎立著，可是前額已微禿，兩邊露著脈絡分明的青筋，雖然人已進入中年，但從外表看起來，還很精力旺盛的樣子。他坐在宋組長的左下方，一進來就一直表現得很浮躁，一臉沉不住氣的神態。

「這個……組長是吧？」黃種一手搔著頭皮說。「昨天晚上收工回家時，我聽說葉丹青被殺，覺得很震驚，但是今天早上你們派人來找我時，我覺得……很意外，不知道爲什麼？」

「沒有什麼啦！」宋組長輕鬆地說。「黃先生，我們找你來，是因爲你跟死者葉丹青是朋友，最近走得勤一點，我們想他是被謀殺了，依你的看法，有什麼蛛絲馬跡沒有？」

黃種急欲申辯似的，急促地說道：

「我不知道啊，葉丹青爲什麼被殺了，我怎麼會知道呢？」

「我沒有說你知道，我祇要你說說對本案的看法，你不要急！」

「我什麼都不知道！」

宋組長看他回得那麼著急，也那麼堅決，用眼角狠狠地瞪了他一下，然後把眼光移開，轉到日本人阿部一郎的身上，朝著他問道：

「阿部先生，你覺得剛好在死者的兒子——葉青森出國的時候，老先生被殺了，有什麼奇怪的地方或異狀嗎？」

「這個，這個……」

阿部一郎迭聲地說道。他生平沒進過警察局，即使在日本也一樣，所以經傳喚來這兒，一直覺得很不是滋味。這個命案的死者雖然是他合作夥伴的父親，但是，從任何地方看來，跟他一點關聯都沒有，想不到警方卻對他有興趣。

「如果你有所不便，我們可以分開問話，我是說等一下可以個別偵訊！」

阿部一郎聽他會錯意，連連揮著手說道：

「喔，不不，我是說我不知道，葉丹青先生爲什麼突然死了，至於剛好在葉青森先生出國的時候發生事情，我看祇是巧合而已，我覺得奇怪，好像你們已排除了強盜殺人的可能性……」

「對的，根據我們辦案的經驗及現場的狀況判斷，我們是暫時排除了強盜殺人的可能，因爲我們發現葉宅的門戶及死者的房間均完好無損，死者雖然有輕微掙扎現象，但並無格鬥的痕跡。所以，凶手對葉家一定相當熟稔。而且也知道葉青森出國……在座的幾個人，都是知道葉青森出國的人。所以……」

「刑事先生，這是不公平的……」黃種又焦慮地插進來說。「沒有錯，我因爲天天到葉先生家洗車，所以知道葉先生又出國，可是，這怎麼可能就說我有嫌疑呀？」

「黃種，」宋組長故作悠閒地說。「我可沒說你有嫌疑喔！」

「但是，但是……」

組長看他急成那個樣子，便打斷他說：

「你不用著急吧！這祇是在問案而已……」

在座的三個人看起來還是苦主李玲比較篤定，她被哀傷的神色所籠罩著，臉孔冰冷而毫無表情。她內心在想些什麼，像海那麼深，幾乎令人無法猜測，連宋組長也不例外。

可是，宋組長職責在身，他對李玲是有些存疑和需要澄清的地方。他一直想找機會問她，然而李玲從一進來後，目光就一直看著前方的牆壁，沒有意識。宋組長的視線不能與她相接，使他還眞不容易開口。

宋組長對李玲心裡有些什麼疑點呢？就請聽他對她的問題吧！

「李小姐，我剛剛說妳公公被殺的那個晚上，門窗均未遭破壞，有可能是熟人所爲。妳是當夜住在同一屋子的人，而且對他的人際關係比較熟悉，所以想請問妳，有哪一個可疑人物與妳公公有過節……」

李玲從出神的狀態中恍然過來，她翻著一對白瞳孔，低聲說道：

「……那天晚上我很晚睡——大概十二點鐘以後——睡得很不安穩，可是，並沒有聽到什麼動靜……至於我公公的爲人，他很早就退休，平時蒔花養蘭，熱中園藝，很少有不正常的應酬，除了最近幾個月來，他忽然迷上喝老人茶，到了下午就逕往迪化街跑外……」

宋組長馬上接下去說道：

「他到迪化街喝老人茶，有人介紹嗎？」

李玲偏過頭去看看黃種，努努嘴說：

「起初是黃先生帶他去的！」

宋組長便又逼問黃種道：

「她說的是事實嗎？」

黃種惶恐地點點頭，依然急促地說：

「對啊！葉先生去喝老人茶是我介紹他去的沒錯，可是後來，他都自己去啦！如果從那裡出了什麼問題，也不是我的責任啊！」

他說完之後，因爲組長沒有立即答腔，所以靜默了一會兒。宋組長的眼光在幾個人的身上巡視了一遍，然後才又針對著黃種的話，冷冷地問道：

「你以爲會出什麼問題呢？」

「我不知道……」

「在老人茶室，葉先生認識了些什麼人？」

「這……」

「這樣好啦，如果你現在講話不方便，我單獨問你話好了。」

宋組長說罷站起來，等著黃種的反應。

黃種有些騎虎難下的樣子，其實他心裡想說的，並不一定不能在李玲他們面前說，祇是組長這樣一提，好像不分開問話不行似的，他祇好很尷尬地站起來說：

「我想……這個並沒有什麼關係……」

「請你們兩位在這裡等一會兒，」宋組長從桌上拿起一本卷宗說。「我帶黃種先生到我辦公室問問話，或許每個人心中都有些祕密，等一會兒，我們都隔開偵訊——問話好了。」

阿部一郎和李玲都有些意外，都用訝異的眼光看著這個黝黑方臉的組長，帶著黃種離開這間小小的偵訊室。

黃種離開偵訊室的剎那，用幾近乞憐的神色，向李玲求援著。

3

在組長辦公室，房間跟偵訊室一樣大，辦公桌椅之外，多了一張破舊的長沙發，一床棉被和枕頭，還散落其上。室內一陣潮濕的菸味撲鼻襲來。

組長請他在桌沿的一張椅子坐下，替他點了一枝菸，兩個人就吞雲吐霧起來。

隔了一會兒，宋組長用電話叫了人，那個年輕的助理便拿著一本十行紙進來，他點點頭作爲敬禮，便逕自在沙發坐下。

宋組長清清喉嚨，正襟危坐地開始問話：

「現在我正式問話，你的話都要記錄下來，我想知道一些死者的內幕，你都要據實告訴我，昨天我在凶宅問過了李玲和那個日本人，已有些眉目，在迪化街的老人茶室，就是李玲告訴我你帶她公公去的，當然還有一些消息……黃先生，你現在就從老人茶室說起！」

雖然是在冬天，但黃種微禿的額頭卻冒著一層細碎的汗珠，臉孔漲得紅紅地，很吃力地說道：

「組長或許不知道，我雖然跟葉老先生是鄰居，但並不太熟，因爲他是有錢人，而我祇是一個計程車司機，這一年來我跟他比較熟，是因爲現在我每天早上都到他家去洗車子……有一次在聊天的時候，忽然談到喝老人茶，我就告訴他有一些老人茶室都變質了，也僱有女人在伺候，可以開房間……」

「後來，他認識了老人茶室的某些人嗎？男女都說！」宋組長很有興趣地問道。

黃種從褲袋裡掏出一條綿成一團的花色手帕，在頭頂上胡亂地擦了一把，然後有點討好地繼續說道：

「起初，葉老先生並沒有興趣，後來我跟他說，迪化街有間叫『有緻』的老人茶室，裡面有一個女人，三十多歲，又白又嫩，又會嗲，是外省人，尤其床上的功夫，好得簡直不像話。沒幾天後，他忽然要我帶他去看看……我承認他認識那個女人——叫紅杏的，她是我介紹的，但是以後跟我沒有關係……」

「你認爲葉老先生的死，跟她——妳說叫紅杏的女人，有關聯嗎？」

「這我可不知道，不過，紅杏跟人在一起是要錢的，而且除了公價以外，還常常要額外的需索，像要衣服、化粧品之類的，幾乎……」

「好，爲了錢或是感情，總之，葉老先生跟紅杏有過不愉快嗎？」

「我曾經聽老先生抱怨過，不祇爲了錢，好像紅杏說要到葉家來，使他很困擾……」

宋組長嘴角浮著一絲笑意，果然不錯，從黃種這裡可以套出一些線索，至少多了一個方向。

「然後呢？」

「他當然不同意，老先生年輕時候便死了妻子，大半輩子都孤單地生活過來了，不可能在晚年的時候再婚的，我覺得他的思想在某方面很固執。」

「所以便出問題啦！」

「什麼問題？」

「死了人啊，葉老先生被謀殺啦！」

黃種覺得這樣說法的責任太重了，便猛搖著頭，聲明地說：

「我祇是把實情說出來，至於紅杏是不是跟謀殺有關，並不能確定，組長不妨調查一下。」

「好，我會的，你告訴我有緻老人茶室的地址在哪兒。」

「在迪化街，但門牌號碼我不知道，是靠近台北橋下，到那兒一問便知道的。」

「黃先生，你很合作，你覺得除了老人茶室有問題外，還有其他嫌疑的人嗎？」

黃種低頭沉思了一下，想不出還有誰會謀害葉老先生。他搖搖頭說：

「我沒有……」

「你覺得那個日本人有問題嗎？」宋組長話鋒一轉，試探地問道。

「嗯，我對那個日本人不熟，不敢說！」

「李玲呢？」組長步步緊逼著。

「李玲是葉老先生的媳婦啊，這不可能的……」

宋組長喜歡賣弄關子，常常在關鍵的時候停了下來，他點了枝菸，然後說：

「我們辦案人員都有一個觀念，就是從不可能當中找出可能來，有很多案子，不是用常情可以解釋的，李玲與葉老先生是翁媳關係，他的死，說媳婦有嫌疑，當然有悖於常理，不過，也不是百分之百不可能，我當然祇是問問，因爲你跟她比較接近，幾乎天天見面，希望你從盲點中開拓個視野出來。」

「這個我就不敢說了……」

「想想看，有什麼可疑的？」

「組長，」彷彿過了很久，黃種終於用力大喊了一聲：「我敢保證李玲是絕對不可能的！」

宋組長看他那麼肯定，就把話題一轉，深沉地問他：「那麼——你呢？」

這簡直如石破天驚的奇襲，黃種一時體會不出來，祇是發愣地問道：

「我什麼？」

「葉老先生的死和你有關啊！」

「啊——組長，你不是開玩笑吧！我……我怎麼可能呢？我跟他……無冤無仇……」黃種大驚失色，急得口吃起來。

「我自然是開玩笑，」組長哈哈一笑地說。「不過，無冤無仇並不保證沒事呀，有時候——人爲財死，鳥爲食亡呀！」

「組長，你可不能冤枉好人啊，我……我沒有理由的……」

「我沒有肯定說是你呀！我祇是在演習剛剛我說的從不可能之中找出可能來，不是嗎？再說，如果你有可能，有了證據，我們就把你抓起來啦！」組長莞爾地說道。

黃種深深地嘆了一口氣，如釋重負，但是他的臉色已被嚇得異常蒼白。

「好了，黃先生，你暫時沒事了，請回偵訊室去，我以後還會請教你的，請你順便幫我請李玲過來這裡，好不好？」

「是，是，好的……」他說著，幾乎是落荒逃出了組長室。

宋組長等黃種走後，拿起桌上的電話，跟鄰室的高刑警通話，要他向檢察官申請搜索票，搜索黃種和阿部一郎的住宅，由於葉宅是凶案發生的地方，搜索票便免了。他命令道：

「特別注意凶宅的裡裡外外，凶器是鈍物，就以鋤頭作爲目標，至於黃種，除了房子以外，他的計程車裡也要特別留意。阿部一郎呢？這傢伙因爲生意關係，可能有金錢上的問題，有點嫌疑，也好好搜他，但最好不要打草驚蛇，他是外國人，小心爲要。好，就是這樣，拿到搜索票即刻分組行動！老高，加油，我們要破一個漂漂亮亮的國際大案子！」

對方一直答應著，好像興奮異常，等宋組長掛了案頭的電話，李玲正施施然地跨進組長室。

宋組長指著他面前的椅子，客氣地說道：

「坐，請坐，李小姐！」

李玲的表情憔悴中帶著些許的漠然，她應聲在椅子上坐下。

「李小姐，」宋組長沒有浪費時間，等她坐定後，便開始問道：「妳先生還沒有找到嗎？」

一聽到有人提到她先生至今仍無消息，家裡公公又死了，不禁悲從中來，她黯然地垂下頭。

「我知道妳很悲傷，但是，妳公公是被謀殺的，我們除了請妳合作，分頭去尋找凶手外，對於妳先生的失蹤，我們也透過種種關係，在日本搜索……妳覺得妳先生的失蹤，跟妳公公的死有關聯嗎？」

李玲這時忍不住地啜泣起來，公公死亡、先生失蹤，她變成一個道道地地的弱女子，怎麼不令她泫然欲泣呢？至於宋組長提到公公的死與先生失蹤有沒有關係，她怔住了，她幾乎不曾想到這個問題，於是，她頹然地說：

「我公公的被殺，當然是個大意外，至於我先生失蹤了，這是他過去未曾發生過的，所以，我想不出會有什麼關聯……」

「好，那麼，妳對妳先生在日本失去蹤影，有沒有什麼看法？譬如說，他會不會壓根兒就沒到日本去……」

李玲突然抬起臉，眼神一亮，很訝異地說：

「他沒有到日本去？那麼他跑到哪兒去了？」

「是啊，我就是想問妳這點，據那個日本人阿部一郎說，他找遍了日本他應該去的地方，包括幾家旅館和客戶所在，都沒有他的消息，所以，我想妳是否知道他另有地方可去？」

李玲陷入沉思中，俄頃，她抬起幽怨的臉，囁嚅地說道：

「我想不出他不到日本會到哪兒去……唉呀！會不會先到漢城去？」

宋組長激將般地問道：

「妳爲什麼想到他會到漢城去呢？」

「因爲……」李玲說了一半，怕洩漏什麼似的，停住不說了。

「因爲什麼？」宋組長緊逼著，不讓她有喘息的機會。

「因爲……不知道準不準，我記得他以前到日本時，曾經從漢城過境，還拍了些照片回來，我記得很清楚的。」

「什麼照片？」

她的表情複雜起來，似愁還怨，低聲說道：

「跟穿韓國傳統服裝的女孩一起拍的……」

「哦！」組長恍然大悟地嗯哦了一聲，便自己思考著，果然阿部一郎的說法沒有錯，葉青森每次到日本去，一定先到漢城去風流一番，問題是，這樣的事情屢屢發生，難道李玲眞的不知道嗎？何況，她既然也看到了她先生與異國女子一同拍照，她能無動於衷嗎？將計就計，他便又問道：

「那麼，跟阿部一郎的說法……」到此，宋組長故意不說下去了。

李玲一聽到阿部一郎，立刻驚訝起來，這個反應是組長所期待的，衹聽李玲微顫著問：

「阿部先生說了些什麼？」

她怕阿部說話，難道他們之間有什麼祕密嗎？會不會他們有感情糾紛？宋組長想到此，覺得又發現了一條線索，不免喜形於色。

但是現在的他覺得已掌握到主動權，所以他不慌不忙地說：

「阿部昨天下午就打過電話來，當然說了些葉青森和你們之間的一些事情，在事情未澄清前，我不便說出，不過，那是一條線索，希望不影響妳的情緒！」

「我……不會怎樣的，不知他說些什麼？眞是莫名其妙……」

組長乘勝追擊地問道：

「妳跟阿部一郎有什麼不愉快嗎？」

李玲有些愕然，她吃驚地說：

「阿部先生只是我先生的合夥人，我跟他很少接觸，談不上有什麼不愉快！」

對李玲的這番話宋組長認真起來，瞪著她說：「我要問一個不禮貌的問題，請妳不要見怪，據我們調查所知，阿部一郎是很風流的，雖然他在台灣也有女朋友，但是，妳長得很不錯，他不會對妳心存不軌嗎？」

李玲被逼得走投無路，有些結巴地說：

「這……這……不可能的，阿部雖然風流成性，但是他在此有女朋友，我和先生出去跟他應酬的時候，他都帶著他的同居人呢！」

宋組長突然問個題外話：

「吃飯應酬以外，有跳舞嗎？」

「有時候有。」

「妳跟阿部跳過舞嗎？」

李玲猶豫了一下，最後還是說：

「跳過……但我不明白你的意思……」

「沒有，這個問題到此結束，但是，我還是要請問妳，阿部的同居人叫什麼名字？」

宋組長不愧是有經驗的老刑警，經過幾回合以後，對方就感到他的出手很重。因而每一句話對李玲來說，都感受到沉重的壓力。

「我們都用日本名叫她，她叫惠美！」

「她幾歲了？」

「年紀跟我差不多。」

「妳跟她有什麼值得一提的事嗎？」

「我不懂你的意思……」

「妳跟她很熟嗎？有不愉快的事嗎？」

「沒有！」

由於宋組長問話咄咄逼人，使李玲感到很不是味道，她臉上彤雲密布，陰鬱異常，恍若一場暴風雨即將來襲的模樣。

宋組長看得出來她的心理變化，覺得壓力給得太大，會有反彈作用，就好像弓箭一樣，弓張得太大，箭在弦上，有不得不發的後果。

所以他又改緩了口氣說道：

「現在，叫惠美的女人還和阿部一郎住在一起嗎？他們之間有沒有芥蒂……」

李玲有點不甘願地，用眼梢白他一眼，說道：

「我想應該還住在一起，其他的我一概不知道，那是人家的私生活！」

宋組長看情形不對，便見風轉舵，岔開話題，又回到老路子上。

「好，我不再問惠美那女人的問題，反正，我們也要查的。剛才妳說妳先生在漢城跟韓國姑娘一起拍照，相片能否借我看看？」

「可以，但放在家裡！」

「沒關係，我們下午還要到妳府上去，到時候再看好了。」

李玲不置可否，其實，從公公死了以後，傷心疲憊之際，對著刑警人員，她祇有受詰和被質問的分。無可奈何、憔悴失神已成了李玲這幾天來的標誌。

宋組長放下手上的筆，從伏案中站起來送客。他招手道：

「葉太太，妳現在可以回去了，我想下午妳不會外出吧，我們還要到妳家去看看！」

「我不會出去的，你們隨時來吧！我希望你們趕快破案，我心裡亂得很，我公公突然被殺，先生也失蹤了，叫我如何是好……」李玲哀怨地說完，頷著首，站起來往門口走。

她正要走出組長室，宋組長突然叫住她：

「葉太太——」

李玲驀然回首，一腳跨在門外。

「是，組長！」

「這一次，直到剛才我點破，妳眞的一點也沒有想到妳先生可能在韓國嗎？」

她臉上掠過一陣驚異的表情，卻淡淡地說：

「我心亂如麻，沒有想得那麼多，怎麼？這與我先生失蹤有什麼關係嗎？或者是你們已在韓國找到我先生了？」

「哦，」宋組長故作瀟灑狀。「沒有其他的意思，我祇是忽然想到，隨便問問。」

雖然這麼說，李玲還是流露著一臉狐疑之色，離開了組長室。宋組長城府很深，有點狡黠的笑意，浮在黝黑的臉上。

他按了一下電話鍵，請年輕的助手把阿部一郎帶到他的辦公室。

阿部一郎一進門，沒有看到李玲，有些吃驚，他操著蹩腳的國語生硬地問道：

「咦，葉太太呢？她——」

宋組長覺得阿部一郎沒看到李玲，好像有些心虛，便乘機模稜兩可地說：

「葉太太有事，離開了……」

「她回家了嗎？」

「沒有！」

「那麼，她，她……」阿部一郎心裡狐疑著，李玲沒有回家，難道被扣押了嗎？可是，他不能明問，因爲那太突然了。

「她剛剛離開，還沒回到家，可能還在計程車上。怎麼，你有事要找她嗎？」

阿部一郎發現上了當，這個粗獷的刑警，倒是心細得很，而且像狐狸一般的狡猾，他心裡暗忖著，得小心應付才行。

於是他打著哈哈地笑道：

「沒事，沒事，衹是看不到她，奇怪而已，我以爲我們會一道走的……」

宋組長指著他面前的椅子，對阿部一郎說：

「你請坐吧！阿部先生，因爲職務上的關係，麻煩你到這裡來，實在很抱歉，請不要見怪！」

阿部苦笑著，坐上椅子，很自然地蹺起了二郎腿，不以爲然地說：

「好像警部你要給我約談單之類似的，你們台灣怎麼衹要一通電話，就得要隨傳隨到呀？」

「很對不起，你能經電話一召就來，是你很合作，你也可以拒絕的，不過……」

阿部知道多談這些也無益，他衹想多知道一些警察所了解的內幕，或是早點離開這兒。於是他便主動地問道：

「警部先生，你對我還有什麼問題嗎？」

「對不起，警部好像是你們日本人的用法，我是這個分局的刑事組長，你就叫我宋組長好了。」

「哦，是——宋組長！」

宋組長翻開一頁新的十行紙，寫下阿部一郎的姓名、國籍和年齡後，抬起頭問道：

「問題是沒有什麼問題——不過我想例行問一些公事，希望對破案有所幫助，我們隨便聊聊。阿部先生，你跟葉青森合夥做生意，有多久時間了？」

阿部稍微思考一下，簡短地回道：

「四年！」

「財務結構如何？賺錢嗎？」

「賺錢！」

「一年賺多少？」

阿部困惑住了，一年兩個股東分個幾百萬新台幣是有的，但是，公司有很多假帳，不好談的，所以發愣著。

宋組長體會他的苦衷，便改口道：

「不管一年賺多少，你們有過財務糾紛嗎？」

「沒有！」

「最近也沒有？」

「絕對沒有！」

阿部一郎答得斬釘截鐵，使得宋組長這條路線問不下去。

於是他做了一個緩和動作，拿起桌上的長壽菸來，遞了一枝給阿部，自己也在嘴裡銜了一枝，點燃吸了一口後，又問道：

「剛剛葉太太說，你們的社交生活很……很融洽，是嗎？」

阿部有些發呆的樣子，他疑惑不解地問道：

「我們？社交生活？這是什麼意思？我不懂！」

宋組長坦坦然，有恃無恐地說：

「就是說呀——記住，這是葉太太親口說的，你跟她常去夜總會吃飯、跳……」

「吃飯跳舞沒錯呀，這有什麼關係？」

宋組長有點邪門地說道：

「跳舞通常會使人聯想到某件事上，譬如跳布魯斯的時候，摟著別人的太太，三貼在懷裡就很激情啊！」

「警部……宋組長，你太以小人之心度君子之腹啦，我跟葉太太跳舞時，我的同居人和葉先生都在啊！」

「哦，你們換妻啦？」

阿部霍地站起來，很生氣地說：

「宋組長，請你客氣點，什麼換妻的，不要亂講啊！」

然而宋組長沒有理會他的生氣和抗議，繼續追擊著說：

「阿部先生，你難道和葉太太祇是跳跳舞嗎？沒有其他的……行爲？」

「什麼行爲？你在暗示什麼？」

「譬如說……葉太太雖然三十幾歲了，但滋潤圓滑，像一枚熟透的蘋果，好吃得很，你沒有吃她一口嗎？」

阿部一郎聽懂了宋組長的話，氣急敗壞地揮著手道：

「這太不像話、太豈有此理了！我拒絕回答，我請問你，我能走了嗎？」

宋組長笑瞇瞇地站起來，這種曖昧的笑出現在他四方黝黑的臉龐上，顯得很不調和，他以征服者的姿態說：

「走，當然可以走，不過，下次我們請你時會有約談單，甚至搜索票……」

阿部一郎悻悻然地走出組長室，嘴裡不知道在嘀咕些什麼。

宋組長沒有阻擋他，他看到他的身影在門後消失，阿部浮躁的表現，使他心裡充滿充實感。

4

宋組長沒有耽擱，阿部一郎一走，他立刻用電話交代了一下，即回到偵訊室，帶走正在發呆的黃種一個人。

他要求黃種帶他到迪化街的有緻茶室看看，組長的行動與語氣均很堅決，彷彿不容黃種拒絕似的，他衹好認命地答應。

宋組長在分局門口問黃種說：

「你有開車來嗎？」

黃種指著圓環邊一輛暗紅色的計程車，說道：

「有，那部計程車就是我討生活的工具！」

「我們就坐你的計程車去好了！」

黃種自然沒能回絕。

於是包括年輕的助手三個人，一起跨入那部速利一千三百西西八〇年的老車，晃晃盪盪地沿著中正路，朝台北市區直開。

時間已過中午，白花花的陽光照在柏油路上耀目異常，但並不灼熱。

宋組長坐在前座，斜著身體觀察著不時轉動方向盤的黃種，黃種雖然開著車，眼睛看著正前方，可是他感覺得到宋組長那雙銳利的眼睛，死也不放地盯住他，因而使他的思緒紛亂，無法集中精神開車，有幾次都在黃燈閃亮時沒注意到，硬闖了過去，幾乎與橫行而來的車子相撞，而引起一陣刺耳的輪胎與柏油路面激烈磨撞的嘎嘎煞車聲。

「你闖了好幾個紅燈啦，要自殺也用不著帶走我們呀，黃先生！」坐上車後一直未曾開口的組長，終於好整以暇地說。

黃種尷尬地苦笑著，掉過頭來看了組長一眼，緊張兮兮地說：

「對不起，我太緊張了！」

「咦，你緊張個什麼勁呢？你又沒有犯法，我看你的臂章，你還是個優秀駕駛呢！」

「你是刑事啊，我跟你坐在一起，不由得發慌起來……」

「奇怪，刑事這樣可怕嗎？如果他凶惡，也祇有在對付歹徒時才會表現出來啊，你又不是歹徒，怕什麼？」

黃種聽過許多在偵訊室被刑警灌水、拷打的事，但今天他怕的，可能不祇是這個陰影所帶給他的後遺症。

他覺得這一趟帶他們到迪化街有緻老人茶室，如果是辦案的偵查或抓人，尤其是對紅杏，把有緻弄得雞飛狗跳，那以後怎麼好意思再到有緻去。想到此，他不免滿腹苦惱。

於是，他清清喉嚨說：

「組長，我並不是怕什麼，我祇是不知道你到有緻茶室做什麼！」

「我去打聽打聽呀！順便找紅杏問問啊！你不是說葉老先生跟紅杏有些糾纏不清嗎？」

「是的，」黃種立刻接下去說：「可是，並不一定有何關聯啊……組長，我要拜託你，我跟有緻茶室的上上下下都很熟，這件命案我無意中扯出他們來，很對他們不起，希望不要給我太難堪，我還要做人呢！」

「這個我知道，除了辦案以外，他們違法的事我一概不管，不過……」宋組長停頓了下來，臉色怪異地說：「忽然想問你一下，葉宅命案那天晚上，也就是零點到六點，你在哪兒？」

這是個意外的問題，黃種加油門的腳鬆了下來，車速也跟著減慢。他用手猛抓著頭皮，左思右想地慢慢說道：

「那天啊，我大概跟平常一樣在十二點以前就收工回家睡覺了……」

「好好想，不要大概，你要明確地說出來。」

黃種又搔頭抓耳了一陣，口氣堅定地說：

「沒有錯，跟以前一樣，在十二點以前就收工回家睡覺了。」

宋組長回頭告訴坐在後座的助手：

「這是重點，要記錄下來！」

這時車子從重慶北路轉入民權西路的慢車道，進入台北大橋下。計程車在橋下臨時工人聚集區轉了一圈，駛入狹窄的迪化街。不久，有緻茶室的市招就映入宋組長的眼簾。

計程車在離有緻茶室還有五、六個店門口的地方找個空位倒車停妥。

三個男人各有心思地下車，黃種苦瓜臉般地走在前頭，穿過騎樓下一些橫七豎八的機車和雜物，到了有緻茶室。

騎樓下擺著幾張籐椅和桌子，現在還沒有客人，倒是關著門的店內，從玻璃窗望進去，有些飄忽的人影在走動。

這時候，宋組長就不再客氣，逕自拉開店門，帶著助手進去，黃種祇好跟在他們身後。

有緻茶室店面不寬，大概祇有一丈三，但是卻很縱深，在店裡頭的內角，橫梁上掛著一架二十吋的彩色電視機，正放映著歌仔戲。而下面的桌椅一字排開，約有七、八排，每排桌子有六個位置。

現在可能是用飯時間，客人祇有三、五個，倒是穿得花枝招展的女服務生，眼看來了三個客人，從角落裡一擁而上，嘴裡哇啦哇啦地叫著：

「人客，來坐啦，來坐啦！」酷似訓練有素的鸚鵡叫聲。

宋組長不假以顏色，祇是冷冷地問道：

「老闆在嗎？」

這時女服務生看出情況有些不對，又看到跟在後面畏畏縮縮的黃種，才想起這兩個人不是要來喫茶的客人。

「老闆吃過飯，剛剛出去！」一個穿著一件披風式大衣的女人說道。

「妳叫什麼名字？」宋組長生硬地問道。

被問的女人本要頂他，但看到他那副雷公臉，嚇住了，乖乖地說：

「我叫素珠。」

組長橫她一眼，又看著她旁邊的人問：

「妳呢？」

「我叫阿笑！」

「妳呢？」組長又指著最後面那個面貌姣好、輪廓深刻、眼睛黑亮，一看就看得出她是原住民的年輕女郎問道。

「……我叫玉桂！」她細聲答道，眼梢很快地瞄了黃種一眼。

「有沒有叫紅杏的女人？」

三個女人的目光同時交錯在一起，露出一臉的訝異，噤聲著沒有回話。

黃種此時從宋組長的身後移到面前，他搔頭正要說話，卻被組長的手勢擋住了。

「紅杏不在嗎？」

「……」

宋組長看她們不說話，很不高興，便聲色俱厲地說道：

「我告訴妳們，我是刑事組長，我在問話，妳們要據實給我回答，聽到沒有？我再說一遍，把紅杏叫出來！」

一聽說刑警，三個女人都嚇得拔腿而逃，年輕的助手這時派上了用場，他轉身去擋住她們的去路。

「不用怕，我知道妳們是賣肉賣身的，但今天不辦妳們這個，快叫紅杏出來就好！」

那個叫素珠的女人年紀較大，世面見得多，所以她挺身而出地說道：

「紅杏已好幾天沒來上班啦！」

「眞的？」

「沒騙你……」

宋組長把視線轉向幽暗的內角，然後對助手努努嘴說：

「小陳，你到裡面去搜搜看！」

這個才從警官學校畢業的刑警新手，如獲聖旨，即刻接受命令採取行動。

「妳們認識葉丹青這個老人嗎？」宋組長隨後又問著。

三個人又面面相覷，幾乎同時說道：

「認識！」

「他已經被謀殺了，妳們知道嗎？」

「唉喲！」三個女人幾乎同時叫出。

然後夭壽啦、歹積德、不敢相信等，七嘴八舌地亂嚷一氣。

宋組長靜靜地觀看她們的舉止和臉色，發現她們除了驚奇之外，還有惋惜的感情存在。

「妳們怎麼會不知道？聽說他在這裡走得很勤，幾乎天天來，又跟叫紅杏的女人很相好……」

「可不是嗎！」叫素珠的女人忽然恍然大悟似地說：「奇就這麼奇，葉先生好幾天沒有來了，紅杏也就失蹤啦！」

「好，妳給我回想一下，確定紅杏是在幾號沒來上班的？」

素珠低下頭，扳著手指，嘴裡唸唸有詞：

「是啦，我想起來了，絕對沒有錯，是在十六日晚上十點鐘的時候，她跟葉先生一道出去，就沒有再回來上班了！」

宋組長心裡掠過一個預感，果然不出所料，葉丹青的死，與老人茶室的女人脫離不了關係，尤其這個叫紅杏的女人，是案中的關鍵人物。宋組長故作冷漠地問道：

「紅杏家住哪裡？知道嗎？」

「聽說是在桃園，詳細地址不知道！」

「她的眞名呢？」

三個女人都搖搖頭，還是素珠代表講話：

「大概要問老闆才知道！」

組長這時想到傻在一旁的黃種，便推著黃種說道：

「紅杏的眞名或住址你知不知道？」

「我……我……」黃種吞吐著，接不下去。

宋組長猛拍櫃枱，發脾氣地吼道：

「幹什麼？你要實話實說！」

「我是去過紅杏的住處一、兩次，都是跟葉先生一道去的，她住在林森北路的一個小套房裡，至於她的原名，我不知道……」

「記得那個地方嗎？」

「知道的……」

這時，助手從裡面折騰了一番出來，報告組長說：

「裡面一個人也沒有——」

宋組長因為正問到緊要處，朝他揮揮手，又對黃種說道：

「你現在就帶我們過去吧！」組長說罷，回頭對那三個女人斥責道：

「有什麼風聲，隨時跟我們聯絡，老闆回來，請他立即到局裡來一趟，懂嗎？」

那些女人忙不迭地點著頭，表示聽懂了。宋組長留下一張名片給素珠，恐嚇地說道：

「這是我的電話，有情況要即刻告訴我，希望妳們立大功，將功抵罪，要不然，我要纏得妳們沒完沒了。」

她們有苦難言，噤聲不響。

「走吧，黃種，你帶我們找紅杏去！」

他被組長推出去的時候，回過去的眼光，正好與那個叫玉桂的原住民女子目光相接，她的眼裡有哀怨和驚惶的神色。

5

紅杏住在林森北路錦州街附近一條狹窄的巷弄裡，是幢外表裝滿了鐵窗，被鐵鏽污染得不成樣的公寓房子的四樓。

黃種把計程車停在巷口，就走路帶著宋組長以及小陳找到紅杏的住址。

他們沒有按電鈴，因為大門是開著，樓梯間很黝暗，由於各層門口都散放著垃圾袋，因此散播著陣陣的臭味。

他們一夥好不容易避開了門口的垃圾和鞋堆，到達了四樓。

宋組長用眼神示意，黃種便戰戰兢兢地敲門。

敲了很久，就是沒有人出來應門，倒是對面的房門開出了一條縫，探出一個洗盡鉛華、臉色蒼白、衣衫不整的女人來。

那個臃腫的女人露出一臉狐疑地看著一個凶煞般的男人，怯生生地問道：

「請問你們是找誰啊？」

宋組長搶著問道：

「這裡是不是住著一個中年女人，名字叫什麼紅杏的？」

「對呀！」

「她不在嗎？」

「請問你們是誰？」

「我們是刑事組的……」

「唉喲！出了什麼事啦？」

「我們在找她，她好像失蹤了？」

「是呀！我們也正覺得奇怪，我已經兩、三天沒看到她，半夜打電話也沒人接，這是很怪異的現象。她很少在外面過夜的，即使有男人，通常也都帶回來這裡的……」女子說著說著，便放心地把大門整個打開了，她站出來後才看到她穿著半透明的睡衣，裡面空無一物。想必她也是個墮落的風塵女郎。

這一身隨便的穿著，沒有使刑警們嚇著，反而那個女人驚訝地發現到了有意避開她的黃種。

「咦，他，我看過他呀，他是紅杏的客人，怎麼會是刑警呢？」

「是，是，不……」黃種有些無措地說著。「我開車送過紅杏回來，我可不是她的客人。」

宋組長沒有理會黃種的解釋，逕自對女人問道：

「妳說有三天沒看到紅杏了嗎？」

「是……」

「門也打不開嗎？」

「是……不過我覺得很懷疑，同時也有預感，我感到紅杏她是不是一直未出房門……有些不好的氣味從她的房間傳出來，她……」

宋組長馬上了解她的意思，會不會不幸被她的第六感所預測到，他也不得而知。

「我們趕快叫人來打開門吧！」宋組長說著，交代小陳到樓下去找個鎖匠來。他心裡暗忖著，這恐怕是一起連環命案。想到此，他不禁緊皺著眉頭。

小陳蹬蹬地下樓找鎖匠去了。

宋組長便徵求那女人的同意，在等待開門的時間，能否到她家坐坐。

女人很爽快地答應了，組長和黃種均脫鞋入內，眼前的小客廳凌亂不堪，女性衣服散在沙發上，暗色的茶几上豎著五、六支喝光的啤酒瓶。

她有些不好意思，忙著收拾沙發上的衣物，再開了一盞吊燈，客氣地請他們坐，並且解釋道：

「昨晚跟朋友喝了很多酒，酒醉了，沒有收拾，真是不好意思……」

「沒有關係，」組長坐在厚絨的沙發上說道。「這樣打擾妳，我們才覺得不好意思呢！勞駕妳這麼久，能否請問妳的大名？」

「哦，我叫高秋霞，請多多指教！」說著從椅背上撈一件紅色睡袍穿上，然後在他們面前坐下。

「對不起，在等待的時間裡，我想利用這個機會請教你——高小姐，一些關於紅杏的問題，紅杏可能牽涉到一件命案，所以……」

高秋霞沒等宋組長說完，驚呼了一聲道：「紅杏殺人啦？」

「我祇說她可能涉入而已……妳跟她很熟嗎？」

「我認識她一年左右而已，她搬來這兒之後，因爲鄰居都是從事夜生活的人，深夜大家無聊，喜歡一起喝酒解悶。」

宋組長沉思了半晌，自己點了一枝菸，當他抬起頭來才想到應該也請她抽一根，於是她不客氣地也跟著抽起菸來。

祇有黃種不抽菸，他落水狗般地瑟縮在一旁，沉默著。

深深地吸了一口菸，宋組長便又用閒聊的口吻問高秋霞道：

「高小姐對紅杏的身世一定多少有所聞，她的眞名知道嗎？」

「哦，她是桃園眷村一個軍官的太太，先生是陸軍，又在野戰部隊服役，經年常駐於外島，所以，她出來上班賺點外快貼補家用。她本名叫朱可琪，我看過她的身分證，沒錯！」

「妳對她的私生活了解多少？對不起，是不是生張熟魏的……」

「據我所知，她是有男朋友，但是有選擇的……」

「妳最近有沒有看到她帶回來一個六十歲左右的老頭子，本省人的？」

「哦，有啦，那人姓葉，我們還一起喝過酒呢！」

果然不出所料，紅杏和葉老頭已經確定脫離不了關係。打鐵趁熱，他故作驚人之語說：

「那老人被謀殺了！」

「唉呀！」她驚叫了一聲，一隻手猛按住自己的嘴巴說：「這怎麼可能呢？葉先生是一個老實人，好人呢！」

「可是……」

這時，小陳從沒有關的門外叫道：「開鎖的師傅來啦！」

鎖匠花了不到三分鐘的時間，便把兩道鎖輕易地打開了。門一開，果然有一股異味瀰漫在空氣中，撲鼻而來。

宋組長帶頭進入，他同時吩咐各人不要亂碰東西。

這層公寓大約有二十坪大，前面是客廳，中間是不見天日的臥室，後段是餐廳兼廚房。

這邊跟高秋霞那邊有些不同，紅杏的客廳倒是收拾得很乾淨，電視機上還有一只仿古的青紋花瓶，裡面插了一束紅玫瑰，雖已凋萎，但可看出紅杏略懂生活情趣。

臥室的房門虛掩著，宋組長用拳頭輕輕一推，便開了，裡面一片漆黑，在門邊找到開關，組長一撳，亮光的同時響起一陣驚呼聲。

一個白皙的女人橫躺在床鋪上，上身半裸，下身卻完整地穿著一件毛料黑色長褲。她杏眼暴睜，舌頭微吐，她的脖子上被一雙玻璃絲襪緊緊地勒住。

高秋霞跑到客廳嘔吐，黃種站在小陳背後用手掩住眼睛，不敢細看，小陳倒抽了一口冷氣，發起抖來。宋組長比較沉著，他不能退縮，視線朝室內巡視一遍，被褥凌亂，化粧檯上的瓶瓶罐罐東倒西歪，衣架上的一些衣服，也被拉扯得零零落落，從現場的跡象判斷，死者生前是經過打鬥的。

「看看她，仔細地看她是不是紅杏沒有錯？」

黃種好像染上了霍亂似的，渾身發抖，他斜著眼睛，唇齒交戰地說：

「啊啊……是她，是紅杏沒錯……」

宋組長覺得可疑，黃種已五十幾歲，人生閱歷很豐富，不見得看到一個死人，就會怕成那樣子的，莫非其中有不可告人的緣故，然則，他並沒有表示出來。

小陳把嚇得面無人色的高秋霞半推半拉地推進來，宋組長退開一步，讓她站到床前來，可以看到橫躺著暴睜兩眼的紅杏。

高秋霞緊閉著眼睛，不敢去看紅杏的慘狀，宋組長便斥責道：

「高秋霞，有什麼好怕的，睜開眼睛認一認，她是不是紅杏啊？」

高秋霞鼓起勇氣一睜眼睛，就接觸到紅杏凸出的兩眼，好像不甘願地瞪視她一樣的。

「啊啊……」高秋霞呼叫了兩聲，便全身癱了下去。

小陳從腋下雙手把她架起，組長在旁邊追問：

「好好看，死者是不是紅杏？」

「是啦，是啦！」說罷，高秋霞便歇斯底里地哭將起來。

「小陳！你通知這裡的管區吧，我看你今後要留下來配合他們，這個命案同葉宅命案可能有分不開的關係，現在我先帶黃種走，你在這裡等他們來，務必保持現場的完整。來，你把高秋霞弄回她房裡去！」

一切都安靜下來了以後，宋組長在門口又對小陳叮嚀了一番，便帶著黃種下樓。

出了大門外，黃種忽然懇求地道：

「組長，從早上弄到現在，都要下午了，我今天還沒做到生意，我可以走了吧？」

「你送我回局裡再說吧！」

黃種要拒絕，但能嗎？他欲言又止，祇能聽話，開車把宋組長送回分局。

然而回到分局門口，宋組長下車後並不讓他走，他懶懶地說道：

「我早上已派人到你家去搜查，我們對有關係的人都要懷疑，很對不起，我現在要搜你的計程車！」

站在門口的黃種聽他這麼一說，又氣又無奈。

「請你打開後行李廂吧！」

黃種重心有些不穩，他腳步踉蹌，很吃力地掀開了後行李廂。

宋組長在後面翻箱倒櫃地，連死角也不放鬆地搜索，葉老頭被害的凶器是鎯頭鈍物之類，而紅杏的催魂物卻是絲襪。

可是行李箱裡盡是一些抹布、二公升裝的油罐、扳手以及起子等工具，此外別無一物。

宋組長並不灰心，他打開右前門，探身進去翻儲物箱，然後又是椅子底下的空間，亂摸一通。

突然間，他摸到一把活動又有沉重感覺的器物，拿出來一看，赫然就是一把鎯頭。

黃種一看那把鎯頭，大爲吃驚，臉色都變了，他倒退了一步，表情怪異。

「這是什麼啊？這是一把鎯頭！黃種，這是你的東西嗎？」

黃種神不守舍，喃喃地說：

「不是，不是，我車上要鎯頭幹什麼？」

「是啊，沒有聽說修車用鎯頭的，可是，這把鎯頭怎會在你的計程車上呢？」

「我也不知道，我……」

「黃種！」宋組長過來說道：「你把車子停好，進來辦辦手續，我看你是暫時不能回去了。」

黃種煎熬了一整天，終於忍不住，嚎啕地大哭起來。

第五章　紅杏劫

綠濤覆蓋下的地底
有亡魂竊竊不停地私語
而野風猶獨自在冬季裡莽撞
紅顏已老

1

宋組長把可疑物——鋤頭交給化驗員去採指紋，同時把黃種拘留起來。他隨便在隔壁飲食店吃了一碗牛肉麵後，又馬不停蹄地趕到天母葉宅。

下午的陽光軟軟地照在天母這條臨山腳的巷弄裡，顯得特別安詳和寧靜。

從紅色大門深掩，圍牆爬著綠色植物、充滿樸質美的外表看來，實在看不出這是幢屋主已遭意外的一座凶宅。

宋組長在門口無端地停了一會兒，久久才去撳電鈴。

只聽見院子裡有推門的聲音，然後是細碎的腳步在大門停住。

「誰啊？」是沙啞的女人聲音。

「我是刑事組的！」宋組長在門口懶散地應道。

門呀然一聲地開了，出現在宋組長面前的是李玲的母親，一個風韻猶存的半老徐娘。她臉上滿是不悅的表情，好像刑事是與她死對頭似的。她冷冷地招呼著：

「哦，是你呀！」

組長沒理會她，反而劈頭問道：

「葉太太在嗎？」

「你請進吧！」

在客廳裡，李玲正癱在沙發上不發一語，見到媽媽帶著宋組長進來，才微微坐正身子，疲倦地說：

「組長，勞駕你了……」

宋組長點點頭，在李玲的面前坐下，點了枝菸，便獨自吸起來。他瀏覽一下客廳的四周，發現跟上午在此的時候不太一樣，光線顯得很幽暗，兩盞銅製的落地檯燈也都亮著，原來，幾扇窗戶的窗簾，包括正面的落地窗，都拉上了深色的布簾，給人一種密不通風的感覺。

「幹麼窗簾都拉上，弄得這樣密不通風？」

這時李母從裡面端了一杯茶給宋組長，在她女兒的身邊坐下，便回應道：

「我女兒心情不好……」

組長的眼睛骨碌碌地轉了兩下，看看李母，然後回過頭來看著李玲說：

「我下午特別再來一趟，是因爲……妳先生突然失蹤了，是否跟葉老先生的死有關？中午在我辦公室聽妳說葉先生可能到漢城去，我來看看有什麼線索沒有……」

李玲不置可否地沉默著，她哀怨的眼神有些閃爍不定。

「到現在，妳們也還沒有找到葉先生嗎？」宋組長接著問道。

李玲輕輕地搖頭，然後對她母親說道：

「媽，妳到我房間拿相簿來……」

李母應聲而去，不一會兒就從裡頭搬出兩本大相簿，放在茶几上。

李玲坐直身子，打開相簿翻閱著說：

「有些照片是我先生在漢城拍的，他跟韓國小姐一道拍了好幾張，你看能否看出些什麼來……」

宋組長爲了看她翻照片，便傾過身子，李母看他不方便，站起來請宋組長在李玲的旁邊坐下。

翻著翻著，李玲的手停在一張葉青森跟一位穿著朝鮮傳統服裝的韓國姑娘一起拍攝的照片，有的在粉紅色櫻花盛開的樹下，有的是在室內，背景掛有隸書「美人捲珠簾」漢字書法前。

他們的視線一同落在這張照片上，特別是照片中場景不同，卻都是同一個漂亮的女子，圓圓的臉蛋，笑起來不僅天眞爛漫，還充滿了一種像葡萄酒讓人淺嘗即醉的魅力。

「這個女孩是誰？聽妳先生說過嗎？」宋組長好奇地問道。

「她是一家韓國料理店的服務生，哦，對了，就是這張掛有中國字『美人捲珠簾』的這家。」

「餐館的名字呢？」

「我先生好像說過，但我忘記了。」

坐在李玲旁邊的宋組長，突然感覺到一些壓力，李玲身上散發著一股特別的味道，那不是香水，卻比香水還芳香。每當宋組長問一句話，側過臉去，便聞到這種吐氣如蘭的味道，使他有點酩酊的感覺。

宋組長也覺得自己太不像話，在這種場合、這種時間，竟然有點心旌飄搖。

他突然站起來，深深地呼吸道：

「如果妳先生再不現身，而且也沒在日本出現，我看，漢城這裡是一個關鍵！」

旁邊的李母，忍不住插嘴說：

「我女婿人很忠厚老實，雖然做生意多少有應酬，但我想不至於瘋到韓國去，在外國製造緋聞吧！」

「但是，風流是男人的本色啊，尤其是當男人有錢的時候……」

「我女婿是不搞這套的……」李母很認眞地想與宋組長爭論。

「大家都是這麼認爲，自己的兒子都是心肝寶貝、忠肝義膽……」

「葉青森可不是我的兒子，是女婿……」

李玲揮手示意，有點不快地說道：

「媽，這事妳不要管，也不要吵，好不好？」

「好了，不爭這些了，我四處走走看看吧！你們家有幾個房間？」宋組長問道。

「四個房間，」李玲答道。「小孩一間，我們夫婦一間，我公公一間，及一間客房。」

「葉太太，妳帶我去看看吧？」

李玲顯得有氣無力地站起來。「來吧！」她說，便帶他從客廳旁邊的第一間房間看起，小房間約有五坪大，擺了一張雙人床、一只簡單的衣櫃、一組木桌和椅子。李玲告訴他，這是客房，她母親來玩，便住這間。

宋組長進去瀏覽一番，在窗前探了探，一叢樹影正在窗外搖曳。

接下去是小孩房，這間坪數相當大，約有十坪，兩張頭尾連接在一起的彩色木床，中間架起一道木製的滑梯，床和家具桌椅均漆成橘和蘋果綠兩色，地毯是進口長毛的，地上放滿了史努比之類的布偶和玩具，床褥一片凌亂，好像早上孩子起床後便未收拾過。

宋組長看著看著，忘了他是來辦案的，他眞是羨慕這個家庭，他想著自己的三個兒子，擠在一間三坪大的鴿子籠裡，睡上下鋪、共用桌子，常常吵得不可開交的景象。

李玲在他身後看他有點出神，便提醒他道：

「好了嗎？」

「好了，我看妳的房間吧！」

李玲的房間是主臥室，在小孩房隔壁，有套房設備，一組原色木頭組合的床具及衣櫥，顯得古樸自然，窗前擺了兩只籐製沙發，坐墊的花色很鮮豔，也是進口的舶來貨。

宋組長站在房間中央，發現這間房收拾得很乾淨，深得幾乎是黑色的床罩，很整齊地覆蓋在床上，一切收拾得井然有序。而紅色絲絨的窗簾，拉得滿滿的，但是好像窗戶沒有關緊似的，有些風在那兒鼓動著沉重的窗簾，微微地起伏。

他走到窗前抬起手要拉開窗簾的時候，李玲驚奇地叫道：

「你要搜查這個房間嗎？」

宋組長有些意外，他好奇地看著她，輕輕地說道：

「不，光線太暗了，我只是要拉開窗簾……」

李玲雖然有些猶豫，但不再說些什麼，顯然是放棄她的堅持。

於是宋組長便傾身去拉窗簾，可是拉不動，然後他才發現是電動操作的，李玲把開關一掀，窗簾就像戲院的布幕一樣，從中朝兩邊分開。大概有一丈長的木窗子，嵌成一尺四方的小木框，框裡的玻璃磨邊，顯得很歐式。宋組長看到門窗關緊，有風進來的原因，是床頭櫃上方的一塊玻璃打破了，露出一尺見方的空間，風便是從那兒吹進來。

職業性的警覺，使宋組長突然像隻刺蝟一樣，整個神經緊張了起來，他走近窗前一看，木櫺的溝縫裡，還沾著有稜有角的玻璃碎片，可見玻璃是最近才打破的，最近？會不會是今天凌晨的事呢？這塊隱藏在窗簾背後的祕密，無意間被宋組長發現，爲葉宅命案又多了一條線索。

如果是今天凌晨打破了的窗玻璃，這裡面到底藏有什麼玄祕呢？

宋組長不動聲色地在窗前東瞧西瞧地，又用手指頭抹抹窗檯上的木頭，覺得檯面一塵不染，像是剛剛抹過似的。他回頭看站在身後的李玲，故作詼諧地說：

「這塊玻璃打破多久啦？怎麼沒有換新的？冬天吹著風，不好過啊！」

李玲雖然強自鎮靜，但神色裡有一分掩不住的驚惶，她有點退縮地說道：

「前天在打掃時，不小心打破的……」

「前天嗎？用石頭打破的？」

「不是……在清洗時不小心滑了一跤，被手背打破的。」

「力量可眞大，我看那玻璃是五釐米厚的，妳的手沒有受傷嗎？」

「有一點瘀血……」

宋組長走到李玲面前，煞有介事地問：

「傷在哪裡？」

李玲撩起袖子，手肘部接近脈搏的地方有一片青紅的瘀血。但那像激烈掙扎所受到的壓力，而不是碰傷的。

組長拉過李玲的手，仔細地看著，然後不發一言，在房間裡繞了一圈，他打開了衣櫥、五斗櫃，彷彿要找些什麼。

這時，李玲抗議了，她提高音調地說：

「宋組長，你在找些什麼？你該不是把我當凶手吧？」

「哦，妳千萬不要誤會，職責所在，我總要看看。再說，上午只看到死者的房間，凶宅總得仔細檢查一遍的，庭院花園也跑不掉，我們要找出凶器啊！」

宋組長冷冷地說道，他又自顧自的，看著室內的一切，羊毛地毯是歐洲古典的花式，有大紅大紫的圖案，床前還鋪著一塊三尺寬二尺長織成貓熊的羊皮。他在羊皮前猶豫了半晌，彎下身子掀開腳下那張羊皮。

有一塊不大不小的痕跡，呈碗公大的圓形，特別的乾淨，好像才洗過，他狠狠地用手抓起一小撮地毯拿到鼻孔前嗅聞。自個兒頻頻點頭，若有所思。

李玲爲組長的這些動作感到迷惑和惶恐，組長的心裡到底在盤算什麼？深不可測，令她茫然。

組長走出臥室，故意用腳步測量著他到葉老先生臥室的距離，約有五碼遠。

然後他又打開死者的房間，進入觀察一番，神祕異常。

他一個人在葉宅各處角落折騰了將近一個鐘頭，還戴著手套，翻東翻西，像直入無人之境，李玲和她的母親，只有跟在後面，亦步亦趨。

宋組長臨走時，莫測高深地對著到大門口送客的李玲說：

「妳先生的失蹤很奇怪，找到他時立刻跟我們聯絡——還有……」說到此，他故意把話停頓下來，留個餘韻般地打量著李玲。

「太糟糕了，我先生不知道跑到哪兒去了？說不定眞的跑到韓國去撒野了！」

「希望是這樣，還有，我要告訴妳們一個消息，我們在黃種的計程車上找到了一把鋤頭，我們把黃種拘留起來啦！」

「怎麼？」李玲驚奇地嚷道。「我公公是黃種殺的呀？」

宋組長像已預期到李玲會有的反應，可是他仍然冷冷地道：

「我已把鋤頭送到化驗組採集指紋和做血跡反應，現在說誰是凶手尚言之過早，甚至那把鋤頭是否就是凶器，也要經過檢驗才能確定。」

「那——怎麼扣押黃種了呢？」

「因爲鄒頭是在他的計程車上找到，他只是有嫌疑而已。何況，剛剛我們又發現到，迪化街老人茶室的一個女服務生紅杏，也被殺了……」

這更是一個大意外，恍若晴天霹靂，李玲被嚇得傻愣愣的，張著大嘴巴問道：

「唉喲，怎麼又死人啦……這個，這個，跟黃種有關嗎？」

「有證人說曾經看到黃種到紅杏的住處去，如此而已！」

「黃種到過她家呀！唉喲，簡直是人心不古啊！」李玲的母親終於忍不住地搶著說。

「對不起，」宋組長潤潤嘴唇說：「聽說紅杏這個女人跟葉老先生有些牽扯，李小姐，妳看過這個女人嗎？」

「我公公與老人茶室的女人有緋聞，我是風聞過，至於那個女人……有一個晚上，他曾經帶回來，我只是遠遠地看過，沒有經過介紹，我公公的事我不能管呀！」

「那就好，」組長說著，就要告辭了。「我要趕回去了解情況，那個日本人阿部一郎也需要查證一下……」

「組長……」李玲欲言又止。

宋組長把腳跨出大門外，最後說道：

「請繼續保持現場原狀，看情況，葉老先生的死，凶手就逮指日可待，我是充滿了信心的。」

宋組長跨上門口一部破舊的偵防車，發動引擎，頭也沒回地揚長而去。

這個時候，是葉宅凶案發生第二天下午四點鐘。

上。

2

第三天，宋組長一大早趕到刑事組，從刑事警察局化驗回來的鋤頭報告，已擺在他的桌子

值夜的高刑警一臉睏倦地跟到組長室，打起精神報告說：

「這個報告剛剛才拿回來，是有血跡反應，證實是O型的血液，至於指紋，報告說採集到三枚，奇怪的是，有兩枚指紋是不同一隻手的。」

「好，好，太好了！」宋組長擊掌地說。「血型跟死者吻合，這就證明那把鋤頭是凶器沒錯，指紋呢？指紋是不是黃種的？」

「有兩枚明顯的不是，其中半枚很模糊，不能確定。」

「那兩枚是誰的呢？」

「目前還不知道。」

「會不會是阿部一郎，或是李玲的呢？」宋組長突發奇想地說。

高刑警被他這一問，也有些意外，但他仍然緩緩說道：

「我會派人去採阿部一郎及葉太太的指紋。」

宋組長沒能立即得到指紋，有些失望，他拿起卷宗裡的驗屍報告，攤開來仔細看。

刑大的驗屍報告指出，葉丹青的致命傷是前額那巨大的一擊，凹深一公分，傷處直徑有一枚一元硬幣的大小。死亡時間在凌晨兩點到五點之間。

「奇怪，」他放下卷宗說。「我覺得凶手就在我們身邊，黃種最有嫌疑，但是怎麼會沒有指紋……」

「可能是他有計畫作案，他戴著手套，或事成後小心拭去指紋！」高刑警附和地說。

「可是，鄉頭上那兩枚指紋呢？」宋組長困惑地說。

「組長，」高刑警胸有成竹地接口說：「昨天晚上我們到黃種家查證，他太太說他那天晚上四點鐘才回到家，可是昨天黃種在偵訊時明明說，他每天都是深夜十二時前就收工回家，因爲第二天他五點鐘就起床出外洗車！」

宋組長一聽高刑警的報告，猛拍大腿，高興地說道：

「太好了，這是個漏洞，等一下你好好去訊問他十二點到四點這中間的去處！」

「是，我馬上去辦……」高刑警由於折騰了一夜，終於不勝疲倦地打著呵欠說。

「老高，昨晚熬夜，我看你很累，先去休息一下吧！」

老高一聽到宋組長提到昨晚，突然精神一振地說：「昨晚半夜，我和小陳找到阿部的家，等到他和同居人惠美應酬回來，阿部對我們的出現嚇了一跳，也很不高興。我問他前晚的行蹤，兩個人異口同聲地說：葉宅命案當晚，他們沒有出去，一直待在家裡看錄影帶。組長，我覺得這兩人很值得懷疑。」

「有沒有人證呢？」

「阿部一郎說他家的傭人，晚上九點鐘才走，可以證明……」

宋組長生氣地說道：

「證明個屁！命案發生在凌晨啊，九點鐘不在場有什麼用！」

「組長，我們當然不會這麼笨就放棄，阿部住的大廈，二十四小時都有管理員在看門戶，還裝有閉路電視的監看系統。下樓時我們曾找管理員查問，結果，那夜的值班員已下班，我們問到了電話，便立即打電話去查問，那管理員回憶說，好像十二點左右在閉路電視上看到阿部，從地下室開車出去，但是沒有注意到他在幾點回來！」

「這個證詞他能上庭作證嗎？」

「當然可以，昨晚的管理員也聽到同事的說法，一切沒問題。」

「很好很好，老高，你先去休息一下吧！順便幫我叫小陳來。」組長喜形於色地說道。

「小陳恐怕還在睡覺……」

「叫他起來，我有話問他，已經十點鐘啦！」

老高走後，宋組長把身子深陷入那張破舊的籐椅裡，思潮起伏。葉宅命案已發生了三天，雖然整理出一些頭緒，嫌犯幾乎呼之欲出，卻又缺乏充分證據。

葉宅命案發生後，案情看起來單純，沒想到死者的兒子出國同時失蹤，又牽扯出一個案外案。與葉宅命案頗有關聯的風塵女子──紅杏，亦不幸死亡，遂使案情陷入撲朔迷離中。

歸納兩天來有關命案的進展，宋組長雖不能百分之百地確定凶手何人，但至少腦海中已有個概略的輪廓，阿部一郎雖爲日本人，與死者無冤無仇，但他與死者獨子有合夥關係，說不定有財務糾紛。黃種呢？黃種由於與死者是鄰居，而且還每天清晨到葉宅洗車，可以說是與死者走得最近的人，而且又介紹他到老人茶室。

據現況判斷，黃種與死者、紅杏之間，存有某種不可告人之關係，尤其紅杏突然被殺，這中間充滿了玄機！至於苦主李玲，公公被殺，照常情她不可能列爲凶嫌，但有時候，翁媳之間或有不可告人之祕密，宋組長也不能不考慮，雖然這種機率很小——

宋組長正在思緒紛亂的時候，小陳敲門而入，他雖已打起精神，但惺忪的眼睛裡仍透著紅紅的血絲

「組長，你找我？」他沙啞著聲音問道。

「昨晚你沒有回家睡覺？」

小陳點點頭，疲態畢露。

宋組長難得很溫馨地給部下打氣道：

「這個案子不破，我們都不會好過，所以這些日子大家都要辛苦一點，同心協力完成任務……」

小陳是新人，他當然要特別賣力，每次組長訓話，他都如獲聖旨。這次天母葉宅命案，組長把他帶在身邊，可見組長器重他，所以即使組長叫他赴湯蹈火，他也在所不辭。

「組長指示，我一定全力以赴……」小陳畢恭畢敬地說道。

「你坐下吧！」組長習慣性地揮揮手說。「你把昨天我離開紅杏命案現場後的情況說一說。」

小陳在組長前面的椅子上坐下，一五一十地報告起來：

「我打電話通知管區的刑事組後，那邊很快就派了人來，檢察官和法醫也來了，初步驗屍結果，死者是被謀殺，跟我們所看到的一樣，是被玻璃絲襪勒死的，不過詳細情形及死亡時間，要等到今天才有結果。我跟他們說，紅杏這個女人，和我們管區葉宅命案有關聯，凶手說不定是同一個，所以我們要知道這邊的情況，那兒的黃組長說跟你很有交情，會跟你聯絡的。」

宋組長聽完了小陳的報告，籠籠統統，情形和昨天一樣，可能要到下午進一步驗屍後才有結論，要與黃組長磋商案情，恐怕也要到下午。

他突然靈機一動，老高要派人去阿部一郎那兒取指紋，不如他親自出動，如果管理員的說法屬實，那就要看阿部一郎如何自圓其說。

拿起電話正要聯絡老高的時候，老高笑嘻嘻地跑進來，這情景讓組長很意外，也覺得事有蹊蹺。

「組長，」老高忍不住地笑出來說：「鋤頭上的兩枚指紋已經查出來了，那是你——的指紋！」

宋組長並不覺得好笑，他先是一怔，覺得這玩笑開得太大了。怎麼鋤頭木桿上的指紋會是他的呢？

老高和小陳都好奇地看著他，老高開玩笑地說道：

「想不到組長也有嫌疑呵！」

「搞什麼鬼！我是兇手啊？」組長氣急敗壞地罵道。

老高收起笑容，正經地說：

「組長，是這樣的！我們那個檢驗員說看到你昨天是拎著鋤頭進去的，所以核對了一下你的指紋，果然是你的啦！」

宋組長爲了這個自己的疏忽，總不能惱羞成怒，他祇好和顏地罵道：

「他媽的！昨天在計程車座位下亂摸，當然會有我的指紋，眞是的——搞到刑事組長變成兇手啦，眞是他媽的邪門！」

「組長，」老高冷靜下來說：「那兩枚指紋既然是你的，就剩下那半枚模糊不清的啦！我看兇手是智慧型的，他是有備而來，如果不是戴有手套，也從容地把證據都抹掉了。」

宋組長從座位上站起來，手指交叉，把手掌往外使力，關節便格格作響。他像接受挑戰似地說：

「凶手再狡猾，也有百密一疏啊，我們除了更積極追查那半枚指紋外，還有凶手動機、不在場證明等線索去追查，譬如你說，那個日本人阿部一郎不在場證明的說詞，就和管理員所說的不符，我覺得這其中充滿矛盾。」

「阿部一郎也有嫌疑嗎？」老高喃喃地，幾乎是說在嘴裡給自己聽的。

「阿部的嫌疑不在黃種之下，我覺得這個小日本人色迷迷的，可能會惹出一些麻煩來。我看我們現在就到他公司去質問他，順便蓋手印……」

組長命令，老高立刻去準備車子，很快地，宋組長和老高便出現在阿部一郎的辦公大樓裡，中午十二時都還不到。

阿部一郎的辦公室在松江路一幢十二層樓的十一樓，雙併式，他們公司占了一半，門面相當氣派，有詢問檯，玻璃屏風後，有四、五排桌子，坐滿了二十幾人在辦公，經過小姐的通報後，組長和老高被帶到內角的總經理室。

阿部一郎面帶慍意地在門口等他們，等他們進入後，他便大聲地吼道：

「又有什麼事啦？我是個正經的生意人，你們這樣沒理由地纏著我，太不像話了！」

宋組長沒有理會他的氣憤，他逕自對室內瀏覽一番，辦公室約有十坪大，左右二角各擺張大桌子和高背皮椅，入口旁有一組絨布沙發。阿部一郎坐在右角落，在左角的那個位置，想必就是葉青森的。

「對不起，阿部先生，」宋組長不慌不忙地說。「我們祇是禮貌的拜訪而已。」

「拜訪？我覺得你們簡直把我當犯人看待似的，你們既不是檢察官，也沒有拘票，眞是的……」阿部吐著滿腹的牢騷，重重地在皮椅上坐下。

宋組長既然不請自來，也就不客氣地在沙發上坐定。他委婉地解釋道：

「所以嘛！我們只是拜訪而已……阿部先生，我們要請你諒解，這個命案帶給我們很大的困擾，你是有關係的人，所以我們祇得這裡跑跑那裡走走，否則的話，我們找你幹啥？豈不是神經病啦？」

「這是你的工作，而我是無辜的呀！」阿部依然不服氣地說。

「阿部先生，這個案子總得要破的，未破案之前，身邊的人都會麻煩一些，所以就請你委屈地合作一些吧……今天我們再來貴公司，是有幾件事情要澄清，請你幫忙……」

阿部一郎很心不甘情不願地說：

「你就快點說吧，大家都很忙……」

積十數年來的辦案經驗，宋組長深深體會到當一個對手在急躁不耐的時候，他放慢步調，好整以暇地，更容易突破對方的弱點。現在的阿部，顯然就是如此。

於是，宋組長故意換了個坐姿，好像沙發給他很難過的感覺，身體不時地移動。

高刑警的表現卻跟他完全兩樣，他一臉深沉，雙手抱著胸，站在一旁虎視眈眈地瞪著阿部一郎，彷彿要看穿他似的，或者是他視線一離開，阿部便會消失般地謹愼。

拖延了一陣子，宋組長才緩緩地說道：

「這樣吧！我們先從你的合夥人葉青森談起，葉先生出國已經有五天了，至今仍沒有消息嗎？」

「是的，他不見了！」

「跟貴公司的財務有關嗎？」

「你這是什麼意思？我們公司是一個賺錢的公司……」

「賺錢當然好，不過也不是賺錢就不會鬧糾紛的，對不對？」

「哦，」阿部一郎驚呼起來。「你又在搞什麼花樣，葉老先生的死，跟我有嫌疑，現在連他兒子的失蹤也跟我有關係啦？」

「我可沒有這種想法，我祇是問問而已，還有，公司的錢財誰管？用支票嗎？」

「我們有會計管財務，開玩笑，我們當然使用支票！」

「用誰的名義開呢？」

「葉青森和我的名字，支票出去，兩個人都要簽名蓋章！」

「最近出入帳有什麼毛病嗎？」

「這個你放心，我和葉青森在這方面都很清楚，不過——如果你是要知道我們之間有沒有矛盾，或利害衝突，那你就大錯特錯啦！」

宋組長這時突然笑起來，笑得有點莫名其妙地。

「也難講，世間事往往出人意料之外，何況如果涉及錢財——」

阿部終於按捺不住了，他從椅子上跳起來，站在宋組長的面前，圓睜著眼睛，正要發作的時候，外面的門輕輕地敲了兩下，接著進來了一位眉目清秀、端著茶盤的小姐。

她發覺氣氛有異，但仍然很禮貌地向客人鞠躬、奉茶。

等她退出去後，阿部便聲色俱厲地吼道：

「你在暗示什麼？有本領就明講，否則，請你們出去！」

儘管阿部生氣的臉漲得通紅，激動異常，但宋組長依然不為所動，反而站在一邊的刑警老高沉不住氣了，他閃電般的聲音打破間歇的沉靜。

「阿部先生，既然你那麼生氣，態度也不甚友善，我們來此的目的便不妨明講了，非常抱歉，我們想採集你的指模。」

「指模？」阿部一時沒能了解他的意思。「什麼叫指模？」

「就是指紋！」說著老高伸出十個手指一比。「就是這個啦！」

阿部有點愕然，要指紋啦，心裡不免有些詫異，他疑問地說道：

「要我的指紋幹什麼啊？」

「我們要作參考。」

「開玩笑！我又沒有犯罪！」

「阿部先生，」老高突然發作起來，變得很凶悍。「是的，到目前為止，你一切清白，但因為你與死者有關係，我們一直要求你合作，你這個日本人，卻一直刁難我們。告訴你，我們已找到凶器，凶器上留有指紋，對不起，我們對你也有懷疑，就是這樣，我們要你的指紋，這是我們的工作！」

聽說找到了凶器，阿部本來激動的神情平靜下來，他變得有些怪異，眼中閃爍著一種異彩。聲音與先前大為不同，從激昂降到緩慢地說道：

「找到凶器啦，那不是就要破案了？」

這時在沙發上沉默了一陣子的宋組長，站起來拍拍屁股說道：

「可不一定，不過，比較有頭緒罷了。我們甚且從凶器上發現了一樣事實……」

「凶器就是鋤頭嗎？」

阿部突然冒出這麼一句話，使兩個敏感的老刑警的耳朵幾乎豎了起來，宋組長既興奮又驚奇地說道：

「你怎麼知道凶器就是鋤頭呢？我們並沒有說凶器是啥！」

「咦，」阿部也緊張起來，「那天在現場，組長你不是說凶器是鋤頭嗎？」

「不，」宋組長口氣堅決地說：「我祇說可能是遭鈍物所擊，並沒有指出特定名稱！」

「我明明聽到你說鋤頭，不然，我怎會講出鋤頭來……」

「是啦，這就奇怪了……」宋組長開始戲劇性地壓迫道：「而且根據化驗員的報告，那把鋤頭不是土產貨，木頭柄上烙有『日工』二字，是日本貨啦，你說一個普通家庭用的鋤頭，用個舶來品，不是很奇怪嗎？」

阿部一郎當然聽得出宋組長話中的涵義和影射。可是他的心也不由得一跳，覺得事情可麻煩了。因為那一把鋤頭，是他從日本帶來的。

「我知道你話中的意思，組長，我也不妨坦白地告訴你，如果鋤頭木柄上印有『日工』二字，那是我從日本帶來的沒錯，可是那是我們要進口的樣品啊，我不曉得葉青森會拿回家當工具……」

「所以，我們先不管這把鋤頭與你關係密切，因為鋤頭上留有指紋，我們需要採集各人的指紋，特別請你幫忙，這樣子也可以還你清白啊！」

阿部有些悵然，他覺得事情的演變，有些不可抗拒的不如意，他祇有乖乖合作。

於是，老高從手提公事包裡取出一張印有十個指印的表格，拿出了黑色印泥擺在茶几上。

阿部翻著白眼，看看面前這兩個凶煞般的老粗，很不甘願地把十個手指模印給他們。臨走的時候，宋組長想起老高的報告，出事之夜凌晨以後，他的不在場證明很薄弱，便斜著眼用帶刺的話問他：

「阿部先生，聽說那晚九點以後，就沒有別人看到你在哪兒啦？」

話問得很奇突，阿部一愣，但他立刻會意組長話中的涵義，不免肝火又上升起來。

「組長，昨天我已回答你們，我整個晚上跟我的同居人在家裡看閉路電視……再說，你們有什麼權利這樣嚕嗦我呢？你們應該找出證據去抓凶手啊！至少，死者的兒子葉青森跑到哪兒去，不見了，要想辦法找出來啊……」

他說得額頭的青筋凸出，汗珠直冒，不勝憤怒的表情，暴露無遺。

宋組長倒是很輕鬆，他掌握了主動，有點吊兒郎當地說道：

「是呀，我們要綜合許多線索，從中過濾研判，我們是在抓凶手啊！即使現在跟你講話，我也在找破綻呀！」

「去找葉青森吧！告訴你，葉青森至今未到日本去，他一定在韓國什麼地方逍遙……」阿部突然不勝其煩地冒出這些話。

組長被阿部這番很肯定的話吸引住了，以前阿部幾次都祇說在日本找不到葉青森，現在卻直說葉青森根本沒到日本，而在韓國呢！

以前不說，現在生氣的時候講出來，這其中是否有什麼不可告人的祕密呢？

兩個刑警又在門口停住，滿臉疑惑地問道：

「你那麼確定葉青森是在韓國？」

「是啊！」

「以前你怎麼不說呢？」

「你沒問呀！」

「我現在也沒有問你。」

「是你們太笨了，一直在找我的麻煩，葉老先生被殺，兒子又失蹤了，不去找，卻像一隻無頭蒼蠅似的……」

「阿部！你還有什麼沒告訴我的？關於葉青森的失蹤，你好像知道得很多？」宋組長嚴厲地問道。

阿部神祕兮兮地說：

「葉青森每次到日本，都從韓國過境玩兩、三天，這次過了五天還沒到日本，想必有事耽擱。」

組長問：「還有呢？」

阿部答：「還有什麼？」

「你一定還有許多祕密！」

「對不起，刑事先生，我祇是把一個可能提示出來，至於有什麼結果，你們自己去找，我再給你們一個建議，葉青森是搭韓航出去的，你們不妨從韓航查起……」

宋組長心有不甘，但也不能對他怎樣，兩個人悻悻然地告辭，阿部送到電梯門口，又丟下一句狠話：

「我們是正派的生意人，下次來訪，希望有檢察官的命令，莎喲拿那！」

在回刑事組的路上，宋組長一邊開車，一邊想著剛才阿部所說有關葉青森可能在韓國的事兒，反而把葉老先生的死及阿部可能涉嫌的念頭丟開一旁了。

眞是事有湊巧，要不然不會剛好老父親被殺害，兒子出國也一去無影無蹤，宋組長心頭掠過一種不祥的預感。難道葉青森也遭到什麼意外嗎？

「老高，」宋組長靈機一動，對著身邊的高刑警說：「等一下回到局裡，我看你先找個人去韓航，查查葉青森是否果然搭韓航，是否在漢城落地就未曾再續航，請韓航給你十六日以後每一班從漢城起飛到日本的名單，如果不太方便，可以請國際刑事組協助。」

老高皺著眉頭，疲倦地說：

「搞不好，會弄成一樁國際刑事案件！」

「那也好，我們可以出公差到韓國去，聽說韓國的妞兒眞不賴呢！」宋組長說道，開心地大笑起來。

「去，也祇能你去啊，我這個大老粗，還不是只能蹲在這個大砂鍋裡，整天面對著一批又一批的牛鬼蛇神。」

「我簽報兩個人一起去就是啦！」

「算了，我不敢作這個夢，上次你跟刑事局的人到南非共和國去訪問，我們還不是祇有聽你回來直說那兒的白種女人水眞多的分，讓我流口水……」

「幹！哈哈哈……」宋組長樂歪了嘴，忘形地幾乎把車子開到對方的車道。「你還記得這件事啊？」

老高白他一眼，不服氣地說：

「你們吃肉，我們連湯都沾不到，當然記得！」

宋組長又連幹了好幾聲，就沉入老高所勾起他前年到南非去訪問的回憶中。在約翰尼斯堡一次宴會後，有人帶他們去找樂子，碰到他生平第一個白種女人，細皮白肉，又瘋又叫，簡直……宋組長即使現在回想起來，也眞是他媽的過癮！

在既興奮又迷糊的回憶中，宋組長把車子停在圓環前，才發現已回到局裡。

一進刑事組，小陳劈頭就傳達著局長立刻要見他。

局長找得那麼急，當然不會有什麼好事，不是罵人就是不知道哪個地方出了問題，這次急召，可能是詢問天母葉宅命案的進行狀況。

局長室在二樓，他爬起樓梯來覺得有點吃力，他媽的！他嘴巴邊罵心裡邊嘀咕著，四十歲不到哪，爬個樓梯就喘了，莫非腎虧啦？

敲敲門，停一下，便逕自開門進去。

局長的大桌子朝著門口擺放，座位在窗邊，下午白花花的陽光，透過玻璃窗，照在已經禿光的局長頭上，閃閃發光。局長手裡拿著一個放大鏡，正埋頭在看桌上的報紙。

宋組長輕輕地叫道：

「局長，局長找我？」

局長沒理會他，好一陣子他才抬起頭來，一張童顏般的圓臉龐，滿溢著紅光。

他深深地喘一口氣後，說道：

「宋組長，今天早晨我們開首長會報，上面問到天母葉宅的案子，既然是凶案，那就得必破，而且要早破，已經三天了，你有線索嗎？」

宋組長知道局長的來歷和脾氣，所以他不敢造次，站得挺挺地，把聲音調得急緩、大小適中，畢恭畢敬地說：

「報告局長，我們查了許多線索，找到幾個關係人，其中已經拘留了一個計程車司機，從那裡又找到了死者常去的一個老人茶室，所認識一個叫紅杏的女人，昨天我們循線按址找到她時，她已死亡多日，因爲是C區的管區，那邊在辦，我想那個案子跟葉宅命案有關聯，我們正在等他們的資料。不過，我們已有初步的結論，葉宅命案，脫離不了謀財害命！」

局長推著掉在紅糟鼻梁上的金邊眼鏡，例行公事般地說：

「那就好，繼續加油，不過也不要執迷不悟，鑽牛角尖，誤入死胡同！」

「報告局長，我剛剛去找與葉家有合夥關係的一個日本人，給他壓力。我們有個突破，就是死者的獨子到日本出差已有五、六天，至今行方不明，那個日本人透露，他可能在韓國漢城逗留……」

「這個苦主還不知道父親已死嗎？」

「是，我們一直找不到他，他太太也不知道他跑到哪兒去了，所以如果他眞的如那日本人所說的在漢城，我們還很麻煩呢！」

「這跟死者有關係嗎？」

「一定有關係，如果他在漢城失蹤了，說不定是一樁滅門慘案！」

「宋組長，別讓野馬跑遠了，盡快把國內的凶手找出來吧！要快，要乾淨俐落，不要讓我下期限！」

「是，是！」

「特別要記住，就是要盡快破案，還有，早晨上面也提到C區的命案，你跟那邊好好地聯繫，如果與我們這邊的案子有關聯，最好你搶個頭彩，一案雙破——當然由我們破了，萬一讓對方搶功了，宋組長，你有得瞧了！」

「是，是……」宋組長心裡五味雜陳地退出了局長室，紅杏的命案像一朵黑雲，經過局長撩撥，突地籠罩上心頭，壓得他幾乎抬不起頭來。

3

踢到鐵板、碰了滿鼻子灰的宋組長，下樓後脾氣便浮躁起來。老高看他臉色不好，逢迎地說道：

「怎麼，挨罵啦？」

宋組長破口大罵道：

「他媽的！組長就是鐵定要挨老闆的罵，又要受你們的氣，你以爲我這個組長好幹的？幹！」

老高由他去幹，小陳不好意思地從椅子上站起來。

偌大的一個辦公室，現在只剩下老高和小陳兩人，宋組長看看，又罵開來。

「怎麼？人呢？都死光啦？」

老高連忙解釋道：

「林和黃他們剛剛出去，派出所送來兩個案子，他們追贓去了。」

「追什麼贓？幹！這個案子不破，雞毛蒜皮的小偷竊盜都不要辦了，老高，記住要交代下去！」

「是，老大！」

宋組長走進組長室，回頭又吩咐道：

「準備紙筆，把黃種帶到地下室，等一下我要親自偵訊他。」

半個小時後。

在地下室的拘留所一個角落裡，一間用磚頭水泥隔成約十坪大的密室。

室內的牆壁和天花板上刷得滿片的白，牆角邊的水龍頭在滴答地淌著水。

洋灰地上有一片水漬，一條長板凳橫在一邊，上面放著一只塑膠桶，半桶水內漂著一條污垢的毛巾。

黃種這時已被帶到密室內，坐在一張木椅上，正對著一只強烈的聚光燈，氣喘如牛。老高則站在他的面前，猛拍桌子，咆哮如雷，操、幹，三字經不絕如縷。

小陳也在一旁吶喊，間或也摻一、兩句他媽的，但中氣不足，顯得很嫩。

宋組長走進來時，黃種如獲救星似的，一把眼淚一把鼻涕地求救起來。

「組長……你趕快來呀，他們打人啦！硬要我供殺了葉老頭，說我是謀財害命，我受不了……」

組長拉開一張椅子，隔著三尺深的桌子，坐在暗影裡，看著黃種汗水和眼淚縱橫。組長沒理會他的哭訴，突然不著邊際地問道：

「你招了嗎？」

「招？我要招什麼啊？」

「葉老頭是不是你殺的？」

「沒有啊！天地良心，跟葉老先生沒冤沒仇，他對人又好……」

「那麼我們在你的車上找到凶器，你怎麼說？黃種，你狡辯是不行的！」

「我看到你在我車上找到鄉頭，但那不是我的東西啊！」

「當然不是你的傢伙，那是葉家的鄉頭，你沒有拿去殺人，怎麼會在你的車上找到？」

「是啊，我也覺得奇怪啊！」

「是嘛，證據充分，你還那麼狡猾，我們當然要想辦法讓你說實話……」

「組長……」

黃種話還沒有講完，老高左右開弓的巴掌已重重地摑在他的臉頰，嘴裡並罵道：

「什麼東西！敬酒不吃吃罰酒，打死你！」

黃種被打得金星直冒，覺得臉頰都麻掉了，肉體上的痛苦還無所謂，他心裡的恐懼愈來愈大。可是，他像陷入一處廣大無比的泥沼裡，求救無門。

「組長，我們……我……」

宋組長依然在陰影裡，很悠閒地把背靠在椅子上，事不關己似地說道：

「黃種，外頭的人老是說我們打人、刑求，實際上我們是極不願意的。打人手還是會痛的，罵人生氣也會積鬱成疾夭壽的，是不是？你好好合作，大丈夫敢做敢當，讓我們把事辦好，不是很圓滿嗎？」

「組長，」黃種哀求地說：「我賭咒，我向你下跪保證，我真的沒有殺人啊！」黃種說著，軟在椅子下，猛朝宋組長跪拜。

小陳在後面一把把他抓起來，老高在他頭上狠狠地推了一把，凶煞般地吼道：

「這一套我們看多了，你以爲我們是三歲小孩子嗎？起來坐好！」

「雖然外傳我們有種種刑求的方法，像坐老虎凳、灌水、電擊等等啦，我們向來是不承認的。不過，如果碰到冥頑不馴的刁犯，像你這樣，有時候不示威一下是不行的，犯人犯了滔天大罪，很少有自己主動供出來的……」

組長說罷，使個眼色，老高便忙將起來，他拿起水桶，打開了水龍頭，水勢強勁，嘩嘩作響。

黃種看在眼裡，心都寒了，他雖然沒看過灌水刑求，但是，要發生在他身上的這種玩意兒，恐怕就近在眼前。

「組長……」他只能喃喃地叫著。

「你招不招？」宋組長逼問著。

「我……沒有……殺人啊！」

「老高，給他顏色看！」

這時老高把裝滿了水的水桶拎過來，朝桌上重重一摔，水溢滿了桌面，然後撈起桶裡的毛巾，在空中用力一擰，擰出的水流得滿地都是。接著老高又做了一個誇張的動作，這些像白癡般超乎正常的行徑，更使黃種驚心動魄，生怕他下一步的奇襲。

「我……饒了我吧……」黃種喉嚨像被某種東西梗住了，他嗯嗯地說。

老高暗示性的恐嚇動作停了下來，他改變了主意般，把毛巾往桌上一丟，然後慢慢地抹起桌子來。

「啊啊！」黃種像解脫般地，整個身體軟在椅子上。

宋組長換了一個坐姿，蹺起二郎腿，還是不愠不火的語氣。

「我們不是在嚇你，不過你知道我們有許多辦法，即使不修理人，也能使他毛骨悚然，痛苦不堪。人的生理和心理負荷都有一個極限，我們對此很有研究，所以，我要奉勸你，不要在我們面前逞強逞能，好了，黃種仔，你到底爲什麼殺葉丹青？還是乖乖地招了吧！」

黃種幾乎處在水深火熱中，而水深火熱兩種極端，對黃種來說，都是一種煎熬，他覺得膀胱有點失禁，尿水竟然像自來水一樣，弄濕了整個褲襠。

「我沒有啊，我沒有，叫我怎麼供呢？」

宋組長看到黃種幾近崩潰，乘勝追擊，他便加重壓力，轉變了另一個弱點，問道：

「你前天在車上說過，作了筆錄的，你說那天晚上，你十二點就收班回家，可是，第二天我們派人到你家，你太太和升大學早起晨讀的大女兒都說，你到次晨黎明前才回來，黃種仔，這你又怎麼說？」

黃種大爲吃驚，他慌亂地說：

「呵呵，你們也到我家去啦……」

「我問你家人都說你黎明前四點鐘才回到家，可是你卻說半夜十二點回家，這中間的四個小時空檔，你像空氣般地消失了，你要怎麼交代？」

「我，我……」

宋組長不等他呑呑吐吐，一改剛才溫馴的樣子，瞬間發作起來，他猛擊桌子，桌上的水漬四處飛濺，把黃種嚇得從椅子上跳了起來。宋組長扯開嗓門拍桌怒叫道：

「黃種你也不用再窮磨蹭了，深夜十二時到凌晨四點，是葉丹青的死亡時間，這也是你的致命傷，你再耍花招，就別怪我們太狠、太不客氣了！」

突然間，黃種磕頭如搗蒜，然後用雙掌猛打自己的太陽穴，歇斯底里地哭號起來，斷斷續續地嚷道：

「好啦……我承認那天我清晨……才回去，可是，可是……我是到別的地方啊……」

「你在哪兒？」

「我，我不能……說啊！」

老高從旁插入，又是猛捶桌面，又是吼叫道：

「他媽的！你不能說，我看你命都保不住了，還不能說，我們馬上以謀殺葉丹青的罪名辦你，請檢察官狠狠地起訴你，求個死刑……」

黃種在幾個刑警軟硬兼施下，終於抵擋不住他們的恐嚇和疲勞轟炸，他期期艾艾地開始供述那個晚上，他開車載他們去吃消夜，凌晨一時後，一起回到紅杏的家。

「好啊，」宋組長拍案叫絕般地大呼道：「好啦，葉丹青死亡時間你在紅杏家，現在紅杏也死了，眞是死無對證啊！」

「一點到兩點，我眞的是在紅杏家……」

「那麼，還有兩點到四點，這兩個小時你又在哪兒啊？」

黃種鬆弛後的神經又緊張起來，雖然在寒冷的冬天，他在強烈的燈光照射下，汗水濕淋淋地，整個臉龐也好像從水裡撈起來似的。

他沉默了一會兒，彷彿在考慮要不要說，這稍一猶豫，巨大的響聲又從震得顫抖的桌面傳來。

「說呀！」老高催命似地叫道。

「給我一杯水喝，我全部招了吧！」黃種崩潰了，他又軟弱又無助地，整個人都豁出去了。

宋組長和老高互相使個眼色，又朝小陳點頭，小陳便拿了一杯白開水來。

大家凝神看著黃種咕嚕咕嚕地一口氣喝光了那杯水，那樣子，就像荒漠甘泉的甜。

黃種不過癮地，又饞著嘴說：

「再給我一杯吧，我口乾……」

「你據實招來，要一百杯水都有。」

黃種看所請不能遂願，只能用舌頭潤潤嘴唇，然後就開始敘述：

「我們吃完消夜，覺得還不過癮，紅杏就提議再到她住處喝酒。在紅杏的家裡，她開了兩瓶紹興酒，那晚葉老頭好像滴酒不沾，喝酒的當兒，紅杏一直叫著要葉老頭給她一百萬，要不然就要娶她入門。這件事他們已爭執過許多次，葉老頭願意每次辦完事後，多給一些錢，或是在外面同居，絕對不肯再娶續弦之類把紅杏帶回家，紅杏看中葉老頭這個弱點，便成天以這個威脅他，若不娶她，便要把葉家吵得雞犬不寧。其實，紅杏要嫁他是假的，她要的只是錢，等到後來，葉老頭答應給她一百萬元，她又嫌少了，要三百萬……當晚紅杏喝得差不多的時候，又提起這筆錢，葉老頭突然發火地說：從今晚後，我跟妳絕交了，幹你娘！妳是什麼東西，一個人盡可夫的娼妓，要嫁到葉家來，我瞎了眼啦？再說，妳要三百萬，憑什麼啊？憑個老×，鑲金邊的也不用那麼貴啊，妳要錢，要錢給妳十萬就夠多啦……組長，我口乾得受不了，要喝開水……」

黃種說了一半，口乾燥得沙啞了，只好再要水。而這段述說，甚具震撼力，幾個刑警聽得耳朵豎得高高的，黃種這突然一中斷，可急死他們啦！

「給他水，給他水……」

小陳奉命又端來了一大杯水，黃種喝完後，重重地喘了一口氣，看他們都以焦急的表情在等他繼續，他搔搔頭說：

「我剛剛說到哪裡去了？」

老高狠狠地白他一眼，提示道：

「你說到葉老頭要給紅杏十萬元，而她嫌少，不願意……」

「哦，對啦，紅杏從來沒有看過葉老頭那麼凶過，而且一聽改為十萬元了斷，紅杏發起脾氣來，像個潑婦般地，指著葉老頭的鼻子罵道：他媽的！十萬元，十萬元就想把我擺平了，你在作白日夢！還有啊，你這個糟老頭，你眞是天眞呀，我說要嫁給你，難道會是眞的？好啦！現在既然講明了，我就明白告訴你吧，老頭！我只要你的錢，你知道我是有夫之婦啊，我說我要跟先生離婚，那是假的，你知道嗎？你跟我在床上的事兒，都有了照片，就憑這些，我要五百萬啦，要不然，告你妨害家庭，不但要讓你坐牢，而且使你斯文掃地，一輩子抬不起頭來……

「葉老頭忍受不了紅杏的恐嚇，氣極了，他站起來打她，葉老頭追到房間裡，紅杏閃開，沒能打到，於是葉老頭就從客廳裡追到紅杏的臥室，我本來想去拉架，但我喝了很多酒，精神不太集中。就沒有積極去管他們，心想，葉老頭年紀那麼大了，也只不過是出氣打打而已，想不到沉寂了約五分鐘後，葉老頭好像一隻鬥敗的公雞，沮喪地走出來，他淡淡地告訴我，他把紅杏殺了。起初我不相信，後來看看葉老頭一點也沒有開玩笑的樣子，我立即跑到房間去看，唉喲喂，老命喔，紅杏果然脖子上繞著一圈絲襪，被勒死啦……」

黃種的敘述到這兒告一個段落，大家鬆了一口氣。小陳忙著檢查錄音機有沒有出錯，宋組長和老高則在聽黃種的敘述當中，一面聽著，一面在大腦裡披沙瀝金，仔細地過濾他的話眞實與否，以及可能出現的漏洞。

不管黃種的話是眞是假，事實上他已經很合作了，黃種的敘述對案情有很大的幫助，到目前爲止，可說是天母葉宅命案發生以來，最大的一次突破。宋組長的內心，無形中舒坦了很多，幾天來臉上緊皺在一起的面皮，也舒張了不少。

這時宋組長站起來，提起洋灰地上的鋁質大茶壺，親自給黃種喝光的塑膠茶杯，滿滿地注了一杯。然後他活動了一下筋骨，又在他面前坐下，用溫柔的口氣問道：

「黃種，接下去呢？」

黃種喝了一口水，翻著眼睛打量了宋組長和老高一下，然後繼續說道：

「我當時很生氣地責罵他，爲什麼那麼笨殺了她，但是沒有用，葉老頭一直失魂落魄似的，後來他要求我送他回去，對這件案子保密，他忽然興奮地說，只要我保密，不講出去，他要給我一筆錢……我並不是貪圖他要給我錢的那句話，走時我幫他翻箱倒櫃，東拉西扯，做成竊盜殺人的模樣……後來我送他回家，一路上他呢呢喃喃地說要報答我，到家後，我是看著他開了大門進去，我才走的，沒有想到，在那麼短的時間內，他也被殺了……這是全部的實情！」

一句重重的驚嘆號結束了黃種的陳述，但是宋組長意猶未盡。

同時，他也並不盡然地相信他的陳述完全是眞的，宋組長想，如果事實與黃種的敘述是吻合的，那麼，他會輕易地把一切全盤托出嗎？會不會是黃種的脫殼之計？

然而，宋組長又掩不住內心的喜悅，光憑黃種的這段供述，可以說已經破了C區紅杏的命案。這份意外的搶功，使他幾天來的萎頓，一下子甦醒過來。他怕C區那兒有所行動，便先做了處理。

他首先交代老高做好筆錄，然後把黃種以幫助殺人的罪嫌移送地檢處偵辦。

黃種一聽說要把他以紅杏的命案涉嫌人移送地檢處，神情倒反而鎮靜起來。黃種以一種大勢已去、豁出去了的覺悟說道：

「我到地檢處接受偵訊後，就可以出去了嗎？」

由於黃種的話問得好笑，老高在旁邊忍不住地笑了起來，他罵道：

「地檢處不收押你才怪，我看你只好到看守所去蹲著，等起訴啦！」

「葉老頭殺人，當時沒親眼看到，要不然我會阻擋他的，這樣，我會有罪嗎？」

「你幫忙他故布疑陣，照你的說法，而且你又知情不報，我看你難脫關係。」宋組長站起來甩甩手，露出一臉怪異的笑容。「而且，我們也不會據你的片面之詞，就放棄你在葉丹青命案裡的嫌疑成分！」

「我，我……」

儘管黃種還有許多話要申辯，宋組長已不理會他，他下令把他還押，在他的哇啦叫聲中，黃種又回到隔壁的拘留所。

隨後，宋組長吩咐小陳去刑警大隊取得紅杏命案現場的指紋和疑點，當然最重要的是法醫檢驗紅杏死亡的確切情況。

他現在要避免跟C區的人員接觸，收放均有影響他個人先機破案的功勞。

宋組長和老高回到辦公室，便把黃種暫時擱到一邊，他跟老高開始研究阿部一郎起來。阿部在葉丹青死亡時間，舉不出人證來證明那要命的凌晨幾個小時，他在哪兒？而最重要的就是凶器——那把鋤頭，卻逼得他說出是他從日本帶回來的，凶器是他攜回來的樣品，爲何跑到葉宅呢？

宋組長用自言自語的口氣說出他的懷疑。

「老高，你覺得如果阿部這個日本人涉嫌，他是基於什麼理由呢？」老高雖然是老粗一個，但有時候心思卻很縝密，常常會突然出個神來之筆。當宋組長陷入困境的時候，他找部下閒聊，常常會有所啓發和收穫。

所以他搖晃著腦袋，沉思了一會兒，就將他的想法說出來：

「根據我這兩天來的調查，葉青森和阿部一郎所合夥的佳里貿易公司，財務狀況很好，不管從報表上或公司同仁的口中，他們合作無間。唯一可疑的是，阿部這個日本人生性風流，而葉青森的太太李玲，美得又冰又豔，常常在一起，如有機可乘，眞他媽的！誰都想搞她一下……所以，據我的判斷，阿部跟李玲會不會有感情糾紛……」

「說的也是，但是，阿部爲什麼要去殺死葉老頭呢？」

「這有幾個可能，譬如說：他們的姦情被葉老頭發現了，如果葉老頭告訴兒子說阿部給他戴了綠帽子，葉青森當然會很生氣。他們鬧翻的結果，就是阿部倒楣，因爲阿部雖然說是公司股東，且擁有百分之四十九的股權，而實際上他衹拿出小部分的錢，葉青森會禮遇他，是因爲他的日本關係，阿部從他以前服務的公司拉來不少客戶。好了，現在倘若因爲偷人老婆而鬧僵，他的損失可就大了，所以，爲了這個原因，他非殺人滅口不可！」

宋組長用左手托著腮，右手指輕輕、有節奏地敲著桌面，興趣盎然地問道：

「你的意思是說，如果阿部和李玲通姦，是和姦的嗎？」

老高誇張而戲謔地說：

「操！這年頭如果一對男女搞進去了，還有強姦的嗎？我不相信哪個男的那麼行，女的不張開，他會穿天鑽地？」

宋組長也笑了起來，他用反駁但不肯定的語氣說道：

「當然，這個說法也可以成立，不過，如果是男的威脅她呢？用生命威脅、用金錢威脅？」

「這也有可能，但是，但是……唉喲！說到威脅和金錢，我忽然想到，有沒有可能李玲和阿部通姦火熱，聯手謀財害命呀！」

宋組長覺得這個想法不切實際，而且太離譜了，因爲如果謀財害命，死了葉丹青沒有用啊，應該殺死葉青森才對。因而他說：

「謀財害命我看不能成立，因爲葉青森……」

老高神經質地跳起來，打斷了宋組長的話，他又急又亢奮地說道：

「對，就是葉青森，你看，葉青森不是在韓國失蹤了嗎？」

組長心中一凜，果然葉青森從出國後就沒有了消息，足足有五天了。

「莫非葉青森也在人間消失了？」

「組長，有可能呀！」

「是有可能，不過……」宋組長說著，陷入沉思中，如果老高這個想法變成了事實，那麼，葉老頭的命案恐怕要重新再尋覓源頭。宋組長委實不願事實如他所想，那多麻煩呀！

於是宋組長岔開地說：

「突發奇想是一種力量沒有錯，但仍屬臆測，我想葉青森的問題沒有那麼嚴重，他衹不過到某個地方，或者就說到漢城去逍遙罷了，就讓他暫時失蹤吧！我看我們還是先對付阿部一郎，阿部一郎在命案發生時間內，找不出人來證明他在何處，他自己和他女友的說法當然不足爲憑，所以，老高，我們從這點開始追究。」

老高是組員當然衹提供意見，在沒有充分證據之下，也唯有聽組長的話，他雖然有些掃興，但還是接受了他的看法。

至於把嫌犯指回阿部一郎身上，也不無可能，問題是用什麼辦法去查出阿部那自圓其說的四個小時呢？老高下決心地說道：

「我們就去把阿部抓來詢問呀！不說的話，刑求也無妨……」

宋組長揮手反對，說道：

「不行，他是外國人，不能太莽撞！」

「要不然，請檢察官開拘票啊！」

「沒有再進一步的證據，恐怕檢察官也不肯，我看還是我們自己想辦法！你看除了直接找阿部，還有其他什麼辦法？」

「我們就去找他的女友啊，對外國人要客氣，他媽的！我們衹好對自己人凶！」

這個提議馬上獲得宋組長的同意，是一個很好的點子。既然決定如此，事不宜遲，兩個人便決定在阿部下班回家前，趕快到他女朋友住的地方去找她。

「你知道她住的地方嗎？」

老高點頭說道：

「我昨晚才跟小陳去過！」

「你說那女的叫什麼名字？」

「日本名字，叫惠美。」

「她好對付嗎？」

「還滿懂法律的，不過，誰都怕用硬的！」

「好，我們現在就去吧！」

宋組長站起來收拾一下，又拿起電話按對講機，交代他的去處，便同老高出門。走到分局外，宋組長才發現黃昏了，薄又軟的陽光，正斜斜地照在對面斑駁的紅牆上，顯得慵懶得很。天氣漸冷，有時候一陣寒風從地上颳起，枯黃的葉子和紙屑，便隨著風勢，在馬路上疾跑起來。

5

由於街上塞車，他們趕到阿部的住處，已是薄暮時分，他們心裡有點怕此時阿部已回到家，但是沒有，阿部仍然像其他的日本人一樣，下班後總先到酒廊去喝些酒，才帶著微醉回家。

那是一幢高級的十二層大樓，阿部和他的情婦住在十一樓。門廳很壯觀，管理員還穿著制服，坐在一座城堡般的櫃枱內，對外虎視眈眈。

管理員不是老高昨天看到的那個，所以不認識他，攔住了他們的去路。

老高便告訴了他的身分，那管理員興奮起來，便直著嗓子嚷道：

「對啦！昨天我們通過電話，沒有錯，那天凌晨，就是我交班不久，十二點多一些，我就是從這裡的閉路電視，看到阿部開著他那部朋馳二〇〇出去……」

宋組長熱絡地靠上去，看著櫃枱上有四部閉路電視，監視著各個公共出入的地方，連連搖頭地稱讚道：

「很好，很好，這套設備很有用，宵小絕對不敢在這兒動手腳的。」

管理員很得意地說他工作的狀況，像一個情報員似的。

「不瞞你說，我從軍隊退伍下來以前，雖然不是搞情報，卻是搞心戰的，光是苦苓林這個地方，我足足待了二十多年……」

宋組長看他要跑野馬了，便打斷地道：

「先生，你貴姓？」

「哦，我，我姓唐。」

「唐先生，你的發現對我們很有幫助，改天若有需要，要勞駕你在檢察官面前再陳述一次。現在，據你觀察，阿部這個日本人和他的情婦，做人如何，有什麼可疑和不尋常的地方嗎？」

經他一提，管理員腦海裡馬上浮現出阿部的影子，阿部這個人很有民族優越感，很看不起鄰居的中國人，尤其是管理員。阿部曾經向他們的組長抗議過，說管理員要對服務的對象禮貌，對給錢的住戶凶狠簡直不可思議。管理員在心目中覺得你這個日本人，當年日本人在中國殺人無數，怎麼會對他客氣，再說本大樓的房子，又不是他買的，他祇是一個房客而已，神氣個鳥！所以便對他另眼相看，而他的情婦，也跟著狗眼看人低，不甚友善。

現在，阿部這個冤家出事了，是否要乘機打落水狗呢？何況，那天凌晨，他眞的是看到阿部的車子在那麼晚了又開出去。

「他們——日本人和他的情婦，做人很差，如果幹了什麼壞事，也有可能！」

「如果殺人呢？」

「啊，」姓唐的管理員驚呼一聲，睜大了眼睛說：「這太可恨啦！」

宋組長覺得不宜在此多嚕嗦，那人主觀很強，讓他誤導就不好，於是改口問道：

「這個日本人下班回來了嗎？」

「還早呢！他每天都要八、九點才回家，這還要他沒有應酬，有應酬……」

管理員話眞多，不打斷就是題外地繞個沒完，老高也覺得不耐煩地插嘴道：

「女人在嗎？」

「沒看到她出去，應該在，她……」

「好，好，我們去找她！」

宋組長說罷，兩個人互使一個眼色，便逕自走到電梯門口。

電梯開處，出來幾個人，其中一個三十幾歲的女人，雖然祇薄施脂粉，卻顯得很有風韻。老高一眼就看出來，那人就是阿部的情婦惠美。

惠美看到站在門口的兩人，起初一怔，接著臉馬上拉下來，閃著他們要走掉。

「啊，妳不就是惠美小姐嗎？」老高在電梯門口擋住她說：「妳要出去嗎？」

「阿部先生不在！」她冷冷地道。

「我們就是要找妳！」

「找我幹麼？」

「談談話而已！」

「我能拒絕嗎？」

現在輪到老高沉下臉，他甩著手，用嚴峻的聲音凶狠狠地說道：

「他媽的！我們知道妳的出身，少給我來這一套，我們客客氣氣地跟妳談話，妳就是祖上有德啦，妳知道嗎？走，上樓去！」

這個女子受不了驚嚇，也極不願在門廳與這些男人鬧翻出醜，便頭也不回地又走進了電梯，兩個男人也緊跟了進去。

惠美開門讓他們進入客廳，悶聲不響地朝沙發一坐，雙手抱胸，一臉的不屑。

宋組長的視線首先在客廳巡迴一次，爲它精緻的裝潢所迷，兩座書櫃和酒櫥，占滿了兩面牆壁，尤其酒櫥所擺的各式各樣的洋酒足足有兩、三百瓶之多，是他從來沒有看過的，這次眞是開了眼界，難怪老高看傻了眼，他酸裡酸氣地說道：

「眞是名副其實的『酒廊』啊，想不到妳『鬮雞趁鳳飛』，飛上枝頭啦！」

「你們找我有什麼事，有屁快放！」惠美極不友善地說道。

「也不請我們坐，盡說些狠話，妳已經忘記妳以前是幹什麼的，見到我們光著屁股，連爬都來不及，現在竟然抖起來啦！」

「是，是，我以前是馬殺雞女郎，沒有錯，也受夠你們這些比流氓還不如的人渣的氣。現在我已經從良，你們要照法律來，不能把我怎麼樣！」

兩個人便在沙發上坐下，老高掏出了香菸，遞給組長一枝，又掏出打火機幫他點菸，慢條斯理地吸起來。

隔了一會兒，當他們把室內吐滿了飄浮的煙圈，宋組長才說道：

「妳不要自卑嘛！誰提起妳以前幹馬殺雞女郎的事啦？」

「哼！」惠美從鼻孔裡哼了一聲，不屑地看他們一眼。

「我覺得很奇怪，妳即使跟人姘居，也是合法的，除非阿部的老婆來告妳妨害家庭。可是，妳明明沒有事的，爲什麼竟對我們這麼不友善呢？莫非做賊心虛……」

「做賊？什麼叫做賊心虛？」

宋組長仰靠沙發上吞雲吐霧，老高橫著眉，接話說道：

「妳昨天所說出事那晚，九點鐘以後便在家裡看錄影帶，放屁！樓下的管理員說，看到阿部的車子在十二點以後，又出去啦……你們不做賊，幹麼說謊呢？」

惠美的臉色有些變化，像冬日裡暴露在街頭的一本書，隨風翻閱著。她用驚訝的表情斜看著他們。

「管理員從閉路監視系統看到的，賴不掉的，早上我們去找阿部問話，他也承認……」

「承認，承認什麼？」

「我們找到凶器……凶器上有指紋，我們便去採阿部的指紋，同時……」

老高僵硬地說，又斷斷續續地，邊說邊觀察惠美的反應。

惠美挺直腰桿，坐正了身子，覺得一顆心在猛跳，幾乎要從胸口迸出來。

「找到凶器就要栽誣人啦，要有證據啊……」

老高忍不住，用手掌猛拍著茶几，吼著說：

「妳不要跟我鬥狠，告訴妳，阿部都已承認啦，而且他十二點以後出去也有了人證，我們現在求證於妳，要妳老實招來，就是十二點後，妳有沒有跟他一起開車出去？」

惠美心裡一凜，不知阿部承認了些什麼，下午一通電話都沒有打回來，打去又找不到人，難道已被抓起來了？

現在，管理員又發現他在凌晨開車出去，她的預感，正在慢慢地兌現，多麼可怕啊！她在內心裡暗暗地叫了一聲。

「阿部先生，他……」

這時候宋組長猛然一揮手，打斷惠美的話，然後把菸蒂狠狠地捺熄，他高半音地叫道：

「妳不要管那個日本人了，他的事已經解決，我們要問妳有沒有跟他再開車出去，妳現在最好就招來。這樣子才可以救妳的，否則，當那個人開車出去是殺人時，妳豈不是十足的共犯嗎？我警告妳，殺人者死，而共犯，最少也要判個十年以上的徒刑……」

阿部會出去殺人？她是有點不相信，那天她半夜醒來，看不到床邊的阿部倒是眞的，如果可能，他是去赴約了，怎麼可能去殺人？尤其殺死葉青森的父親葉丹青；怎麼可能？

惠美現在回想起來，那天他們大概十一點就上床睡覺了，可能，的確半夜醒來是看不到阿部的，她恍惚地翻個身，未及搜尋，便又睡著了。而事後警察來問，他一直強調他整夜在看錄影帶，逼著她一起說相同的說詞。

阿部雖然是個大男人主義者，但他是愛她的，同時，他也可能愛上另外一個有夫之婦。

惠美的心情雜亂紛沓，綜合了一些回憶和事實，她的信心動搖了，現在，她祇頻頻地否認說：

「不會啦！阿部先生是個好人，他不會去殺人的，何況，他沒有理由……」

老高猛拍桌子吼道：

「他媽的廖惠美，我祇要妳據實回答，那天晚上你們再出去是去了哪兒？幹了些什麼？妳再嚕哩嚕囌，可別怪我們不客氣了。」

「那天晚上我很早就睡了，沒有出去。」

「那麼是阿部一個人出去啦？」

「我半夜醒來發現他不在身邊……」

「半夜？是幾點？」

「大概凌晨兩點左右吧！」

「阿部會到哪裡去呢？」

「……」惠美低下頭不說話。

宋組長挑撥地說道：

「是不是到葉家去找李玲呢？」

惠美突然抬起臉，眼露凶光。

「我說得沒錯，妳眞是可憐的女人……」

那女人再也忍不住，眼淚簌簌而落，方才的剛強一掃而空，歇斯底里地哭訴起來。

「是呀！一定是去找那個不要臉的妖精啦！我半年前發現這事，就警告過他們，不要再來往，可是，他們還是偷偷地幽會……」

「等一等，等一等，」宋組長阻攔道。「妳是說妳將李玲跟阿部曖昧的關係告訴了她先生葉青森？」

「是啊，但是，那妖精不承認，葉青森寧可信其無，她當然不承認啊！」

「承認不承認都沒關係，哇，太好了！」

兩個老刑警像頑童般地歡呼起來，案情愈來愈明朗，葉老頭之死，除了謀財貪色兩項之外，可能又要多出一項意外不可抗拒的因素。

問題是，阿部果然在凌晨再出門，他是去葉家嗎？是臨時被電話邀去？還是老早就計畫好的呢？

然則不管如何，他三更半夜，總不會無緣無故地跑到葉宅去吧？

他是爲什麼呢？

廖惠美說出他確實在葉老頭死亡時間不在身邊後，宋組長和老高便陷入苦思中，他們不再理會惠美，兩個老粗型的大男人，不約而同地站起來，跑到餐廳一角，交頭接耳地竊竊私語起來。

「我想，阿部這個人老早就跟他的合夥人葉青森的老婆李玲有曖昧關係，阿部好色，而李玲又美又豔，簡直像一顆熟透的水蜜桃，幹！有機會誰都想狠狠地咬她一口，那天我在她身邊問話，他媽的！她那股迷人的味道，簡直使我控制不住，她那渾圓的乳房近在伸手就可摸到的地方……」

老高用肩膀頂撞組長一下，把他說得意亂情迷、飛到天外的七魂六魄都勾了回來。

「老大，你這太過分了吧，色情狂也要看時間和場所啊！」

宋組長發現自己失態，開玩笑地朝自己的臉頰摑了一拳，嘲諷地說：

「眞是他媽的鬼迷心竅啦！不過你不能不承認，李玲眞騷……」

「好啦，你才騷呢！我們歸入正題吧！」老高打斷他的話，認眞地說道：「阿部可能是臨時接到李玲的電話趕到葉家去的，爲什麼，因爲李玲發現她公公深夜還沒回來，先生又不在，忍不住慾望的誘惑，就打電話給她的老相好了，是不是？」

「是啊，我在想，照這樣發展下去，阿部應約趕到葉宅，正在與李玲翻雲覆雨的時候，葉老頭回來啦，他在李玲的房間發現個正著。老高，你想後果會怎樣？」

「葉老頭氣憤地罵他們……」

「對阿部和李玲來說，這種事千萬不能東窗事發，一不做二不休，阿部祇好幹掉葉老頭！」

「用鋤頭？」

「對，用鋤頭！」

「在李玲的房間殺他？」

「對，沒有錯。」

老高停頓了下來，用困惑的眼光質疑道：

「可是，葉老頭死在他的房間啊！」

「不，他們移屍的，我那天就懷疑這點，所以我找到窗簾後面一塊新碎的玻璃，現場看起來，葉老頭有些掙扎，李玲割破了手，可能就是她碰破了玻璃所傷的。」

兩個人經過自我分析的結果，覺得這一條線索，愈想愈合理，他們揭穿了阿部的不在場證明，又從惠美那裡不費吹灰之力獲得了李玲與阿部有染的證據，使得這個推理顯得無懈可擊。

宋組長和老高不約而同地展開了笑靨。

此趟目的已達，為了不打草驚蛇，兩人很禮貌地離開了阿部家。

一出街頭上了車，兩個人馬上研究起來，他要老高把與惠美的談話，以及他自己的看法，做個筆錄，明天一早送到地檢處，由檢察官去拘提偵查，這種涉外案子，還是由上級去碰吧！

第六章　阿部一郎驚駭了

綠豆芝麻，斑斑點點
像傾斜的星群
紛紛地、喧譁地
做無情的墜落——

1

自從葉宅命案發生在他的轄區，宋組長便一直沒有回家過。今天由於從阿部一郎及惠美那裡收穫頗多，心情清爽，離開老高後便直接回家，此時已過了晚飯時間。

老婆和一對兒女坐在客廳裡看電視連續劇，他開門進來，卻沒有一個人理會他。他在玄關邊脫鞋邊罵道：

「怎麼，都死光啦？沒有人歡迎我回家嗎？」

未施脂粉、臉色蒼黃的老婆才不情不願地施施然站起來，應付地說道：

「這哪裡是你的家啊，這簡直是你的旅館，就算旅館也要每天登記，你……」

「幹你娘！我每天忙著辦案，忙得像龜孫子一樣，而且壓力又很大，我賺錢給妳有吃有穿，妳再嚕囌，我打死妳！」

「回來就是幹你娘，駛你娘，火氣大得像做皇帝一樣，誰稀罕你回來，而且，你的孩子漸漸懂事了，見面就又幹又駛，會學啊！」

「幹你娘，駛你娘有什麼不好，這是三字經呢！有一天當他們把台語都忘光了，至少還記得這幾句！對了，還有一句幹你祖媽！」

「好了，少不黨啦，你吃飯了沒？」

「沒有啦！」

「那你等一下，連續劇要到九點才完，我煮麵給你吃！」

宋組長在家裡火氣照樣冒，照樣摔公事包，照樣破口大罵：

「幹你——千餘萬代！妳現在就去弄！要不然打死妳，不信妳試試看！」

聲音震動了屋瓦，也把老婆嚇住了，兩個在電視機前呆若木雞地看電視的小孩，眼看氣氛不對，有一種風雨欲來風滿樓的預兆，便縮頭縮腦地回到他們的房間。

父親看在眼裡，又火啦，便對著小孩子房間喝斥道：

「你們給我滾出來！」

老婆迎上來，阻擋道：

「回來就發瘋，像雷公一樣，小孩怕你像怕鬼神一樣，將來小孩子一個都不會理你，變成老孤單啦……你在家裡還是少作威作福，沒人聽你的……」

「小孩變壞，都是妳教的，天天跟我作對！」

「閉嘴啦！臭死了，你先去洗澡，我弄給你吃就是了，都是吵衰的！」

宋組長眼看老婆退讓了，便衹在嘴巴裡悶幹了兩聲，然後用手拉高襯衫的領邊來嗅聞，果然是有些難聞的味道，也難怪，他想到自己都四天沒洗澡了！

他進浴室泡了一個熱水澡，出來時軟酥酥地滿身舒暢，餐桌上已擺好了一大碗牛肉麵，熱騰騰地還在冒煙。他斜眼看一下又待在電視機前的老婆，昏黃燈光下的一個中年婦人，托著腮全神貫注地投入連續劇裡，那樣的景象，看起來也是滿溫暖。

他吃完了一碗麵，剛好連續劇結束，老婆關掉電視機，走到餐桌前，問他還要不要加一碗。

「要啊！」他故作不耐煩地說。

麵再來到桌上時，他太太忽然說道：

「晚上七點鐘左右，有一個女人給你電話，要你回電話，電話抄在電話簿上。」

「說她是誰呀？」

「說是葉太太的。」

「幹！怎麼不早說呢？」宋組長說罷放下筷子，走到電話旁邊，一看那電話的字頭，果然就是李玲打來的，至於李玲找他有什麼事呢？那麼急，她一定是先打電話到局裡，找不到才問家裡的號碼的。

這時候，宋組長的腦海裡馬上被李玲妖嬌的模樣所充塞。

他坐下來打電話時，好像是要赴女朋友的約會，而不是爲辦案而打。

電話悶響了兩聲，對方就拿起聽筒，接著彷彿有呼吸的氣息傳來。

「喂，喂！」輕輕的像棉花一般。

「我宋組長，妳是——」

「我是葉太太李玲——我有事相商，能否約你出來，見見面？」

宋組長心底很欣喜，但在太太旁邊，他裝得很正經，很煩地說：

「幹什麼？有話在電話中說好啦！」

「我是想……面談比較方便……」

「對案情有新發展嗎？」

「可以說是，但能否面談……」

「好啦，好啦，我到妳家去就是！」

「不要在我家，我媽媽在……我想到士林中山北路與中正路交叉口的田納西餐廳好不好？」

怪了，她的媽媽在家，竟然不方便，難道有什麼連母親都不能知道的祕密嗎？

「我知道地方，我半個小時後到！」

「謝謝組長，半小時後田納西見！」

「幹伊娘！一刻不得安寧！」宋組長重重地掛下電話，不知對誰發狠地罵著。

他老婆有些愕然，不悅地問道：

「又要出去啦？」

「幹！妳以爲我高興啊，說妳不中用一點也沒錯，連我生氣或歡喜妳都分不出來，眞是……」

常常不在家的宋組長，每次回到家看著這個那個，大大小小都不稱心，不是破口開罵，便是關在房間裡自個兒睡大頭覺，跟家庭隔閡很深。

今天李玲的電話有點意外，但卻是解救他脫離這個「苦海」的好意外。

他隨手在門口衣架抓起一件夾克，頭也不回地走進屋外的黑暗中。

2

田納西雖然位於交通繁忙的中山北路上，但在這寒冷的夜晚裡，門口燈光幽暗，顯得有點蕭瑟。

宋組長在九點過一刻的時候應約而到，一進大門就看到李玲已經坐在落地窗口位置上等他。她臉上戴著一副比較誇大的有色眼鏡，顯得奇特而怪異。

李玲微微起身禮貌地迎接他，兩個人點頭招呼坐下後，宋組長發現坐在面前的李玲，穿著一件黑絲綢的襯衫，肩頭上罩著一件暗紅色的棉襖，但是仍然可以看到李玲細直白皙的頸子以降，到開著兩個鈕釦的前胸的動人輪廓。

宋組長屏息注視她，等待她的發言。

李玲以一種電影女主角專有的動作，攏攏垂下頰邊的亂髮，輕聲地說道：

「對不起，恕我這身打扮，我是個喪居的女人，戴眼鏡比較方便……」

「沒有關係，不知妳找我這麼急有什麼事？」宋組長也儘量壓低聲音，希望不要有辦案問話的味道。

「我想知道整個案情發展到哪兒啦，是不是要破案了？」

「已經在緊鑼密鼓階段，快了！」

「黃種……是他嗎？」

「是，他嫌疑很大，我們正從找到的凶器——鋤頭上在比對指紋，而且，他有謊言，他的不在場證明是胡說的。」

「還不能確定？」

「那當然，要是確定就是證據齊全了，我們還差那麼一點點，何況，還有別的嫌疑者，我們不能放棄追索啊！」

「還有誰有嫌疑呢？」

宋組長覺得這樣一問一答，他明顯的處在挨打地位，這個也有若干嫌疑的美貌苦主，難道約他出來，就是要套他說出整個案情的內容嗎？就是要知道到底刑事單位對凶手所掌握的狀況嗎？

他當然要提高警覺，不能暢所欲言，他便節制著不想再對案情有所透露。

當他在猶豫之間時，李玲又開腔問道：

「阿部也有嫌疑嗎？」

「阿部，那個日本人……」宋組長本來要說出在阿部那邊，已有突破，但是話到嘴邊，又改口了：「不祇那個日本人，還有很多人有嫌疑呢！」

一直在緊逼追問的李玲，這時緩慢了下來，她啜了一口杯中的檸檬汁，然後又很瀟灑地摘下眼鏡，突然她眼前一亮，剛才一直在暗影模糊中的宋組長，這時像換個人似的，像個出外遊蕩粗獷的礦工，有些拘謹地坐在那裡。

宋組長看著李玲摘下眼鏡後的臉龐，凹陷的眼眶，大大的黑眼珠顯得特別突出，好像黯夜中的星星，掛在深邃的天幕上閃亮。李玲那種欲言又止、楚楚可憐的模樣，眞是讓宋組長心動。

沉默了一陣子，李玲忽然奇突地說道：

「還有我，是嗎？」

墜入遐思中的宋組長，被她這一句話驚醒過來，照他辦案的經驗，在現場的任何人都要懷疑，他當然也想過或許李玲也不無可能，但是在跡象逐漸顯露出來，尤其黃種和阿部一郎的涉嫌成分益發濃厚時，李玲祇是沒辦法中的一個微小可能。

而現在，李玲自己探問自己，是一種測試，抑或是一種嘲諷，宋組長意外之中又多了一層困惑。

「妳這是什麼意思？我從來沒有對妳——這個苦主做過什麼暗示，我如果在妳家進行的搜查引起妳的懷疑，或會錯意，那實在很抱歉，因爲那是我的職責……」

李玲臉上忽然綻開一抹難得的笑意，輕聲說：

「說實在的，我可以從你的眼神中，看出你們對我有所懷疑，不是嗎？」

「李——葉太太，妳，難道這是一種激將法嗎？或是一種苦肉計？」

「我比你——代表警方的你，更關心這個命案的偵破，到底遇害的是我公公啊，所以包括我在內，希望能提供一些有利的線索，給你作參考，早日破案，而你好像不太願意跟我談案情，不知你心中在打什麼主意，會不會連我也包括在內，我祇好問問啦，當然也是有點好玩的，請組長不要介意和當眞！」

李玲一連串的連珠砲，一口氣不作思考地講完，宋組長想，這女人眞厲害，反應眞快，如果在平時沒有遭逢變故，她是多麼機靈而又能言善道。

「我當然不會當眞，何況我也有自己的辨別方向，倒是……」宋組長說到此，故意停了下來，注視著她，看她的反應，然後才又說道：「妳請我出來，難道只聊這些嗎？」

「不，」李玲說著，身體往後一靠，披肩的棉襖掉了一半，坐直的身子把她的胸部鼓得挺挺地。「我當然有事要跟你商量，從今天下午開始，我接到好幾通神祕電話，說我先生在漢城不在日本，而且，他在漢城有情婦……」

「有沒有報名，打電話的是誰？」

「沒有，是匿名電話！」

「聽得出聲音是誰嗎？」

「好像用手帕蒙住傳話器，沉重而沙啞的……」

「男人的聲音嗎？」

「是的，這個能確定。」

宋組長這時候才想到要抽菸，用打火機點了一枝，銜在嘴裡，深深地吸了一口後說：

「我們已經有消息，知道妳先生根本就沒到日本去，至今還在漢城逍遙，我們倒是很有興趣想知道，是誰打給妳的電話，這個匿名人有什麼企圖？這裡面諒必有很大的學問。」

「是的，這個時候打這樣的電話，是什麼意思？」李玲也疑惑地說，她看了宋組長一眼，然後轉折道：「但是我先生在漢城有情婦，我是被蒙在鼓裡的，組長，你覺得這是眞的嗎？」

宋組長爲了轉移主題，故意打哈哈說道：

「這是以男人爲主的社會嘛，在外面逢場作戲是免不了的。」

「你說這是眞的，我先生眞的在漢城有情婦啦？」李玲很生氣地說，呼吸急促，身體顫動，她那對在絲綢裡飽滿的乳房，若隱若現地隨她的喘氣而起伏著。

宋組長看在眼裡，視線忍不住移不開，他嚥了一口口水，心裡罵道，爲什麼有些人這樣的舉動充滿了魅力，比脫光了的誘惑還大，李玲不只身體誘人，她的輕顰淺笑，無不在宋組長這個老粗的心裡，充滿了不可抗拒的魅力。

「眞假現在並不重要，我們的首要任務就是趕快破案，然後才能顧到妳先生在漢城的蹤跡、外遇等情況。」

「組長，我特別約你出來，就是想請你幫忙，我想到漢城去找我先生，如果他有情婦，一定就是那個與我先生合照的韓國女人，我要找她算帳……晚上我跟我媽媽討論過這件事，她不同意我去漢城，請你說服她。」

「葉先生的事，如果確定他人在漢城，我們也會處理，我已經交代部下，到韓航台北辦事處查葉先生的起降和續航的紀錄，馬上就知道他下機到漢城後，就沒有再續航到日本了。除非，他另外再買別家航空公司的飛機票，但，這是不可能的。」

「所以，我要去查啊！」

宋組長哈哈地笑起來。

「妳好像對妳先生有外遇，看得很嚴重？」

「那當然，」李玲決斷地說。「我是愛恨分明的人，婚姻和愛情我都看得很神聖，尤其愛情絕對不能容下一粒沙子，我不會背叛我先生，他也不能背叛我！」

宋組長忍不住又朝她的胸口看一眼，這樣人見人愛的女人，眞的會從一而終嗎？她和阿部一郎之間，也眞的清白無瑕嗎？他不相信。

他沒有說明這一點，反而直覺地告訴她：

「妳現在不宜出國！」

李玲一聽，有些愕然，繼而帶著慍意說道：

「怎麼，限制我出國啦？」

「不是啦，妳公公的命案未破，這中間會有許多地方要借重妳的，同時，妳算是苦主，服喪期間不宜拋頭露面啊！」

「什麼服喪，什麼拋頭露面，我是出去找丈夫啊！這也有助於破案，又不是出去玩耍觀光！」

李玲理直氣壯地說道。

宋組長無言以對，因爲李玲出國與否，也不是他職權內所能決定的。於是迂迴地說：

「這事暫緩吧！我們先破案再說，到漢城尋找葉先生，如公務上確有需要，我會請求陪妳去。」

「眞的？」

「如果上級同意的話！」

再沒有其他的話題，他們就繞著這些話題，在那寂靜又浪漫的寒夜燭光下，談了一個多小時。分手時，宋組長送李玲上她的那部BMW座車，她坐定後伸出手來跟他握別說：

「一切要勞駕你……如果能一同到漢城去找我先生，更是需要你的幫助。」

握住李玲溫暖而軟若無骨的手掌，衹覺在他身邊吹著的寒風也變暖了，好像在他的心裡，生起一盆熾熱的火爐，輕輕地烘燙他的臉頰。

而她的短短兩句話，又輕又柔，恍若天籟般地，也在內心裡引起回響。

「我儘量爭取……再見！」

綜合在田納西餐廳與李玲的一席話，宋組長前思後想，她約他出來面談，雖然也談及神祕電話和葉青森情婦等事，然而，宋組長仍覺得赴約田納西，沒有他起初所想像的重要收穫和發現，反而深感就衹爲了這些，而不能在她家面敘，是有點小題大作。

3

等李玲走後，在寂靜的街頭，宋組長有些悵然若失，他忽然想到李玲在時，他怎麼會沒有查問阿部一郎半夜後的動態。他與老高幾乎都已確定，阿部凌晨又開車外出，一定是到葉宅找李玲。

由於已從廖惠美那兒得到了肯定，宋組長覺得葉宅案的凶手呼之欲出。

從阿部一郎或黃種之間，隨便就可以挑出一個凶手來，說不定C區的案子經過化驗結果，黃種也會證據確鑿，順利落網一案雙破。

這一晚宋組長由於興奮，一直惦念著如果連破雙案，他的「績效」成績點數之高，足可以升他的官，至少調他到有肥缺的地方，猛撈一把。所以他睡得很不安寧，半夜無端地醒來，輾轉反側，再也睡不著，他又失眠了。

他從床頭抓了一枝菸，就在床上呑雲吐霧起來，李玲的影子又飄到他的腦海裡，他想著果眞能跟她一道去韓國，孤男寡女在遠方誰都管不到的異鄉，他不用壓抑自己，甚至可以同居一室，看著她穿很少的褻衣，曲線畢露，有豐滿的乳房、圓潤的臀部和修長的大腿，那大腿就橫在他的眼前，可以看到那微細的汗毛，和像在呼吸的毛孔……

宋組長在幻想中把自己搞得很興奮，他覺得下面的東西脹得很厲害。猛地一挺身，站起來在房間裡來回走動。

心想：眞是太不像話，四十歲的人光靠幻想，也會興奮，而且對象竟然是他偵辦的嫌犯之一。

他突然想打電話給李玲，意義有兩個，第一是聽她的聲音，第二是查問阿部一郎是夜在她那兒，她作何解釋。

宋組長拿起床頭的電話撥號，同時看著鬧鐘，是凌晨二時一刻，電話號碼一撥完，竟傳來講話中短促的嘟嘟聲。

這麼晚了李玲還跟人在通話，跟誰通話呢？

是阿部一郎嗎？絕對錯不了，除了和他通電話，還會有誰呢？宋組長覺得這是一個很有力的證據，如果這麼晚了兩個人還在電話對談，一定有不可告人之祕密。

爲了證明這點，他掛了電話，然後另撥阿部家的電話號碼。

電話響了一會兒，對方才拿起聽筒。

「摸悉摸悉！」傳來一低沉的聲音，是阿部一郎用日本話說的，好像從睡夢中醒來。

宋組長心中想，日本鬼子眞會假仙。

「摸悉摸悉……喂，是誰呀？」

宋組長猶豫了一下，祗聽對方又傳來一句「巴該野鹿」日本粗話，他便掛了電話，馬上又撥李玲家的號碼！

結果對方電話是收線了，但就是沒有人來接，李玲跟阿部通完話，不敢再接電話啦。

宋組長就這樣折騰了一個晚上，覺都沒睡好，第二天一早，就又匆匆忙忙趕到局裡。

今天是個決定性的日子，C區紅杏命案屍體的化驗就有結果，阿部可以請檢察官簽拘提票拘提的，然後就是破案，就是起訴，就是升官……

宋組長坐在他的破椅子上，正在作陶醉的夢，小陳敲門進來。

「報告組長，今天早上刑大就知道紅杏的驗屍結果了，是不是要我去把報告拿回來？」

「對，你最好隱密一點，在刑大如果碰到C區的人，不要做什麼交談，知道嗎？」

「是！」

「老高來了嗎？」

「還未看到！」

「你去聯絡他，把他找來，問他做好昨天我們去廖惠美家中問話的筆錄沒有，趕快送地檢處，我要請檢察官簽票拘捕阿部一郎！」

「是，是，我就去辦！」

小陳一鞠躬，退出組長室。

九點多鐘，宋組長撥了電話到地檢處找那個年輕得不像話的檢察官，他在電話中報告這幾天的進行情況，對黃種和阿部一郎的嫌疑有概括性的重點敘述。最後他報告道：

「黃種我們已把他先以共同殺人罪拘押，等著送案到貴處，至於阿部一郎，他刁得很，我們希望有拘票，把他帶到組裡來，馬上可查出結果！」

林檢察官的聲音細細的，頻頻說是，好像很認眞地聽他的報告。

「很好，很好，辦得很好，拘票你就派人來拿吧！我開著等你。至於C區那個案子，不是我經辦，你最好要小心一點，配合一下對方……」

「是，林檢察官，謝謝，我這就派人去貴處拿拘票。」

「有情況要隨時報告！」

林檢察官再作叮囑。

4

拿到了拘票，老高和小陳把阿部一郎從辦公室帶來刑事組，中午還不到，宋組長已經在偵訊室等候他的駕臨。

阿部一進門，就對宋組長嚷嚷著：

「你們眞是亂來，沒有證據就抓人啦！」
「阿部，你不要再嚷了，我們有拘票，對你沒上手銬，已經相當的禮遇，你給我乖乖坐下！」
老高很粗魯地把阿部按在椅子上，逼他在組長面前坐好。
「昨天晚上，我們找到了你的同居人惠美，我想你心裡已經有數！」
「這樣就證明我有罪嗎？」
「大廈管理員已證實你凌晨十二時以後還開車出去，惠美也說醒來看不到你，這兩個人證你再怎麼狡辯都沒有用，我看你祇好識相地招來，那天凌晨你到底到哪裡去了！」
阿部心裡一涼，在三更半夜、神不知鬼不覺之下，竟然也出了漏子。他祇好靈機一動地說：
「是，沒有錯，我是凌晨再出去，但是，我是睡不著覺，出去喝酒啊！」
「胡說！」宋組長猛拍桌子，凶悍得很，阿部這才收歛了一點。
「你到哪裡喝酒，有人證嗎？」老高也立即在旁邊拍桌子助陣道。
「有，當然有，我去櫻樹酒廊喝酒！」
「那是幾點啦？」
「一點！」
「一點店還開著嗎？」
「沒有開門，關著在裡面營業……」
「眞的？」
「是眞的……」
「有誰認識你？」

「老闆認識我！」
「老闆叫什麼名字？」
阿部猶豫了，他吞吐著。
「快，快說，不要再胡扯！」宋組長用緊迫盯人的方法，節節進逼，幾乎不給阿部一郎思考和呼吸的機會。
「叫……秋月。」
「秋月？是女的？」
「是，是女老闆！」
「好，把她的電話號碼給我，我們馬上查證！」
「我沒有她的電話號碼……」
「搜他！」
宋組長生氣地說道，堅決得斬釘截鐵！
老高馬上動手，把他口袋裡所有的東西都掏出來擺在桌子上面，有打火機、香菸、皮夾及小記事本等等。
宋組長拿起皮夾，清出皮夾內所有的東西，當他朝桌上一摔當中，一些名片及相片散開來，其中有一張驚心動魄的照片露了一角，攤開一看，竟然是李玲的一張海邊泳裝照。
宋組長把相片拿在手上，看著李玲穿著三點式比基尼泳裝，露出一副誘人的身材。她左手撩髮，嫵媚回眸，眞是風情萬種。
「這是誰呢？這不是你合夥人葉青森老婆的相片嗎？又穿得這麼少……」

阿部有些氣餒，他別過臉不說話。

「我們老早就想到你一定跟李玲有曖昧關係，昨天你的同居人也說了，說她是個妖精、爛貨，可見你與她的關係，已不是祕密！」

「這又能證明什麼？」阿部忍不住頂了一句。

「這證明啊，證明你那天凌晨，也就是葉丹青的死亡時間裡，你在葉宅。」

「狂想、臆測是沒有用的，我告訴過你，我是去櫻樹喝酒！」

這時候在翻閱阿部記事本的老高叫起來，他找到櫻樹酒廊老闆娘的電話號碼。

「要不要我現在就打電話去求證？」老高說。

「現在恐怕還沒有開店……」

「咦，也有她家的電話號碼啊！」

「好啊，就去打啊！」

老高翻過一張桌子，撥電話，電話響了很久，在他要掛斷的時候，有人來接了。對方傳來沉重的女音，好像才從睡夢中被吵醒過來。

「喂，喂——」

「秋月嗎？」老高用很熱絡的聲音叫著。

「是呀！你是誰啊？」

「我是妳的老朋友呀，這樣熟悉的聲音妳都聽不出來嗎？」

對方頓了一下，好像在想又想不起來似的。

「是不是……」

「沒關係啦，我想求證一下我的朋友阿部一郎，在三天前凌晨，也就是十六號凌晨一時，還沒有離開妳店裡嗎？」

「三天前？十六號？阿部一郎先生，我記得他沒有來過店裡……」

「眞的，這個妳能發誓？」

這句話太重，秋月從迷糊中清醒過來，她覺得對方身分有問題，緊問道：

「你是誰呀？你沒有告訴我……」

「謝謝，這個已經不重要了！」

老高輕鬆地掛斷電話，對宋組長和阿部一郎說道：

「老大，阿部果然說謊，那女人秋月說，阿部十六號那天根本就沒有到過櫻樹！」

於是兩個男人欺近阿部一郎，老高把拳頭掄在他面前示威，宋組長則把黑臉一橫，凶煞般地質問道：

「聽到沒有？你的謊言已經被戳破了，再不從實招來，休怪我們不客氣！」

想不到他臨時起意杜撰的一個謊話，在他們那麼鍥而不捨的證對下，一下子就揭穿了。

阿部一郎不再說話，乾脆也沉下臉，如砧板上的魚鮑，任其宰割。

宋組長看出阿部內心正在動搖，他緊逼著說：

「現在，你就據實說出，十六號凌晨你到哪兒去啦？你們日本人不是最重視男人氣魄嗎？大丈夫敢作敢當，阿部一郎，你就招了吧！省得我們麻煩，你也免去皮肉之痛……」

阿部猶豫著，仍然在思量著要不要告訴刑警們實情。

「這麼吧，阿部，讓我們替你說吧！那天凌晨以後，你是接到李玲的電話到葉家去的，對不對？至於三更半夜，爲何去找李玲，這其間的奧妙，恐怕不用我們再表明了。」

「好啦，算你們狠！」阿部抬頭挺胸道。「我就是到葉先生家，也不能說葉丹青就是我殺的啊，其實，我可以告訴你……」

顯然阿部已入網，宋組長和老高豎起耳朵傾聽，但他卻停了，沒有下文。

「你說呀！」

「我與李玲有什麼關係，我想祇有葉青森先生可以對我抗議，或告我，你們……」

「我不管你跟李玲搞什麼飛機，或許會有一點因果關係，但是那不重要，我們所要的，是你爲什麼在命案當時，到達了現場，這是你脫離不了干係的！」

「好吧，我就實話實說吧！我是十二點多接到李玲的電話到達葉家的，我們……聊……了一陣子的天……」

老高曖昧地打斷他的話，插嘴道：

「聊天嗎？有沒有搞錯？」

阿部突然乾笑起來，微慍地說道：

「聊天也好，溫存也好，我搞她也好，她搞我也好，欺殺馬！反正就是這一套！」

這一堆話當中，阿部夾了一句罵人的「欺殺馬」日本話，宋組長是聽得出來，本來想發狠，然而眼看著阿部已經快要招了，就忍住了。

「你承認到了葉家，又和李玲發生肉體關係，對不對？後來你們的苟且行爲被葉老頭發現了，所以你，或你們聯手殺了他？」

阿部抱胸的雙手突然攤開，揮舞著，他哈哈大笑，日本人喜歡賣弄成語，所以阿部也一樣，一迭聲的好字！

「你們眞是想得好周到、好一廂情願喔！可是，對不起，我要讓你們失望。告訴你，我在兩點離開葉宅時，葉老頭還沒有回來呢！」

「兩點離開，你是沒有看到葉老頭，或是他還沒回來？」

「還沒回來！」

「你怎麼知道他出去了，而不是在他的房間睡覺？」

「李玲小姐說的。」

「胡說八道！」宋組長猛擊桌子，怒吼道：「你以爲這樣亂說，就可以脫離關係啦？告訴你，沒有那麼簡單！」

阿部嚇了一跳，然後鎭靜下來說道：

「你們不能對我動粗，請你拿出證據來，否則放我回去！」

老高冷笑道：

「進來這裡容易，要出去可就難了。你從實招來，要不然……」他一把抓住阿部的頭髮，左右搖晃。

阿部頭髮被抓得痛，眼看他們要動武了，便情急地說：

「我要打電話給我的律師，並且請你們通知日本交流協會……」

「你招了好過一點，我們有檢察官的拘票，打電話給誰都一樣，你關定啦！」

「我要告你非法拘留……」

宋組長已不理會他的恐嚇，他把老高叫到一旁，使眼色說：

「這人不給他一點顏色他是不會說的，交給你啦！我想現在就趕到葉家去，找李玲對質！老高，要加油，小陳把刑大的化驗拿回來，我看要破案啦！」

老高也喜上眉梢，如果破案，組長高陞，他不調到肥缺，至少也有個組長幹幹，他從基層警察幹了幾十年，出生入死，沒有功勞也有苦勞。

「沒問題，這日本鬼子就交給我，讓我好好伺候他！」他興奮地說道。

宋組長昨夜才和李玲深談，那是一種朦朦朧朧、不著邊際的談話，綜合內容，大致離不了匿名電話及李玲欲辦理出國手續到漢城尋夫。

但是早上拘捕了阿部一郎，從他口中，發現命案發生時，至少在前後時間內，阿部一郎在現場！

阿部既然承認這檔事，朝李玲求證或發掘事實，當然不容延緩，所以宋組長在相隔不到十二小時內，再度看到了李玲，所不同的是這次是他主動登門拜訪。

然而到達葉宅時，李玲和她的母親都不在，有一個看門的老婦人，告訴他她們到殯儀館去料理葉老先生的遺體，大概要中午才回來。

宋組長看看錶，已經上午十一點多，不妨等一會兒待她回來。

他出示了身分，老媽子開門讓他進去，庭院和客廳都沒有改變，室內很幽暗，主要是落地窗的窗簾沒有拉開，顯得陰涼而沉重。

宋組長趁這個機會，在李玲的房間和葉老頭的房間巡視著，希望能找出一些破綻，葉老頭命案發展至今，變成有三種可能性。

其一，如果是黃種或因爭風吃醋，或是覬覦葉丹青的錢財，設計謀害他，在他喝醉的時候，送他回家直驅臥室，然後在他不省人事的時候，順手抓起掛在門後的一把鋤頭，狠狠的一擊斃命。問題是，黃種沒有留下明顯的指紋，當然這種有計畫的謀殺，自然有充足的時間不留痕跡。

其二，阿部一郎與李玲有染，據已知情況，阿部應李玲之約，在凌晨翻雲覆雨的時候，被回來的葉老頭撞見，阿部一不做二不休，辣手摧命。問題是，凶器應該是放在葉老頭的房間，難道他們在他的房間做愛，這是不可能的，那麼是否他們有所爭執和追逐，葉老頭逃到自己的房間才被害，如果過程如此，李玲即使不是共謀者，也是個目擊者，她如果知情不報，就變成共犯。

其三，葉老頭雖然年齡將近六十，但外表看起來精力旺盛，祇有五十歲的年紀。他兒子常常到國外出差，一去十天半個月，這時候他就跟媳婦同居在一個屋簷下。李玲身材健美，風韻撩人，如果在起居室穿著簡單隨便，宋組長便幻想著，倘若李玲在家不要說穿著內衣走來走去，就是夜間穿著絲質半透明的睡衣，兩只軟若無物的大乳房在裡面晃來晃去，葉老頭是否能禁得起這種誘惑，而大展魔手，招致李玲的反抗，失手打死他。

除了這三個因素，宋組長也曾想到竊盜殺人之類的可能，但是觀諸葉宅沒有失物，門窗沒有遭到破壞的情況，這些因素已爲宋組長所排除。

現在，他祇有全力地朝這三個可能的方向去偵查。他心裡充滿了自信，相信破案近在眉睫。他馬不停蹄地再到葉宅來找李玲，是爲了要求證阿部一郎的說法，以及從訊問中，抽絲剝繭地找出阿部及李玲未被揭發的事實。

正當他坐在客廳，想得天花亂墜的時候，門外傳來開門聲，腳步聲接踵而至。

李玲和她的母親一進玄關，發現宋組長悠閒地坐在沙發上，顯得有些意外。

「喲，宋組長，是否找到凶手，來宣布破案啦？」她母親有些取笑地說著。

宋組長乾笑兩聲，不去理會她，反而把注意力移到李玲身上。

李玲看到宋組長突然來訪，心裡有些不祥的預感，莫非案情又有了突破？李玲拿下太陽眼鏡，在他對面的沙發上坐下，輕輕地問道：

「組長，有消息了嗎？」

「是有了眉目，」宋組長說著，加重了語氣：「我們在早上，拿了檢察官的拘票，已經逮捕了阿部一郎！」

這當然是重要的訊息，也很戲劇化，因此宋組長說完後特別注意李玲的反應。

隨著李玲面部表情的變化，可以看出她受到很大的驚嚇！她有些不相信口吃地問道：

「爲什麼啊？他殺了我公公？」

「我們正在求證，不過，我們有人證，而且已經確定，在葉老先生遇害時間，或前後，他曾在現場，所以即使他不是凶手，處境也很尷尬！」

站在一旁的李玲母親聽到宋組長說到阿部的情形時，馬上尖著嗓子叫道：

「哎喲，知人知面不知心啊，這日本鬼子果然狼心狗肺啊……」

「葉太太，根據阿部的供詞，我有些事情要妳澄清一下，」宋組長說罷，看著李玲的母親，有些猶豫。「是有些祕密，我想令堂在此，恐怕不方便……」

李玲即朝她媽媽使個眼色，她媽媽很不以爲然，正要開腔抗議，李玲先搶著說：

「媽，沒有妳的事，妳到房間去避一下吧！」

等李母消失在甬道盡頭，宋組長故意裝得神祕兮兮地說：

「有些事，我不敢相信，但是阿部在早上供說，他跟妳有……親密關係，命案那天凌晨，妳打電話約他，他在妳家流連到兩點才離開，這是眞的嗎？」

「阿部說的嗎？」李玲一改方才的驚詫神色，緩慢地說道。

「我在想……如果妳眞的跟阿部有染，問題就大了……李玲，那夜他眞的兩點才從這裡離開嗎？」宋組長好像換了一個位置，他反而深感阿部所言屬實，他變得委婉異常。

「既然阿部都已經說了，我想否認也沒有什麼用，不過，他幾點走的，我可不知道，因爲我們大概在兩點的時候……做完了那件事，我很疲倦，不知不覺地就睡著了……他或是三點，或是四點離開都有可能……」

這眞是個雙重意外，之一是宋組長不願相信阿部跟李玲有染竟然是事實，之二是阿部幾時走的，李玲竟然不知道。

倘若阿部兩點以後才走，而據黃種所供述，在葉老頭殺死紅杏後送他回家，亦是兩點以後，阿部的嫌疑就更大了。

「你們在做……亂搞的時候，妳公公回來了沒有？」

「還沒有。」

「妳眞是色膽包天，妳難道不怕他突然回來嗎？」

「……」

「以前像這種情況，約過阿部到妳家來嗎？」

「有過幾次……」

宋組長覺得很噁心，他斥責道：

「妳太過分了吧，妳要跟別人睡覺，到外頭開房間不行嗎？爲什麼要在妳先生睡覺的床上，跟別的男人亂搞，太惡劣了！」

「我先生常到國外出差，我公公認識了老人茶室的茶孃後，就常常夜裡不回來，我就約他來……」

「妳公公知道妳跟阿部有染嗎？」

「不知道。」

「妳先生呢？」

「不知道，知道還得了……」

「命案發生時，我第一次詢問妳，妳怎麼沒有提到阿部兩點在妳家的事？」

李玲恍恍惚惚地說：

「我怎能告訴你這些，那不是要暴露我跟阿部的事嗎？」

「現在不是暴露了嗎？」

「現在……」李玲欲言又止，露出了一臉的茫然。宋組長從李玲的回答中，已確定阿部在命案中有很大的嫌疑，而對李玲本人，她雖然是一面之詞，也有可疑的成分。

現在宋組長所困惑的是──倘若阿部是凶手的話，為什麼凶器反而會跑到黃種的車上，再反過來說，如果凶手是黃種的話，為什麼在凶器上找不到他的指紋，莫非那把鋤頭不是凶器？再說阿部凌晨那麼長的時間在葉宅，若有風吹草動，他應該躬逢其盛才對，除非……這其中又包含了什麼玄機？

宋組長為了盡快趕回去看驗屍報告，便向李玲告辭，臨出門的時候，李玲又問他，她有現成的出國證件，是否宋組長能陪她去漢城找她先生，至於葉丹青的後事，和她的兩個小孩，一切可由她母親處理。

「我出國並不方便，要經上級批准，同時，我也希望把案子破了，才能風風光光地陪妳去找葉青森。」宋組長據實回答。

「我覺得可能黃種涉案的機會較大，因爲他對我公公了解很深，尤其介紹他到老人茶室，可能就已經有了企圖……可是阿部也有可能……」

「爲什麼？」

「這要有動機，和一個特別的前提，就是我先生要永遠失蹤——我公公的死才有用啊！因爲佳里貿易公司，祇要這兩個男人的其中一人存在，阿部一郎便不能獨占。」

這樣的說法也不盡然，但由於宋組長急著要走，也急著弄清楚剛剛從心底湧上來的一個問題，便岔開話題問李玲說：

「對不起，突然想到一個問題，就是妳家的大門鑰匙，阿部一郎有嗎？」

「有……是有一把！」

「誰給的？」

「我……」

「妳？」

阿部一郎有葉家大門的鑰匙，出入葉家，不是如入無人之境嗎？現在葉宅發生了命案，門窗均未遭破壞，可見是熟人所爲。而阿部擁有鑰匙，益發難脫干係。

宋組長想到此，忽然記起黃種是否也該有葉家的鑰匙才對，便問道：

「李玲，黃種也有妳家鑰匙嗎？」

「黃種由於每天要洗車，我們也給他一把，但祇是圍牆大門的，玄關正門的沒給他。」

祇要大門能進入，裡面的窗戶如果沒上鎖，還不是一樣？

由此推論結果，阿部一郎和黃種都具有相同涉案條件——不著痕跡的闖入者！

宋組長欣喜異常，想不到一腳踩在外頭要離開的當兒，又收穫如此之多。

他開車離去時，還回頭看看這一幢在下午陽光中閃爍、隱藏在樹木花叢中綠意盎然的別墅。

下午紅杏命案經過了刑大的屍體和凶器化驗，案情急轉直下，整個命案現場，到處充斥著葉丹青和黃種的指紋，紅杏的致命傷是被玻璃絲襪勒斃。而那雙玻璃絲襪是葉老頭送給紅杏的，這雙絲襪的來源，是葉青森從日本帶回送給他太太李玲的，李玲所穿的絲襪，保證是這種品牌。這是黃種的說法，他一味地把殺死紅杏的凶手推到葉老頭身上，當然，這是最好的遁詞，因爲已經死無對證了。

而宋組長是何許人，不管這兩人誰是凶手，總之，黃種已入甕，就在他們的拘留所中，他要跑也跑不掉，別人要搶還搶不走呢！

這個案外的紅杏命案，宋組長馬上交代老高他們，即刻做筆錄，宣布偵破移送地檢處。

在這同時，葉宅命案黃種的涉嫌成分雖然濃之又濃，可是由刑大送回來的指紋鑑識，仍然缺乏直接證據。宋組長胸有成竹，既然紅杏命案直指黃種，就已經夠了，如果再能找到進一步的證據，科以黃種謀殺葉老頭的罪名，那就錦上添花，何況，還有阿部一郎這條大魚呢！

雖然所有的情況已經明朗，但葉老頭命案不能宣布破案的關鍵就是缺乏證據，凶器——鋤頭上嚴格說來只有半枚指紋，但和黃種和阿部的都湊合不起來。

宋組長把C區紅杏命案移送地檢處後，信心十足，命令老高以下的每個部下，傾全力搜查，包括死者葉老頭、黃種及阿部一郎所居住的地方，都做了地毯式的搜索，以期早日破案。

這一次的行動頗有斬獲，又清出了許多疑點，使黃種及阿部一郎的涉案具有決定性。

首先，老高一組在黃種計程車上的工具箱中搜出一串二把的鑰匙，是葉家的，但黃種說葉家只給他大門的，搜出來的卻包括玄關那道正門的，可見黃種又說了謊，問題並不在他說謊，而是黃種爲什麼擁有那把玄關的鑰匙呢？

另外，宋組長也帶小陳在阿部的住處翻箱倒櫃，連鬆垮的壁紙也都撕開來搜尋，卻毫無斬獲，最後終於在阿部案頭上一本厚厚的日文書籍裡，掉出一張有阿部一郎簽名蓋章的紙條，那是寫著一九八四年六月某日向葉丹青借新台幣一百萬元的借據。

這張借據宋組長很小心地把它收入塑膠袋裡。宋組長在想，這張借據理應放在葉丹青處，怎麼會在半年後出現在借款立據人的手裡，這裡面顯然大有文章，如果經過銀粉濾印，能濾出葉丹青的指紋，就可證明這張借據是阿部一郎送出去再拿回來的。

他是使用什麼手段再拿回來的呢？還錢了嗎？未必，如果未還，人死了不是就一了百了嗎？

宋組長一回到局裡，就找化驗員馬上過濾那張借據，果然不出所料，兩個人的指紋都有，唯葉丹青的比較模糊，可見時間過得較久。

於是他又跑到地下室拘留所去探訪阿部一郎。當宋組長把那張一百萬元的借據突然拿在他眼前晃著的時候，阿部整個臉都變了，他驚奇得眼睛睜得好大。

「驚奇嗎？阿部先生……」

「……」阿部瞠目結舌。

宋組長誇張地攤著手，說道：

「我也很驚奇啊！你跟人家借了一百萬元，爲什麼借據反而在你手上呢？而且是在你的債主已經死亡了以後，眞是巧合啊！」

「我是向葉老先生借一百萬元沒有錯，但是……」

「你是要說你已經還錢了嗎？」

阿部呻吟一下，迸出聲音，說道：

「葉老先生說我們關係密切，日本人又是一諾千金，還用立什麼借據，就送來還給我了。」

「嗬，你說的比唱的還好聽！」宋組長怒斥著阿部一郎。

「我是說眞的！」

「好啦！你這一套老是把謊言推給死者的把戲，就讓你到法庭去說吧！」

阿部很困頓，自從他被拘留到局裡之後，往日臉上的剛愎飛揚已不復見。在宋組長的面前，他即使要講眞話，也頗力不從心。

失去了自由之後，他的命運已掌握在別人的手中，他爲生命的脆弱感到不勝唏噓。

他茫然又無奈地再度走入六坪不到，卻關著十來個人的齷齪拘留所。

第七章　奇峰疊嶂

沒有回來的旅人在域外點燃了鄉愁
彷彿，生命的沙漏已流盡
而南方的大城奇峰疊嶂
是嗎？是一石二鳥？

經過宋組長與整組人馬鍥而不捨的追查下，他先破了C區的紅杏命案，把案子漂亮地移送地檢處，凶手當然是葉丹青和黃種兩人嫌疑最重，既然葉丹青已死，衹好由黃種一個人承擔，黃種當然有他的辯解之詞，但證據確鑿，不容狡賴。

宋組長在移送書上寫道：「黃種由於貪圖葉丹青的錢財，介紹在老人茶室的紅杏給葉丹青，設計騙財，事發當時，紅杏恐嚇葉丹青要五百萬元，二人爲此而爭吵、打架，黃種在場起初作壁上觀，後來鬧出人命，他以此作爲要脅，要從葉丹青那裡得到好處，他把這個事件看成一個挖掘不完的活泉源，爲了討好葉丹青，他幫他把現場搞得凌亂不堪，引導警方步入強盜殺人的陷阱。因此黃種難脫幫助殺人的罪嫌。」

但是沒有想到，他凌晨二時送葉丹青回家後，葉老頭又離奇死亡。由於上述這些因素，葉丹青之死，恐怕不是黃種所爲，因爲黃種殺死他，他就斷了從葉丹青處得來的財路。然而，問題是，據驗出的血跡反應，那把已經確定爲凶器的鋤頭，又爲何在黃種的計程車上找到，難道是有人要嫁禍於他？如果情況果眞如此發展，那麼站在背後的這個人，會是誰呢？

鋤頭上留下來的兩枚半指紋，除了兩枚是宋組長不小心留下外，衹有從那模糊的半枚，去找尋了。

現在全案的關鍵，包括黃種及阿部二人，均供稱在凌晨兩點離開葉宅，也就是在葉丹青的死亡時間外，他們推得一乾二淨。

然而，供詞與事實必定會有出入，這是宋組長深信不疑的。葉宅命案調查至今，可以說相當順利，凶手並且呼之欲出，想不到現在碰到了這個窄小的瓶頸——證據，要去突破。

阿部由於是外籍，比較棘手，照法律規定，他必須在四十八小時之內移送地檢處，因此，宋組長交代老高寫好偵訊筆錄，附上他對阿部涉有重嫌的意見，一併移送地檢處。

在地檢處原本分案由不同的檢察官偵辦黃種和阿部一郎，後來由於兩案牽涉甚深，便由首席指派承辦葉宅命案的林檢察官，連C區紅杏命案一併處理。

年輕的林檢察官由於生平首次接到如此重大的案件，而且兩案合併，甚感責任重大，也甚知這是他力求表現的機會。夜以繼日，親自指揮著宋組長，深入陋巷一再蒐集證據及偵訊嫌犯。接著把黃種及阿部先後移送看守所。

幾日的奔忙之中，也有了收穫，他終於尋到了凶器——鋤頭上那枚模糊的指紋，經過顯微鏡的一再求證，終於證實了那是阿部一郎的小指指紋，那個指紋由於是印在鋤頭木桿上的底端，由於木紋粗糙，所以不甚明晰，但是無可懷疑，那是阿部的指紋沒有錯，至於指紋為什麼不留在木桿或鐵器上，而留在底端，檢察官認為是他做案以後，謹慎地把鋤頭上的痕跡擦拭掉，疏忽了底端部分，而留下的破綻。

半個月後，檢察官便以此為證，把阿部起訴，理由當然是阿部與李玲通姦情熱，不小心被葉丹青發現，不得不殺人滅口。至於鋤頭為何跑到黃種的計程車上，經過查證及阿部與黃種兩個人的對質，顯然阿部想嫁禍於黃種所做出的勾當。

黃種曾言，那夜他送葉老頭回家，由於停車位置已滿，只好把車停在葉宅的大門口，他心想反正明天一大早便要去葉宅洗車，下車後又由於頻頻關照葉老頭，故連小燈、車門均未曾關好就離開，所以，阿部要把鋤頭放在他的計程車上，輕而易舉。

至於黃種其人，由於紅杏命案現場充斥著他的指紋，甚至連致紅杏死於非命的玻璃絲襪也有他的指印，故檢察官便把他以謀殺紅杏的罪名起訴。

兩案合併起訴，檢察官和宋組長都覺得證據充分，有罪判刑等於一道手續，只等法院推事宣判而已。

另一方面，葉青森出國後已經半個月，音訊仍杳如黃鶴。

李玲由於從宋組長那裡得來的消息，以及種種情況，她已確定她的丈夫葉青森，逗留在漢城逍遙。她公公命案的凶手既然由刑事組宣布破案，而且經檢察官起訴在案，她便懇求宋組長陪她到漢城尋夫。

但是宋組長是一個公務員，要出國談何容易，雖然在私底下他也極想陪她到漢城去，但由於葉宅命案已破，葉青森的失蹤又發生在國外，已是旁枝小節，宋組長想以此名目出國，師出無名啦！

所以，宋組長便很懊惱地告訴李玲，礙於規定，他不能跟她到漢城去尋夫，要走，只有讓她單獨遠征了。

這是很無奈的事，李玲一直說她沒去過韓國，那兒人地生疏，不知怎麼辦才好，頻頻地嘆息，但是憑著葉青森以前在漢城某餐館「美人捲珠簾」字畫前，與韓國姑娘所拍的照片去尋夫，已如箭在弦上，不能不發。

就在李玲準備飛到漢城的前夕，她意外地接到宋組長的電話。

那時她正在房間裡收拾行囊，母親在旁叮嚀，小傑和小婷因還不懂事，聽說媽媽要到漢城去找爸爸，也雀躍萬分，在房間裡活蹦亂跳。

電話鈴響時，李玲急著去搶聽電話，一聽到是宋組長打來的，顯得有點失望。

電話中的聲音很興奮地說著：

「李玲啊，我是宋組長啦！告訴妳一個好消息，要不要聽？」

「哦，組長，什麼好消息呀？」

「我明天可以陪妳到韓國去啦！」

李玲一點興奮的表情都沒有，她只是覺得意外，訝異地問道：

「你不是說公家不准嗎？」

「是啊！」宋組長在電話中格格地笑起來，「公家不准，私家准啊……」

李玲第一次聽到宋組長笑得那麼開心、那麼放肆，但她實在聽不懂他的意思，便問道：

「我不懂你的意思……」

對方又傳來格格的笑聲，好一會兒才靜下來，然後裝得很認眞似地說：

「這樣啦，公家不准我去，但由於我最近破了兩個重大命案，立了大功，爲了獎勵我，局長特別通融，准我一個星期的假，陪妳到韓國去，不過，要自費就是啦！」

李玲聽著聽著，若有所思地說道：

「好啊，有你一道去更好，不過，這幾天我已找到了一個大學同學，他正在韓國留學，他可以帶我去跑去找……」

宋組長一聽她在漢城找到了同學，換句話說，如果他同她到漢城去，就不可能單獨在一起啦，馬上覺得很洩氣。可是嘴巴裡仍然說道：

「好啊，有個幫手更好……妳搭哪家航空公司的飛機？韓航的嗎？」

「是，我搭韓航……」

2

一對男女兩樣不同的心情，在沒有人送行下，搭上大韓航空的班機，從桃園國際機場飛出，開始他們或公或私，或快樂或悲愴的旅行——

飛機在高空平穩地飛行時，宋組長一顆翻騰的心才逐漸平息下來。他看著坐在右側的李玲，出神地看著窗外白雲亮麗的景色，不知心裡想些什麼？

天空在飛機穿越雲絮而過後，一片無垠的靛藍，出現在遠方的盡頭，成爲一條微凸的弧線，顯出宇宙無垠的遼闊，非常的壯觀。

這樣的景色，對宋組長來說，並不常見，然而，可能是因爲李玲就坐在旁邊，他的心思就只有整個圍在她的身邊，謀殺案是公務，飛機一離開機場後，他早已置之度外，現在所遐思的，就是一個豐饒的、而且充滿著一種幽幽體香的肉體，靠在他身邊。他稍微一側視，就可以看到山峰般高聳的乳房，從紅色毛線衣下鼓鼓欲出。由於李玲的毛衣很貼身，所以她一呼吸，便可看到乳房輕輕地、韻律般地起伏著。

可以明顯地看出，宋組長一離開台灣，便把他公務員的身分拋到天外去了。他放肆的目光，恣意地在李玲敏感的地帶巡視，李玲也感覺出他的反常，可是她並沒有表露出她的厭惡或不悅，好像她的心思都放在漢城她失蹤的丈夫上，老是把視線望著機艙外一忽兒幽黯、一忽兒晴朗的天空。

空服員不久就送來了午餐，原本寂靜的機艙便顯得忙碌起來，這時宋組長才找到了機會，殷殷垂詢，問李玲是否要這個是否要那個，他可以幫她要求空中小姐服務。想不到李玲喝了一口紅酒後，用英語嘰哩呱啦地與空服員對談了好久，不是簡單的單字，所以宋組長一句也聽不懂，他愣愣地呆住了。直到空服員點頭微笑走後，宋組長馬上把他的佩服表現出來。

「嘿，想不到妳的英語這麼棒！」

李玲露出一臉謙虛的笑容。

「沒有啦，我在大學是念外文系的，沒有結婚前，我在外商公司做事，做的又是祕書工作。」

宋組長由衷羨慕地說道：

「哦，難怪英語那麼流利，我都聽不懂啦，妳跟他們說些什麼？」

「沒有啦，」李玲低低地笑著說：「我先生有蒐集航空公司贈送小禮品的嗜好，諸如撲克牌、原子筆、跳棋或扇子等等啦……我只是跟他們要這些東西！」

宋組長驚奇地道：

「眞的，有這些東西送嗎？」

「我先生說過，以前的航空公司，這些東西都是不用要就送的，最近幾年來，或許旅客多了，或許航空公司吝嗇起來啦，要客人開口要才有！」

「哇，我只出國一次，到南非共和國去開會，都不知道有這種事呢！」

「我也是我先生告訴我才知道的啊！」

於是，他們就從這個時候開始打破僵局，氣氛變得輕鬆了許多，話題從破英文說起，談到發生在身邊的趣事，兩個人都有意無意地避開了葉宅命案以及葉青森失蹤的不愉快事件。

航機飛臨這個北方半島的上空時，宋組長脫離不了刑警本色，他終於撇開話題，突然問道：

「我好像聽說妳在漢城找到一個朋友，可以招呼我們，他會來接機嗎？」

李玲回眸看他，若無其事地說：

「是的，我昨晚已打過電話給他，不是什麼朋友啦，是我大學時代的一個同學，不知道他爲什麼心血來潮，突然留學韓國啦！」

「妳不是外文系的嗎？妳的同學？」

「哦，他跟我不同系，我們是在學校裡的社團認識的……」

「那麼，是很有交情啦！」

「唉呀，結婚以後，變成一個十足的家庭『煮』婦，學校的一些老同學們，都疏遠掉了。」

「妳這個同學叫什麼名字？」

「鄭經。」

「他會幫我們安排食宿嗎？」

「是，最重要的是，我只有一張『美人捲珠簾』作背景的照片，他要帶我們四處找這家餐廳，找那個女孩呀！」

宋組長想再問一些話，但已找不到話題，便沉默下來。沒有多久，在一陣鏗啷聲中，飛機已經在金浦國際機場降落。

到底是北國，機場四周堆滿了殘雪，只有跑道清除出兩條黑色水泥地，滲著融雪的水漬，湮沒在遠方白茫茫一片的盡頭。

下機前大家都穿上大衣，因為空服員報告室外溫度在攝氏零度，天陰，有要下雪的跡象，同時由於沒有空橋設備，下機後要走一段路，才能到達機場大廈。

果然，下機後北風呼呼作響，冷冽得打在人的臉上都會發麻。李玲不曾在這麼冷的氣溫下待過，連忙翻起大衣的領子禦寒。

這時宋組長幫她提著一只旅行袋，伸出一隻強壯的手臂攬腰抱住她，以防她被強風吹跑。李玲不但沒有拒絕他，反而把身體的重心靠過去，這個反應馬上使宋組長的心跳加快，雖然他們是在零度的氣溫中。

機場大廈裡有暖氣，但效果不怎麼好，海關人員個個板著臉孔，不苟言笑。他們費了半小時才辦好通關手續，出口處的自動門一開，一片黑壓壓迎接親友的人群，伸長著脖子在找他們的親友。

宋組長隨著人潮走入人群裡，李玲瞪大眼睛在尋找約好來接她的同學，就是搜尋不到她要找的人。

宋組長不由嘀咕地說道：

「不會黃牛吧？」

「不會，說得好好的……」

「要不然記錯班機了吧？」

「我想不會，昨晚在電話中說得很清楚的……」

他們在人群中繞了一圈，一直沒找到人，宋組長很不耐煩，李玲也急了。出了什麼差錯嗎？

萬一人沒來怎麼辦？此處人地生疏，尋夫計畫可能會有很大的障礙。

李玲在四處張望，臉上流露出倉皇的神色。宋組長只好安慰她說：

「沒有關係啦，萬一他沒來，我們叫部計程車自己進城找飯店好啦！」

話雖這麼說，但她的心還是定不下來，脫掉了大衣的她，額上還冒著細碎的汗珠。

「我去打電話看看，應該出來了呀！」

宋組長陪著她找到掛在牆壁上的公用電話，李玲試了兩次，終於打通了，可是響了很久，對方一直沒有人來接。

「已經出來了……」李玲自言自語地說。

他們走到機場大門口時，一個穿著短大衣、黑色衣褲的青年，匆匆忙忙地四處張望，他跑進來，頭上戴著一頂特技飛行員似的工作帽，急促呼吸的口氣，吐成一圈圈的白煙，在下頷的一撮小山羊鬍子上，繞成一片。

這個人就是李玲的同學鄭經，他馬上被眼尖的李玲看到，放開嗓門叫住他。

鄭經看到李玲很興奮，他跑過來做個很親切的動作，突然間他看到李玲旁邊站著一個男人，他轉變著興奮的臉色說道：

「李玲，很抱歉，下雪路上濕滑，發生了車禍，一部貨櫃車失去控制，整部車橫在馬路中間，足足塞了兩個小時，我急死了，讓你們久等啦……」

李玲看到人已出現，心裡舒坦了很多，緊繃的臉也輕鬆下來。

「沒關係啦，人沒有失蹤就好了！」

這時候宋組長伸過手，與鄭經握手，自我介紹地說著：

「我姓宋……」

李玲看著兩個男人握著手不知所措的樣子便介紹道：

「這位是我在機上談的老同學，他姓鄭，這位是我公公命案轄區的刑事組長，不過，他這次不是爲公事而來，命案已有頭緒，而且又破了一個案外案，凶手呼之欲出。他來漢城，是私人度假，順便也要幫忙找我的先生──葉青森，他已經失蹤好幾天了！」

「喔……」鄭經臉上閃過一抹憂鬱的影子，但像曇花一現，隨即消失。

「你幫我訂好房間了嗎？」李玲站在他們身邊，問著鄭經。

「訂好了，我已經在南大門附近的東急飯店替妳訂了一個房間……」

「只一間嗎？宋先生怎麼辦？」

「妳沒通知我還有他，沒關係，到那裡再想辦法吧！」鄭經不以爲意地說。

當她打電話通知鄭經代訂房間時，並沒有預計到本來已說不能成行的宋組長突然改變主意又來啦，所以她擺擺手說道：

「那個地方方便嗎？」

「東急是一流的飯店，地點也不錯，就在漢城最熱鬧的地方──明洞範圍內。」

在李玲與鄭經的整個談話當中，宋組長默默地站在一旁，觀察著鄭經這個人，特別注意他講話的神態和聲音。

鄭經從外表看起來，體格很好，大約三十歲出頭，濃眉大眼，鼻梁挺直，加上蓄留了一臉從腮邊以下到滿嘴的山羊鬍子，顯得很粗獷，完全是一副北方民族的模樣。乍看之下，一點也不像在亞熱帶生長的青年。

他談話的神情看起來有些收斂，眼色飄忽，常常用眼梢瞄著宋組長。宋組長由此感到，他此次出其不意地跟到漢城來，好像不頂受歡迎。

後來他們三個人在機場門口叫了一部排隊的計程車，鄭經跟司機哇啦幾句，就直開東急飯店。

在東急飯店當然出了問題，他昨天本來只訂了一個房間，現在又臨時要加一間，很不容易。櫃枱的女職員猛搖頭，鄭經猛灌迷湯猛點頭，又陪不是又拜託。最後才弄到一間在不同樓層的小房間，孤單單地塞在防火門及員工工作室的旁邊，眞像脫離了這個飯店遺世獨立的另外一個世界。

但聊勝於無，總比露宿街頭，或到別家去找一間來得方便。

李玲就住進原來訂好的七樓二十一號房，臨時撥出來的那個房間，在十三樓，奇怪的是並沒有房間號碼！

3

他們把房間問題解決，並且洗了一個熱水澡後，已經下午四點多鐘，窗外的光線顯得幽暗，已經下起雪來。

鄭經說本來可以帶他們到外面逛逛，吃吃東西，但由於這些天都在下雪，路上很濕滑，外地來的人一不小心，便很容易摔個四腳朝天，或腦袋開花，爲了安全起見，他們便在飯店內一家洋風的速食餐館，吃個麵食解決了事。

之後，他們回到李玲的房間，正式開始討論尋夫的步驟。

東急飯店的房間很新、很乾淨，但不大，一張雙人床，兩張小沙發，外加一只行李架，便顯得很侷促。所以當三個人擠在一個房間裡，幾乎擠成一堆。

兩個男人朝小沙發一坐後，李玲只好坐在彈簧床上，她有點熱呼地揮著手，做個開場白似地說道：

「我先生從離開家後，已經失蹤有半個月之久了，他本來是要到日本去，結果由於我公公不幸被殺害，急於找他，才查出他並沒有到日本去，也是搭乘韓航在漢城落地後，便沒有紀錄證明他再離開韓國了。我對於我先生會在漢城過境，或是爲什麼留在漢城，一點概念都沒有。今天，我從台北千里迢迢來尋夫，只有一張我先生以前在漢城某地方和朝鮮小姐所拍的照片，作爲線索，還有更重要的就要倚靠你們兩個男人……」

李玲說得很婉轉、很有頭緒，她說罷，便從手提包裡拿出一幀彩色照片，遞到鄭經的手裡。

這幀照片宋組長在台灣就已經看過，就是那張葉青森笑呵呵地靠著一個穿韓國傳統服裝的小姐，背後有隸書大字李白詩句「美人捲珠簾」單聯的那一張。

鄭經把玩著這張照片，低頭說：

「這樣的場景在漢城並不多見，尤其有漢文書法的地方，更是寥寥無幾，不過，這個地方能肯定是公共場所嗎？」

這一說，李玲便有些困惑，她說道：

「我不知道在什麼地方可以跟穿朝鮮傳統服裝的女孩照相……而且，從這張照片的燈光和氣氛來說，他應該是在風月場所……」

鄭經馬上打斷李玲的話，同時把照片遞給宋組長說道：

「在韓國的許多高級餐廳會所，爲了表示尊重，女孩都著韓國傳統服裝，再說，也不一定是服務人員，在隆重的場合，韓國姑娘的盛裝也是傳統服裝。」

一直像是一個局外人的宋組長，打破他的緘默，低沉地說道：

「不過照這張相片來看，這個地方一定是個公共場所，而且是餐廳之類，你沒有看左下角模糊的地方，是個桌面，上面還有一雙筷子的影子。喏，你們把相片拿到燈光下去特別注意一下……」

鄭經把照片拿到檯燈邊仔細端詳。突然他叫了一聲，雖然有些誇張。

「唉呀，眞的呀，下角眞有筷子吔，果然是刑警，耳朵尖，眼光靈呢！」

「如果是餐廳，這個將近一千萬人口的漢城，餐廳有多少家啊，這不是要到大海裡撈針嗎？」

李玲滿臉憂愁地說。

宋組長蹺起二郎腿，雙手抱胸，顯得很老練地說道：

「其實，要找葉青森，不一定只能從這一張照片著手，也可以查查漢城這半個月來的旅館住戶名單啊——當然這要有兩個前提，葉青森要住進旅館才行，他如果有朋友——或女人，他直接住到民宅，那就完了。再說，我這次是私人旅遊，也沒有辦法在警察這一方面效力……」

「那當然，如果葉先生萬一眞的像宋先生所說，這裡有女朋友，他直接住到她家去，旅館便無從找起。我們還是回到這張照片上，據我來漢城兩年的經驗，漢城的餐廳是很多沒有錯，但是我們可以縮小範圍。譬如說，掛著『美人捲珠簾』這樣的餐廳，應該不會出現在西餐廳或夜總會中，是不是？剩下的可能是日本料理店或較高級的韓國料理店，這樣就比較簡單啦，而且我們還要想想，葉先生是觀光客，他在漢城所跑的地方，不外乎明洞、華克山莊等比較高級的地方，我們不妨就從附近的明洞找起，如果能找到照片中的餐廳，就可以找到那個女孩子，找到那個女孩子，也就可以找到葉先生啦！」

鄭經說完，眼睛盯著李玲，好像有些抱歉，要找到她的先生，是要從別的女人那兒撈回來。

李玲幽怨的眼睛，輕輕地閃過去。

宋組長卻持異議地說：

「也不見得找到那個女人就等於找到葉先生，如果這張照片只是在某個場合，隨便湊合一下拍著玩玩的，跟她並沒有深交，又到哪裡去找人哪！」

鄭經手一攤，說道：

「萬一如此，就只好聽天由命啦！」

整個晚上，他們便不停地談論著這個話題，直到夜深，要散去的時候，鄭經卻表現得很困難地說道：

「不知道該不該提這事，大概十天前，仁川新生港岸邊發現了一具無名屍，在海中被凍得像一尾鰹魚似的，報紙上登得很大，上面還登有照片，到第三天還沒有人去認屍，所以記者在推測，從各種特徵來看，死者可能是外國人……」

李玲情不自禁地啊了一聲，瞪大眼睛，愣住了。

鄭經安慰著她說：

「我想不可能的，葉先生怎麼可能來這兒被殺害……報紙上說有謀殺的可能……」

這時候宋組長的警覺性提高起來，他覺得他的話有漏洞，便問道：

「你不是說報紙上登有死者的照片嗎？你應該認得出是否是葉先生啊！」

「我並不認識葉先生，我從來都沒有看過李玲的先生啊！」

宋組長冷冷地說道：

「你今天看了一個晚上的照片，那個男的就是葉青森，難道還沒看夠嗎？」

鄭經一愣，才突然醒悟過來，他連自己都訝異地說道：

「對啊，今天晚上我看了一晚的就是葉先生啊，不過，那個登在報上的死者照片，臉孔有些浮腫，而且角度是從上朝下俯拍，兩個朝天鼻像兩個黑洞，不像葉先生那麼俊秀……」

「死人會變樣，即使沒有泡水，也會有異相異狀，我想我們明天不妨去認屍看看！」

事情的發展很奇突，李玲想到如果死者是她的先生……她眞不願再想下去，她悲傷地垂下頭。

「現在停屍在哪兒呢？」宋組長問道。

「報紙沒有說明，不過應該在仁川才對，明天一問警署就知道了。」

這個晚上，大家離開的時候情緒都有點消沉，尤其是李玲，不安已寫在她的臉上。

鄭經由於住在大學附近，離此很遠，夜深不便，就留下來與宋組長同房，由於是單人床，鄭經只好委屈地睡在地毯上。

半夜裡，宋組長在睡意朦朧中，頻頻聽到鄭經上廁所，以及抽水馬桶沖水的聲音。

由於一夜沒有睡好，宋組長恍然醒來的時候，已經上午八點多鐘，環顧四周，室內已無人，鄭經不知道跑到哪裡去了。

他在床側抽菸時，才發現檯桌上留有一張用黑色鋼筆寫的字條：「我和李小姐在樓下吃自助早餐，請見條即來。」

然後是鄭經龍飛鳳舞的簽名。

宋組長看著字條笑了笑，然後一躍而起，到浴室簡單地梳洗完畢，匆匆穿上外套，出門時，順便把鄭經所寫的那張字條，收入口袋裡。

他下樓進入一層的洋風餐室時，遠遠就看到李玲和鄭經歡顏地低語著，當他走近時，兩個人才發現他的到來；鄭經嘻笑的臉馬上拉下來，轉變之快令宋組長大吃一驚。

鄭經一見面劈頭就說：

「唉呀，宋組長半夜裡老是打鼾，弄得我整夜沒睡好……」

「哦，對不起，對不起，害得你頻頻起床是不是？」宋組長作揖地說道。

「是呀，睡不著覺尿就多了，害得我起床好幾次！」

宋組長對李玲點點頭，看她輕梳淡粧，單薄的兩片嘴唇，淺淺地塗了一層金紅色的唇膏，嘴角漾著一抹迷濛的笑意。

等宋組長在對面的椅子坐下，她寒暄地問道：

「昨夜睡得好嗎？」

「不錯，一覺到天亮。」

鄭經的臉色有些訝異，但是他打岔地說：

「我們吃的是自助餐，要自己動手，宋先生你就請便吧！」

於是宋組長走到一堆人的地方，拿了盤子，然後取了些蔬菜沙拉、麵包、西式香腸，並且還端了一杯顏色像血漿那麼濃的番茄汁回來。

吃喝之間，鄭經胸有成竹地告訴他道：

「剛才我已打過電話到承辦該命案的城南警署，那具無名屍已暫停在仁川火葬場裡，該署並派了一位姓金的刑事十點在殯儀館會合，所以，我們吃過早餐後，就要立刻趕到那兒去。」

「到仁川很遠嗎？」

「仁川是直轄市，並不遠，只要四十分鐘左右的車程就可以到！」

宋組長安慰地說道：

「我想，我們只是到仁川去兜風，希望那具無名屍不是葉青森……」

說到要去仁川認屍，對李玲來說，當然是很悽惻的事，她黯然地別過臉，向著角落晦暗的地方。

在沉默中，他們用畢早餐，走出兩道大門的玄關，一陣冷冽的寒意迎面灌來。這時穿戴整齊的門衛，揮手招來一部計程車。李玲首先坐進後座，鄭經接著也要跟進去，宋組長火大了，便說道：

「你坐前座，在前面帶路啦！」

於是，在清晨的曦光中，計程車在市區內繞了一圈，就開上了高速公路，往南方直奔而去。

仁川火葬場在一處廢棄的工廠邊，穿過一些屋宇的空隙，可以看到在遠方哀慟的海。而道路泥濘，彎彎曲曲繞過了一片簡陋的貧民區，才到達那兒。

入門處的拱門寫著一些宋組長看不懂的韓文，裡面有兩幢低矮的洋灰水泥房子，在後面有一根灰色的大煙囪，伸向特別蔚藍的晴空。

車子在十時過五分時開到，門口已經有個穿風衣、戴鴨舌帽的男子在那兒等候。

鄭經首先下車跟他打招呼，原來那人就是城南警署的金京玉刑事，他經過傳譯介紹，很客氣地脫下手套跟宋組長和李玲握手。

金刑事看著從遙遠的台灣來的這個同行，感到很親切，就一直跟他寒暄，站在冬風中，忘掉了寒冷。

金刑事三十餘歲的年紀，身材並不高大，皮膚特別的白，說白倒不如說紅潤，好像高麗蔘吃多了似的，臉上紅光灼灼，似乎要燃燒起來一樣。他臉上有個不調和的地方，就是眼睛特別小，瞇起來就只有一條線一樣。

但他很熱情，他除了自己本國的語言外，完全不懂任何外國語，所以鄭經傳譯得口沫橫飛，忙個不停。

他們邊談邊走進一個幽暗陰涼的室內，油漆脫落的天花板上，橫掛著一盞日光燈，連光暈中都透著潮濕。一個簡單、小小的辦公室，四張桌子坐了兩個穿著臃腫的老人，正抬頭好奇地看著來人。

金京玉刑事說，這一具無名屍，一週前在城南新生港灣的海裡被海釣者撈到，由於死亡時間相當久，在海水浸泡和拍打下，身上傷痕累累，臉也浮腫變形了，由於身上未帶任何證件，連一個皮夾、一張鈔票或硬幣都沒有，顯得很離奇，加上他是一刀插入心臟，已確定是被謀殺的，因而城南警署透過報界，登出死者相片和他的特徵，以及命案的可能性。至今七天，一直沒有人來認屍，因而判斷，此案是謀殺案，死者很可能是外國人，尤其是日本人。

「但是，我們是台灣人！」李玲不肯相信事實地說道。

金刑事熱情地說道：

「不是絕對日本人，台灣人也有可能，因爲他的皮膚顯然接受過比韓國更多的陽光。」

「死者有什麼特徵嗎?」李玲問道。

「這個人有兩個不能磨滅的特徵，第一，他的牙齒整齊，沒有修補過，可是後齒少了一顆，凹了一個洞。另外一個特徵，他的肚臍和陰毛接壤的地方，有一顆米粒大的朱砂痣。」

金刑事的這一段話經過鄭經翻譯，聽到李玲的耳朵裡，便很快地起了作用，李玲身體一軟，幾乎要撲倒地上。

宋組長一個箭步扶住她，只聽李玲長長地哀號了一聲。

「那是我先生啊……」

這一舉動，在場的三個人都嚇了一跳，尤其是鄭經，他困惑地說道：

「李玲，妳光聽說怎麼會準，要進去看看才知道呀!」

這話說得不錯，興奮中帶點傻氣的金刑事，便叫來一個老頭子，帶他們穿過一條長長的甬道，到了停屍房。

在停屍房門外，大家便躊躇了，沒有人想陪李玲進去認屍，金刑事說他在外面等，鄭經面露恐怖的神色，說他沒有膽量，生平還沒看過死人，最後只好由宋組長勉爲其難地陪她進去。

停屍房是一個十五坪大的空間，靠牆的地方用水泥砌起三個棺木般大小的平台，圍繞著牆壁的三個牆腳，放了大塊的冰塊，因連日來氣溫都在零度以下，故周邊結了一層毛茸茸的冰霜。

三座平台只有中間的一座擺放屍體，用白布覆蓋住。守屍的老頭子走過去，一下子便把布幕掀了一半，遠遠地便看到蒼白得沒有血色的屍體在熒然的幽光下，發出恐怖的訊息。

李玲收縮的心在絞迫著，好像一顆鮮跳跳的心臟被十幾條繩索綁成一綑似地，宋組長催促她一下，兩個人才走近屍體邊，死者的臉部傷痕累累，劃著一道又一道的割痕，已經浮腫的臉龐，多少變了形，眼眶下的眼睛，一隻緊閉，一隻微開，好像死得很不瞑目似的。

宋組長雖然看過許多的死人，但在這樣陰森森、冰涼涼的停屍房裡，也不由得毛骨悚然。他毛毛地問著身邊的李玲道：

「是——葉先生嗎？」

李玲睜大了眼睛，詳細地看著屍體臉上的輪廓，是很像葉青森沒有錯，但爲了確定起見，她用顫慄的聲音道：「已經浮腫了，不……太能確定，我想看看他的痣……」

宋組長知道她的意思，便向老頭子做個把布幕全部掀開的手勢，老頭子意會到，便照做了。

那人下部流著血水，只有陰毛跟正常人的一樣，在肚臍下果然有一顆痣，若隱若現地藏在毛叢裡。

「啊——」

李玲低沉地悶哼一聲，便暈了過去。

4

李玲被宋組長抱到外面，把她平放在辦公桌上，在幾個男人手忙腳亂、揉揉捏捏的情況下，昏死了十多分鐘才甦醒過來。

「是葉青森嗎？」宋組長問道。

李玲躺著點點頭，發不出聲音，眼角流下一顆豆大的淚珠，碎在耳根上。

宋組長和鄭經面面相覷，金刑事也開腔問道，鄭經便用韓語轉告他，是她先生沒有錯。

既然已經知道死者的身分，又牽連到涉外案件，金刑事便要求他們一同返回警署問話和辦一些手續。

當然沒人有異議。

鄭經扶著虛弱的李玲，走了一段泥濘小路，才在街口攔到一部計程車，直驅城南警署。

在城南警署的搜查一課裡，課長有一個很中國化和詩意的名字，叫李錫雨，五十歲上下的年紀，長得很結實，紅面關公似的，面相很凶悍。

在他的辦公室，透過鄭經的通譯，他約略地報告了發現葉青森屍體的經過，這些天來由於找不到死者的身分，所以凶案無從查起，現在既然死者的家屬來認屍，希望李玲說說她先生在韓國有什麼恩怨。

李錫雨課長強調說：

「死者是被謀殺的，心臟有很深的刀傷，由於他胃部沒有積水，顯然是死後才落海，不會是自殺，那個屍體發現處也不是第一現場。同時，也不是強盜殺人，雖然他的皮包不見了，但是在漢城，強盜殺人要判很重的罪，因此很少人作此嘗試。我判斷，死者是一個外國人，拿掉他身上所有可能證明他身分的證件，只是要湮滅證據而已，他是被謀殺的！我希望你們能提供死者在韓國的動態和線索……」

鄭經便用韓語告訴他，死者在漢城是祕密行動，原來的旅程是去日本，但卻一直未到日本，經查航空公司，才發現他在漢城過境，便沒有再離開韓國，所以李玲才來漢城尋夫！

金刑事在旁邊插嘴問道：

「死者在韓國有生意上來往嗎？」

「沒有。」李玲答。

「那他在漢城下機幹麼，觀光嗎？」

「課長，可能有關女色問題……」鄭經傳話說。

李錫雨課長臉色陰沉下來，生硬地說道：

「來玩女人嗎？」

「有可能，我們這次前來，只有一點線索，就是死者曾經跟一個韓國女人一起照相，希望能從這兒找出葉先生，本來以爲他可能在此與韓國妞逍遙，樂不思蜀，想不到葉太太千里迢迢，卻來尋回一具冰涼的屍體。」宋組長接腔道。

「什麼樣的照片？」李錫雨問。

宋組長朝李玲使個眼色，李玲便下意識地從皮包裡取出一幀彩色照片。

李錫雨接過照片，拿到眼前仔細端詳，嘴中唸唸有詞，金刑事也在旁參與意見。

金刑事說，鄭經轉述著：

「課長說，這是一個公共場所沒有錯，好像在哪個地方看過，但一時想不起來！」

「會不會是在漢城鬧區——明洞或哪裡的餐廳呢？」鄭經提示著。

這時金刑事從煤油暖爐上端提起一把鋁製大茶壺，幫每人加了一杯熱茶，然後坐下來看著馬首是瞻的李錫雨課長。

「是有可能……這樣吧，這個案子既然找到死者的身分，而且親屬也都來了，我希望你們跟我合作，首先，把住的地方告訴我們，好隨時聯絡，同時，這張照片借給我們，下午我們就動員搜查一課的全部人員，先找這個女人看看。當然，她不是百分之百的關係人物，還有其他的蛛絲馬跡，不過，我們就從現在的這一條可貴的線索開始……」

宋組長和鄭經不由然地鬆了一口氣，既然此地的警方要派人尋找「美人捲珠簾」裡的女子，也省得他們大海撈針了。

李玲很誠懇地朝著李課長謝道：

「謝謝，一切要勞駕你們啦！」

「這是應該的，」李錫雨說道。「我想我們也應該照會一下貴國的大使館，你們來漢城，通知了你們的大使館嗎？」

宋組長有點尷尬地表示立場說道：

「李玲公公在台灣的命案，由我承辦沒有錯，而且已經破了案，結果她先生反而在這兒失蹤，我是以私人身分前來度假，出點力也是私事，所以，未曾通知我們大使館的人。」

鄭經費了很多口舌才把這個意思讓李課長聽懂，最後，他還是有點困惑。

「你們昨天到的嗎？」金刑事問。

「是。」李玲答道。

「住在哪家旅館？」

「漢城的東急飯店。」

李錫雨課長站起來拍拍手，作結論般地說道：

「好啦，你們留下房間號碼，現在可以先回去，想想屍體處理問題。我們開始動員，有什麼消息，就立刻跟你們聯絡。你們會出去觀光逛逛嗎？」

宋組長看看李玲，便答道：

「我看沒有遊玩的心情了！」

5

雖說沒有遊玩的心情，但在李玲一行離開仁川回漢城的途中，鄭經便順便帶著這兩個初次到韓國的男女，坐在計程車上，瀏覽著北國二月隆冬街頭肅殺的景象。鄭經還特別叫計程車開過青瓦台大統領官府前的廣場，又下車到冰封的景福宮走走，陰霾中滿園的樹木枯盡了，剩下光禿禿的枝幹，大埕上，到處是一堆一堆的小雪山，刺目耀眼。

景福宮的建築形式，受著中國的影響極大，幾乎就是中國的東西，每個大門入口處，橫匾上所寫金碧輝煌的字都是漢字。

李玲和宋組長或許由於心情不好，或許由於雪天路滑，他們只在祕苑周遭走一圈，連眼睛都沒有留下多深刻的印象，便離開了。

後來，鄭經又帶他們上南山公園，計程車上山穿越公園，沒有下車，只在暖氣房的車子裡，看殘雪和枯樹，停留了不到二十分鐘，便又下山了。

宋組長對漢城並沒有特別好的印象，以前和同事們的閒扯中，都只提到朝鮮姑娘的熱情等等而已，風物之事，甚少提及。這次來漢城在街頭所見，除了雪之外，那些建築物在台灣根本到處可見，所以並不太引起他的興趣，當然，他別有用心地跟李玲來漢城，才是他的關鍵所在。

然而，由於李玲身邊有她的同學鄭經，滿腹的熱情和遐思都受到無情的打擊，他只覺得鄭經這傢伙，看起來很不順眼，下意識認爲他是個卑鄙的小人。

雖然鄭經很熱誠，傳譯以外，還很積極地爲李玲尋夫盡了最大的力量。

儘管如此，宋組長仍然對他沒有好印象。

他們一夥在明洞附近下車，就進入滿是市招的熱鬧區域，下午四點鐘左右，街上來往的年輕人顯然增加很多。

快節奏的熱門音樂滿街流竄，這在北國的隆冬，使得宋組長感到很意外，雖然他並不感覺熱門音樂應該在熱帶的地區流行，但在一片肅殺冰雪寒天裡，他就是不習慣，他們走過飄著微雪的街頭，洋風與和風的店舖相依而立，微弱的燈光已從櫥窗裡溢著黃色滲透出來。

他們走過一家店舖前有一庭院的料理館，階前有淺潭和翠竹，小潭已結冰，長著綠苔的石壁上，嵌著三個很難得看到的漢字——山水亭。

三個人都被這家店舖的造景吸引住了，尤其「山水亭」三個已結霜的漢字。

鄭經看他們很有興趣的樣子，便說道：

「這是一家高級的韓國料理店，賣烤肉、石頭火鍋和人蔘雞……」

「你進去過嗎？」宋組長問。

「開玩笑，我是一個窮學生，怎麼可能進這麼高級的地方……」

「要不要進去看看？」宋組長說罷看著李玲。

李玲有些猶豫，整個下午她的神情都很飄忽，自從看到葉青森的屍體後，她便顯得很孤絕，要不是鄭經死拉活拖，硬要她到漢城散散心，她便一直堅持要回旅館休息，宋組長也覺得在小房間裡容易想不開，心情更不易開朗。

宋組長用結實的手臂去推她，說道：

「好啦，我們都快凍僵了，到裡面暖和暖和吧，這一頓我請好啦！」

鄭經也附和地說：

「進去熱熱身，也讓我開開洋葷吧？」

李玲幽怨的眼光看了鄭經一眼，沒再表示拒絕，於是他們推開叮噹的門，進入了山水亭韓食館。

這時候店內的客人並不多，有些像卡座的座位上，錯落著三三兩兩的聚光燈暈，有一個穿韓國傳統服裝的女孩很禮貌地過來招呼，把他們帶到放著一座煤油暖氣爐的角落坐下。然後她殷殷地介紹店裡的菜譜，宋組長一句也聽不懂，倒是鄭經跟她有說有笑。接著她用八十度的鞠躬辭謝走了。

鄭經等她離開後便說道：

「我叫了三碗人蔘雞，韓國很馳名的，很補，味道也好，你們吃吃看就知道！」

宋組長好像沒有聽到鄭經在說些什麼，他一進門後看到那個穿古裝的韓國小姐，便愣住了。立即聯想到從李玲那兒看到葉青森和韓國女郎所拍的照片就是穿這種服裝，他們還在想要找這樣的韓國女郎簡直像大海撈針，想不到在漢城走進的第一家餐館，看到的服務生便是這樣的打扮。

他斜眼看著對面的李玲，她的表情也有些驚詫，好像有些不知所措。

「葉青森好像就在這種地方，跟韓國女孩拍的照呢！」宋組長說道。

「……」李玲幽幽地轉動著眼珠子，欲言又止。

鄭經爲了打開沉悶的局面，大聲地說：

「是呀，我本來就說嘛，在漢城這種穿古裝的店鋪很多嘛！」

「我們的運氣真好……」宋組長自言自語地說，聲音小得他們聽不見。

宋組長心裡掩不住好奇，他的眼睛適應了裡面幽暗的光線後，就四處瀏覽打探。

突然間，從斜刺裡，他看到一幅掛在牆上的單聯，幾乎使他的心整個跳出來，他感到頭皮發麻，身上起了一陣雞皮疙瘩。

「啊──」他不自覺地叫出了驚嘆的一聲。

鄭經被他這異常的舉動所疑惑，問著：

「什麼事？」

宋組長指著左側十碼遠的牆壁上。

「你看，你看……」

鄭經和李玲同時掉過頭去看，李玲也不禁地叫了一聲，回過頭來的臉變得蒼白異常，她的身體直發著抖。

原來牆上掛的就是一幅在葉青森照片上所看到一模一樣的「美人捲珠簾」。

第八章　冬天來了，春天還會遠嗎？

冰雪的土地上已冒出了新綠
而貪心的人兒露出了真面目
扛著深沉黑暗的運途，像一具棺木
冬天來了，春天卻遙不可期

錯愕之間，宋組長最鎮靜，他叫大家不要動聲色，連他作夢也沒有想到，在廣大的漢城市裡，他們會無意間一頭撞進「美人捲珠簾」的世界裡。

他慢慢走到牆壁前，仔細地看著那五個「美人捲珠簾」的隸書大字，真的沒錯，就是葉青森照片上的那幅，而且牆壁上的顏色也一樣。那麼，照片裡的小姐也就在這餐館裡！

宋組長和鄭經研究，本想直接找店東，問這個小姐芳名何許，可是怕打草驚蛇，而且現在照片已交在李錫雨課長那裡，不好對認。

所以宋組長要鄭經到外面找個公共電話，暗地裡打電話通知城南警署的人，告訴他們這裡發現情況，請盡快派人過來處理。

鄭經表現得很興奮，好像他幹上探長似的，就照著宋組長的吩咐，縮頭縮腦地溜出去打電話。

他回來不到十分鐘，金京玉刑事就匆匆忙忙的跑進來，速度之快，使宋組長他們感到很訝異，鄭經甚至不相信地說：

「你們課裡的人才說馬上要聯絡，我才放下電話呀，怎麼這樣快……」

金京玉炫耀地笑著，從大衣裡摸出一只呼叫器對講機，得意地說道：

「我就在附近一家日本料理店裡巡查，十幾家的距離而已，我一接到通知，就跑過來啦……怎麼，有所發現啦？」

「你身邊帶著照片嗎？」

金京玉刑事點點頭，解開大衣釦子，從西裝上衣的口袋裡掏出了照片。

於是，宋組長指著牆壁上的字，金京玉隨著他的手勢回頭一看，隨即眉頭蹙了蹙，然後拿著照片過去對照。

果然沒錯，葉青森照片裡所站的位置，就是這兒。

他馬上招來服務小姐，聲言要找老闆。服務小姐委婉地在解釋什麼，金京玉刑事便拿出服務證件給她看，那小姐很倉皇地跑開了。

一會兒，一個四十開外、顯得雍容華貴的白皙女子很客氣地出來應對，一邊用手梳著往後綰著、光可鑑人的髮髻，一邊頻頻行禮地問道：「歡迎光臨本店，不知先生有何指教？」

金京玉板著臉孔，把照片遞給她，問道：

「相片中的這個女子，是誰？」

老闆娘看完相片，莞爾地笑了起來，鬆了一口氣地說道：

「她是我們店裡的股東呀，白天也在店裡幫忙，晚上她是一個歌手，在好幾家夜總會唱歌呢！」

「現在人呢？」

老闆娘現在才發現來人三、四個，個個臉露愁容，覺得有些不對勁，奇怪地問道：

「發生了什麼事？」

金京玉把警察人員公事公辦的威嚴擺了出來，沉沉地斥道：

「我說她人呢？其他事不用管！」

「她在裡面休息……」

「馬上叫她出來！」

老闆娘聽命走進去後，大家面面相覷，尤其李玲的心情更是複雜，想到立刻要見到的這個女人，說不定就是跟她先生有親密關係的人，她難抑心中的妒恨。

而金京玉刑事覺得事情處理得很好，尤其又在外國同行之間，不由得趾高氣揚起來，他說：

「我們效率很好，這位小姐如果跟死者有曖昧關係，我們有辦法要她從實供出，不怕她不說，我們馬上就知道……」

不多久，從幽暗的角落裡施施然地走出一個穿現代服裝的女人，直走到金京玉刑事的面前，在明亮的燈光照射下，那女人美得像維納斯一樣，雖然不是穿著韓國傳統服裝，但是從臉上深刻的輪廓看來，李玲和宋組長都在內心裡叫著：「就是她！就是她！」

臉上有點憂愁的她輕聲細語地問道：

「找我有事嗎？」

金京玉仔細端詳她，問道：「照片中的女孩是妳嗎？」

她把照片遞給他，沉穩而明確地道：

「是的。」

「妳叫什麼名字？」

她幽怨地看了金刑事和大家一遍，囁嚅地說：

「朴仁淑。」

「朴仁淑」如一聲巨大的鈸聲，在空氣中震盪迴旋起來。

金京玉刑事更嚴肅地問道：

「照片中的男人妳認識嗎？」

「……」

她低下頭默認。這時她的視線與李玲的眼睛首次接觸，一陣難抑的情緒，像發酵的麵包，突地迅速膨脹起來。

「我認識……」

「他叫什麼名字？」

「葉青森。」葉青森這三個字她後來又說了一遍，是用中國話說的，聲音清楚，把在座的三個中國人嚇了一大跳，李玲更是怒不可遏，她一個箭步，衝到朴仁淑面前，揮拳擊下，可是被在一旁的金京玉刑事擋開了。

朴仁淑本能地一躲，用雙手保護著肚子。

李玲便哭鬧地罵道：

「就是妳這個妖精，害死我丈夫的，我要妳償命來……」

「不要吵鬧，這裡由我做主，由我來慢慢問。朴仁淑，他現在人呢？叫葉青森的……」

朴仁淑憂傷的眼神帶著惶恐，淚珠幾乎要盈眶而出，她故作鎮靜地說：

「這幾張照片是前年他到我們店裡來時拍的，現在，他在哪兒，我……不知道！」

「胡說！」金京玉刑事像獅子吼地說：「妳知道嗎？葉青森來漢城十幾天，不找妳會找誰呢？現在，他的妻子也從台灣千里迢迢來尋夫了，妳總應該有個交代吧！」

朴仁淑看著李玲，內心有很深的虧欠。這兩個共同擁有一個男子的女人，一副弱者的模樣，兩個幾乎都淚眼婆娑，所不同的是一個充滿哀怨、一個是憎恨。

金京玉刑事在旁冷冷地恐嚇道：

「妳還是從實說來吧，省得被我帶回警署裡受罪！」

正在僵持中，李錫雨課長帶著一個夥伴撲門而入，金京玉很得意地迎上去，告訴他照片中的女人已經找到，就是這位，並且正在進行審問。

李錫雨聽了金京玉的報告，了解狀況後，用悶雷般的聲音嚴肅地質問站在他面前、楚楚可憐的女子說道：

「喂，妳叫……朴仁淑，妳知道犯罪的永遠逃避不了法律的制裁，所以妳就把事實眞相全盤托出，解除內心的罪惡感，同時也可減輕刑罰……」

只見朴仁淑的眼淚奪眶而出，沿著白皙的臉頰流下。她忍不住聳動嬌小的肩膀，深深地啜泣著。然而，她仍然不說話。

後來李錫雨課長說，在山水亭這樣的公共場所，人多吵雜，不好問話，便決定帶回警察署審問。至於台灣來的那兩個人和傳譯，就請他們回旅館等候消息。

朴仁淑要被帶走的時候，突然在李玲的面前跪下，痛哭流涕，手撫著微凸的肚子，說裡面是葉青森的血液骨肉，請李玲要原諒她。

這舉動引起了在座各位的驚訝，宋組長瞠目結舌，李錫雨也很意外，李玲更是又驚惶又羞怒，可是，她沒有憐憫她，很決絕地別過臉去。

2

朴仁淑在駛往仁川的公務車上，被李錫雨課長和金京玉刑事夾在後座，兩個大男人軟硬兼施，車子剛下高速公路進入仁川直轄市時，朴仁淑就崩潰了，她供出了葉青森半個月前到漢城的經過，她娓娓道來，心情像微雨初晴的天空一樣湛藍，鬱積在胸臆裡的憂悒一掃而光。她慢慢地說：

「葉先生是一個生意人，常常到韓國來，我們在兩年前認識，幾個月後我們就互相傾慕，一往情深。來往了將近一年，我才發覺他在台灣已婚，並且有子女各一，但當時我感情投入已深，無可自拔，談判結果，葉青森先生答應與台灣的元配離婚，給我明媒正娶。但是，葉青森先生直到最近並沒有實現他的諾言；反而在三個月前，我發現懷孕了，我既興奮又緊張，興奮的是，由於我懷著他的骨肉，可以提高他結婚的意願，緊張的是我哥哥不了解我與一個外國人的交往已經如此密不可分，同時還懷了孩子，而且對方竟是有婦之夫……這樣的情況，我哥哥一定會反對的。我雖然還有父親，但父親長年臥病，哥哥就是一家之主，我很怕他……」

朴仁淑敘述到此，嚥了一口口水，臉有困擾之色，而車子正在一處路口的紅綠標示前停下來。

李錫雨課長目光炯炯，一點也沒有舟車勞頓的神色，反而在薄暮的暗灰色光線中，凝視著朴仁淑暗紅絲質圍巾以上白皙的臉孔，好像要洞穿她似的。

「很有價值，請妳繼續……」課長說道。

朴仁淑眨動長長的睫毛，又幽怨地慢慢說道：

「我爲了補救……這種生米已經煮成熟飯的局面，唯一的辦法，便是趕快把葉青森介紹給我的哥哥認識，以免將來肚子大了還找不到父親，使他更加火大，所以這次葉青森先生來漢城後，我就一直要他跟我哥哥見面。葉先生一直不願跟我哥哥見面，說在他的婚姻未解決之前，他實在很『怯場』，沒有勇氣見我哥哥，可是他這次來我已經懷孕了，迫不得已，才在一週前跟他會面，地點在仁川的國日館……」

金京玉刑事突下結論說道：「所以兩個人就起了衝突，妳哥哥就生氣地把他殺了！」

朴仁淑突然坐直身子，激動地說：

「葉先生的死，我很難過，痛苦異常，但是，我哥哥並沒有殺他……不錯，他們是起了衝突，但是我哥哥說，祇是在氣憤下，到外面修理他一頓而已，想不到他竟然死了，而且，他也不承認動了刀子，他說祇是用拳頭互毆而已……」

「妳怎麼知道葉青森死在刀下？」李錫雨插嘴，機警地問道。

「從報紙上看到的。」

「那麼，葉先生的死，妳是在報紙上看到後才知曉的？」

「是呀！那個晚上他們到外面去，我哥哥叫葉青森先生上了他的車，我以爲他們要到哪兒談判，兩個男人就一去不回，我以爲葉青森先生由於我哥哥對他不客氣，故意不理我、躲我。第二天我打電話給哥哥，他也拒絕接聽電話，直到前些天報紙登了葉青森死亡的照片，我趕回家找我哥哥興師問罪，他也嚇了一跳，他也是那時候才知道葉先生已死，而我哥哥說，他們在車內一言不合，停車便打了起來，在車外，他結結實實地揍了葉先生幾拳，把他攤平在雪地上，就走了，他沒有理由要置他於死地……我雖然悲傷、不甘願，但是，我了解我哥哥，相信他的話……」

「可是，葉青森還是死了！」金京玉刑事冷冷地說。

「是呀，我們也很奇怪，這裡面一定出了什麼差錯，爲什麼他被刀子殺死呢？」

李錫雨調整了一下坐姿，分析道：

「由於是親情關係，所以妳相信妳哥哥的話，爲什麼沒有想到刀子就是妳哥哥插進去的呢？」

朴仁淑堅決地說道：

「那絕對不可能！」

「也是兄妹情分！」

「什麼親情關係，我跟葉青森先生的感情那麼深，懷了他的孩子，更是血肉關聯，葉青森先生的死，死在韓國，我有責任找出凶手，不可能讓他死在異域，死得不瞑目啊！」

李課長逐漸聲色俱厲地問道：

「好啦，既然你們兩位都沒有關係，報上登了他死亡的消息，怎麼不來認屍報案呢？」

「我本來是要報案的，可是我哥哥不肯，他說如果這樣的事情經報紙一披露，我的歌唱生涯、我的將來個人命運，都會遭到無情的摧殘，所以他命令我絕對不能報案……」

李錫雨跟金刑事不約而同地冷笑起來，課長陰沉地說道：

「原來你們就準備讓他像個無頭公案地石沉大海，因爲葉青森在漢城沒有一個朋友，他舉目無親，他的消失，容易得像空氣般地無影無蹤……」

朴仁淑聽到李錫雨說葉青森在漢城舉目無親，一股替葉青森抱屈的情懷，直往腦門衝，朴仁淑突然忍不住地嚎啕大哭起來！

「我是他的妻子呀，他怎麼會是舉目無親，我無論如何也要幫他找出凶手，才對得起他……」

這時車子突然停止，停在城南警察署的大門口，幾個人也就不再講話。金京玉先下了車，然後挽著朴仁淑步上台階，進入堅固的室內。

淒迷而暈黃的燈光，已在室內室外，像葵花般地三朵兩朵地盛開起來。這在北國的冬季，是一幕頗爲溫暖的畫面。

在搜查一課的辦公室，朴仁淑繼續坐在李錫雨課長的面前接受審問。他當然不會聽朴仁淑的一面之詞，馬上命令金京玉刑事帶個夥伴逕往朴仁淑的老家，逮捕朴大郎回來問話。

3

朴大郎被帶進搜查一課時，絲毫不畏縮，一臉驃悍的神色，充分顯露北方男兒的粗獷本色。他與坐在那兒發呆的朴仁淑打個照面時，有些震驚，而朴仁淑則聳動雙肩，像受了很大委屈地哭了起來。

「你們不能動她，有事問我好啦！」朴大郎激動地叫著。

在警察署的搜查一課，哪裡有朴大郎囂張的地方，兩個刑警緊靠過去，李錫雨一把揪緊他的衣領，幾乎要把他像老鷹抓小雞般地提高起來。

他更是凶狠地叫道：

「他媽的！你以爲你是誰，朴大統領呀！你給我乖乖地聽話，要不然，給你吃一頓排頭……」

接著屋裡的刑警們便此起彼落地臭罵著朴大郎！

朴大郎一下子便被這聲勢震懾住了，他不再講話，偷偷地看著他的妹妹朴仁淑。

朴仁淑本來要向他申訴一些委屈，但李錫雨不給她機會，他立即下令金京玉刑事，把朴大郎帶到審問室，隔離偵訊。

審問室在後院的角落一幢特別設計的獨立磚頭小屋，朴大郎未到，強烈的燈火已開著等他。

他一進審問室，白花花的牆壁使他目眩，一盞聚光燈，照在一張孤獨的椅子上，彷彿是舞台上一個獨白者的位置。朴大郎被按在那張椅子上，極其滑稽和無奈。面前桌子上祇放著一本大型灰藍色筆記本，別無他物。

兩個彪形大漢在朴大郎兩旁站立，虎視眈眈，而李錫雨課長則悠閒地坐在黑暗中，蓄勢待發。

時間大約過了五分鐘，大家就這樣僵持在那裡，沉靜得連一根針掉在地上都聽得到，空氣中的微塵也在光圈的邊緣輕輕飛繞。

然而，警方人員仍然按兵不動。

可是，朴大郎卻終於忍耐不住了，他的額頭在強光下冒著汗珠，青筋暴起，他爆發般地叫道：

「你們憑什麼抓我來這裡，你們違反民主，濫權，我要告發你們……」

聲音很大，身邊的人本來要制住他，但好像受到指示停止了。

「你們，混帳東西！找我有什麼事，有屁快放吧……」

黑暗中的李錫雨課長動了一下身體，香菸的菸燼當他每吸一口，便額外地明亮起來，彷彿是一隻野地上的螢火蟲。

李錫雨終於溫吞地說道：

「朴大郎，你不要凶悍了，我們爲什麼抓你來這裡，你心裡有數，何況你妹妹已經招得差不多了……所以，男子漢大丈夫，你還是從實招來吧！省得我們麻煩，而你也免受皮肉之痛！」

「招什麼？我又沒犯什麼罪，你叫我招什麼？」朴大郎生氣地道。

「你殺人呀，那個台灣人葉青森，我們已經把你與他的關係調查得清清楚楚，朴仁淑也說啦，你跟葉青森於一週前某晚在國日館因談判而起爭執，約到外面，你用車子不知載他到哪裡，後來葉青森就消失了。你也拒絕聽朴仁淑的電話，等到葉青森的屍體被尋獲，報紙登了出來，朴仁淑找到你，你才說你祇跟他打一架而已……對不對？」

「對呀，事實就是這樣！」

冷冷的笑聲從黑暗中的一個影子傳來，李錫雨課長又說道：

「可是，爲什麼葉青森被人殺了，他的心臟插入致命的一刀，深達七公分……」

「這個……我在報紙上也看過報導，但是我怎麼知道！」

「你不承認用刀子殺了他？」

「我沒有做，當然不承認！」

這時包括金京玉刑事在內，三個人一擁而上，幾乎所有的拳頭都落在朴大郎的身上，朴大郎抗拒著，但他雙手很快就被反剪在後面，最後金京玉重重的一拳，把他連椅子一起打倒在水泥地上。

朴大郎仆倒在地上呻吟、掙扎。

「把他架起來，他媽的裝死！」

平常眉清目秀的金京玉，看不出發作起來也那麼凶狠，他吼著命令那兩個彪形大漢，臉孔漲得紅通通的。

朴大郎被弄回椅子上，已經面目全非，鼻青臉腫，嘴角還淌著血絲。

李錫雨課長雖然經過一場混亂，但他依然文風不動地說道：

「朴大郎，我想你應該識相點，進來這裡唯一的好處便是好好合作，你何苦來哉呢？」

「……」

朴大郎吞了一口血水，難過得說不出一句話。

「你就這樣吧，從實招來，就從你把葉青森帶離開國日館後開始述說吧，給我們聽聽看，你到底是否眞的是無辜的……」

朴大郎的硬朗和信心，全都給剛才的一頓狠打給擊垮了，他翻動著艱澀的眼皮，嚥著口水，慢慢地說道：

「我就是那天晚上才知道我妹妹交上了一個外國人，對方在台灣已結婚，而且我妹妹亦已經懷孕，我怎麼能夠忍住這口氣！朴仁淑是梨花大學畢業，在歌唱界也小有名氣，好端端的一個淑女，怎麼可以給一個已婚的外國人糟蹋……所以在國日館我跟他吵起來，我怕我克制不住，而妹妹在旁邊也礙手礙腳，便約他出去，上了我的車子，我直把車子開到帝城飯店附近一處無人的地方熄火，那時候天上飄著雪花，我就在車廂裡跟他談判，我儘量壓抑不能平靜的心情問他：

「『那麼，你現在準備怎麼辦，怎麼打算，對我妹妹怎麼交代？』

「這傢伙就坐在我的右側，他好像有些不在乎，很輕鬆地說道：

「『我承認我是很愛朴仁淑的……但是，我也愛我台灣的妻子兒女，我……』

『你怎麼樣？』

『我想我很爲難，我雙方面都割捨不得……』

「你說天下怎麼會有這麼可惡的人，簡直欺人太甚了，他要魚與熊掌兼得！

「他媽的！我怎麼能忍得住這口氣，便一拳揮過去，他因爲沒有防備，臉頰被我重重地擊了一拳，我再出拳時他打開車門跑掉，我當然也跑出去，他在雪地上滑了一跤，我追到他時，遠遠的一部摩托車聲音和車燈照射過來，使我看到他在地上求饒，但我已不理會他，蹲個架式，邊打他邊罵著：

『打死你這個王八蛋，我要你永遠離開我妹妹，再不准你來纏她……』

「直到他躺在地上不動，我才停止動手，當時天上飄著細雪，我想他是在裝死，便朝他吐了一口口水，抹著嘴上的血跡，回頭開車走了……

「我的想法是，葉某他躺在地上即便不是裝死，也祇是受點輕傷而已，我嘴巴雖然講著，但從來沒有想到要他的命，我祇是要教訓一下，爲他占我妹妹的便宜洩憤而已。所以，並不把這個當一回事，直到報紙登出，我妹妹來找我，我才嚇了一跳，報紙上說他心臟被狠狠地刺了一刀，是他的致命傷。可是，我從來沒有動刀子啊！」

朴大郎一口氣說完了這些，顯得有些氣喘，他期待著各位的反應和認同，可是，隱藏在黑暗中的李錫雨課長，爆出了一聲巨吼：

「胡說八道！你以爲我們是三歲小孩，好欺騙呀！你沒有動刀子，他心臟卻插了一把刀，他自殺的？或是鬼殺他的？」

朴大郎滿腹委屈地叫道：

「我是實話實說呀……」

「每個人一進來這兒，起初都強硬得很，滿嘴的狗屎也都說成滿嘴的黃金，我們看多啦，朴某，識時務者爲俊傑，我看你還是招了吧！」

「我……我說的都是事實啊！」

黑暗中突然躍起一個人影，踢翻了椅子，李錫雨課長衝到朴大郎面前，面露凶光，緊握拳頭威脅著他說道：「他媽的王八孫子！不說！金京玉，我把他交給你們，好好伺候他！」

李錫雨課長說完朝金京玉使個眼色，拍著手悻悻然地離開這間陰濕的水泥房。

4

費了九牛二虎的工夫，朴大郎仍沒承認他殺死了葉青森，李錫雨課長不死心，祇好找個理由下條子拘留他。

次晨九時，住在東急飯店的鄭經醒來，已經看不到宋組長，他從房間撥個電話到李玲房間問，人也未到那裡。宋組長在漢城人地生疏，語言又不通，一大早跑到哪兒去了？

他起床梳洗完畢後，再撥一通電話到仁川城南警署，詢問抓到的朴大郎，不知供出了殺死葉青森的事沒有。

對方是一個陌生的聲音，既不是李錫雨課長，也不是金京玉刑事，問明鄭經是什麼人、什麼關係後，那人便口氣興奮地說道：

「經過我們連夜的質詢，朴大郎已經招供了，他不但承認葉某是他殺死的，同時還牽出一個案外案，就是一週前仁川松苑的縱火案亦是他幹的！」

鄭經很難抑止心中波動的情緒，但他很困惑，朴大郎為什麼又扯上縱火案的，便問道：

「松苑縱火案為什麼會跟朴大郎有關呢？有什麼動機和證據嗎？」

對方沉吟了起來，隔了一會兒才說：

「這個……我們是根據目擊者看到現場當時有個騎摩托車、戴遮耳雪帽的男人所作判斷而追究出來的……」

「那他……」

對方打斷鄭經的追問，不耐煩地說道：

「鄭先生，反正朴大郎已認罪，中午時分我們課長會去跟你們接觸，其他的刑事問題，就由我方處理了。」

「李錫雨課長呢？我找他說話……」

「他不在！」

「金先生，金京玉刑事呢？」

「他也不在！」

「兩位都到哪兒去啦？」

對方頓了一下才說：

「兩人輪番偵訊朴大郎，直到天亮他招了，才回家休息……好了，鄭先生，就是這樣，李錫雨課長交代，我們中午時分會跟你們聯絡！」

喀嗒一聲，對方隨即掛上電話。

鄭經幾乎要雀躍地跳起來，終於找到凶手破案了，他用跑步的速度衝出房間，要去告訴李玲這個好消息。

破案，對李玲來說，當然是應該高興的事，可是以她的立場來說，她是從遙遠的亞熱帶台灣來到冰天雪地的北國尋夫，葉青森是找到了，然而卻只是一具僵硬的屍體罷了，因而她的心情很複雜，摻雜著一種既愉悅又悲愁的感覺。

然而不管如何，這總是一個好消息，這個好消息全由鄭經和李玲獨享，因爲宋組長這傢伙一直不見蹤影，鄭經在猜測，如果到外面溜躂溜躂，總也該回來了吧！

到中午十二時餘，李玲和鄭經還是不敢外出，他們一直在等候仁川城南警署的通知，或許李錫雨課長馬上要來辦一些手續，所以便用電話叫餐飲部送來兩客西餐，在李玲的房間簡單地吃起來。

他們用餐的時候，有人來敲門，並且聽到宋組長叫鄭經名字的聲音。

鄭經放下刀叉，嘴裡嘀咕著去開門。

門開的時候，宋組長笑嘻嘻地站在門口，後面還有好幾個人，鄭經同時也看到李錫雨課長和金京玉刑事。他忍不住地叫嚷著：

「哎呀！早上十點左右我就打聽到朴大郎已承認他殺了葉青森，一直要告訴你這個好消息，就是找不到你，你跑到哪裡去啦？」

「破案！我已經知道啦。」宋組長口氣曖昧地說道。

鄭經看著宋組長身後的李錫雨和金京玉，恍然大悟地說道：

「哦！原來你們已經碰上啦，怎麼，在電梯上遇到的？」

這時候李錫雨和金京玉連同宋組長，一擁而進李玲的小房間，外面還有兩個人立即把門關上。

鄭經覺得氣氛有些不對，正要開口問話時，發現宋組長走到梳粧檯前，在李玲的旁邊站著。

李錫雨課長開始說話：

「我們確實抓到了凶手，這要特別感謝我的同行——台灣來的宋組長，沒有他縝密的思慮和提供線索，要偵破這個計畫周密的謀殺案，恐怕要多費我們許多工夫。現在，我正式宣布葉青森命案偵破，凶手亦已就逮，可是有個意外，凶手——並不是朴大郎，而是——」

鄭經有些吃驚，李玲亦豎起耳朵注意傾聽，可是李錫雨課長賣了個關子，他注意著兩人的反應。

「不是朴大郎？那麼是誰呀？」鄭經沉不住氣緊張地問道。

「是你，鄭先生！」

這一句話簡直石破天驚，把鄭經震得臉色都變白了，而李玲也張皇得不知所措。

鄭經結結巴巴地抗議道：

「我……開玩笑，這個玩笑不能亂開的……」

李錫雨得意洋洋地道：

「誰開玩笑，你知道嗎？宋組長一大早就趕到我們警署來，說他對你有懷疑，因爲在台灣他們承辦的命案裡，就是這位小姐，在三更半夜老是有國外的長途電話，經過查證，是來自漢城，而李玲一直說不知道她先生來漢城，你們的宋組長就起疑，不是先生的電話，會是誰的呢？而且那麼神祕，他就花工夫去國際電信局查詢，結果對方指出來並不是自用電話，而是在漢城市郊，成均館大學附近一個電信局撥出的，我們早上不但找到那個電信局，取出你打電話填表簽名的筆跡，也找到你住的地方，我們搜查過，你的本田牌摩托車、雪帽及沾有血跡的衣褲，最重要的是那把凶刀，也一併找到了！現在我們已取回化驗中，你，鄭先生，你是插翅也難飛啦！」

鄭經瞠目以對，但他仍急急地申辯說：

「哈，你不能這樣含血噴人，要拿出證據來才行，何況，我爲什麼要殺葉青森呢？」

這時，一直站在李玲旁邊默默不說一句的宋組長，逼向前來，他從口袋裡掏出一張字條，鄭重地說：

「鄭先生，要證據可有很多，除了現在已送去化驗中的凶器及衣物，你看這個字條怎麼樣？」

鄭經伸手要去拿，可是宋組長不給他，要他靠過來看。鄭經看了字條一下，好笑地說：

「這有什麼用？只不過我昨天放在床頭上的留言條罷了……」

「對我來說，太有用了，你這個簽名式，跟你在電信局打國際電話給李玲的申請表一模一樣，可不能作假呀！」

鄭經反問道：

「那又代表什麼？」

宋組長又擺出一副悠閒的姿態，輕鬆地說道：

「代表你跟李玲早已有曖昧關係，而不是如你說，或李玲所說，你們已好久不見，只是一個普通同學而已……」

「好個一廂情願！」

宋組長胸有成竹地說道：

「一廂情願嗎？不見得吧，就讓我告訴你，你在葉丹青死後，頻頻在深夜打電話給李玲，意圖是什麼十分明顯，那時候不是剛好葉青森在韓國遇害的時刻嗎？你不是告訴她目的已達到是什麼？至於你為什麼要置葉青森於死地，這是個很狠毒的陰謀，這件事會這麼快就露出破綻，也真是命中注定，我本來是想陪李玲到漢城來的，但是你知道公務員哪裡有那麼容易出國的。當我跟李玲說出我的困難以後，她就馬上找到她的老同學——你。我當時就覺得很奇怪，於是悶聲不響地前往貴校，索取到你們那一班的同學錄，根據那份資料打電話問了幾位你的同學，他們都說，你們的關係非同尋常，在合租的宿舍裡，你和她幾乎已經同居了，那是公開的祕密……」

宋組長說得興奮異常，在座的李玲臉孔一陣青一陣白，李錫雨課長和金京玉刑事雖然聽不懂中國話，但兩人粗略知道宋組長的意思，職業性地在旁觀察兩人的臉部表情。

鄭經猶作困獸之鬥，他萬萬沒有想到，由於他租住的地方沒有電話，在電信局打電話的申請表，會捅出這麼大的紕漏來。他正在思慮中，宋組長又開口了：

「是不是——你們兩位是不是在學校就是被公認為郎才女貌的一對呀？」

鄭經看了李玲一眼，倔強地說：

「是又怎麼樣？那是她婚前的事呀，誰也管不著。」

「沒有錯，現在出了命案，就牽連在一起啦！我甚至打聽到，你們兩個會分手，是因為你醋勁太大，加上年輕人衝動，就鬧翻了，後來，葉青森乘隙而入，聽說李玲一畢業就結婚，也是要報復你的剛愎和自私，而且在結婚典禮的時候，你還跑去胡鬧過……對不對？」

一直沒有講話的李玲，她哆嗦著嘴唇，再也忍不住地開口說道，聲音急促而顫抖：

「對，我們在同學時代很好沒有錯，但那是婚前，婚後我們就疏遠了，這次我到漢城來找我先生，是由於你說不能陪我來，才臨時想到，他正在韓國留學，他可以解決我人地生疏的不便，如此而已，你現在怎麼會扯出這麼複雜的因果來……」

宋組長很篤定地說道：

「李玲，妳最大的失算，是沒有想到我在說不能來後突然又跟妳到漢城來，我如果沒有找到這些證據，特別申請來韓國，妳在漢城，不是如魚得水嗎？奸夫淫婦重逢，哇！那豈不是乾柴烈火，妳正名是來尋夫，骨子裡卻是來會情夫呢！」

「我的先生剛剛過世，你胡說八道什麼？」李玲生氣地反駁道。

「先生不只剛過世，而且是妳這個妻子通姦害夫呢！俗語說『最毒婦人心』一點也不錯，妳還在裝什麼蒜！」

「你，你……」李玲氣極敗壞得幾乎要昏過去。

「不要你你你什麼啦，本來妳的案子我是想回台灣才透露案情的，以免節外生枝，不過妳一介女流，不怕妳長大硬了翅膀，我就替妳把一切說清楚吧！

「在台灣妳公公的命案，眞正撲朔迷離，弄得我們滿頭霧水，起初我們在計程車司機黃種的車子上找到凶器，再加上他眞的穿針引線，介紹給他一個老人茶室的風塵女子，動機甚是可疑，滿以為就是他幹的，後來陰錯陽差，那個晚上妳公公失手殺死了茶孃，變成了一個案中案，是殺妳公公的凶手沒有計算在內的，這種巧合，幸與不幸只在一線之隔，卻迷失了我們的偵查方向，後來日本人阿部也被誘導進入這個殺人的陷阱內，凌晨時分，妳約阿部到妳家，恐怕不只情慾而已，阿部是想跟妳搞個高潮，而妳卻設計陷他於謀殺的漩渦中，使他脫離不了關係。結果由於妳與阿部的情婦不和，阿部又絕對為妳的美色所迷，所以妳篤定隨時隨地，能對阿部一呼即來。我們以為阿部凌晨零時到二時不能交代行蹤，後來查出是到妳府上，跟妳公公的死亡時間差不多，加以凶器鋤頭木柄的頂端有他半枚模糊的指紋，又認定凶手是阿部無疑，唉呀！結果我們差點上了大當……」

宋組長如數家珍地敘說了一大段，覺得口渴，便自己從熱水瓶裡倒了一杯溫水，喝了下去，然而看看各位，他向兩位韓國人比了個手勢，表示要繼續說下去。

鄭經很憂愁地在等待他的演說。

李玲顯得很張皇，她一雙修長的手指，不斷地絞著。她本來想說些什麼，卻在鄭經的暗示下欲言又止。

宋組長停了一會兒，又顯得很高明地繼續說下去：

「天網恢恢，讓我感到懷疑的當然還有許多因素，然而最重要的莫不是我們查到在葉老頭死後的數日，有幾通都在凌晨來自漢城的電話，而李玲均不表明，結果我跟來漢城，情況完全在我們的判斷之中，原來就是戀姦成熟，通姦害夫，這就更加強證實了我們在台灣的推測，通姦還不夠，還謀財呢！想一想，如果在異國解決了葉青森，家裡還有一個葉老頭呢？葉老頭一死，所有的財產由誰而得呢？李玲，妳說說看……」

李玲蒼白的臉色使她看來像死後復甦，完全失去往日那種彈指可破的白皙和紅潤，她幾乎歇斯底里地叫道：

「你……是說，我害死了我公公，謀財害命……」

宋組長呵呵地笑將起來，聲音有點奸詐，他調侃地道：

「我可沒有這麼說，是妳自己說的；可是，事實上已經差不多了。」

鄭經忍不住插嘴道：

「宋組長你在信口雌黃些什麼？」

「我眞希望我信口雌黃，因爲從我幹刑事警察以來，辦的案子不計其數，還沒有碰到過這樣狠毒的女人——又殺夫又害公公的通姦謀財案！我眞手軟……」

李玲歇斯底里低低地哭了起來，她用手絹抹著淚痕說道：

「宋……組長，你是說我殺了我公公嗎，是不是？你要明確地……說出來……」

宋組長斜眼而視，不愠不火地道：

「情況是這樣的，我們之所以不敢肯定地說阿部一郎或黃種就是凶手，是因爲我在妳的房間一塊有污痕，但清洗過的地毯上找到妳公公的血跡，證明是第一現場，而且，窗戶的玻璃敲破一角，也證明有過打鬥的痕跡。

「這個證據使我聯想到，黃種是沒有機會在凌晨時刻，進入妳的房間行凶的。阿部是有點可能，但必定也要有妳的參與才行，可是阿部在凌晨辦完了事以後就離開妳那兒啦，那時候，妳的公公尚未歸來，他正在茶孃處大動干戈呢！因此他的死亡，是在凌晨兩點三十分左右，大概就是在他回到家的時候，那時候，家裡只剩下妳一個大人啦……」

「好，好，即使剩下我一個人，即使我公公是在兩點半左右死亡，怎麼能夠證明就是我殺死他的呢？我，我……」李玲癡呆而急促地說不下去。

「十六號晚上，也就是十七號凌晨，在漢城這裡的時間三點半的時候，鄭經到電信局打了一通電話給妳，那時台灣的時間，是凌晨二時半，鄭經在電話中跟妳說些什麼我們不知道，但可猜測一二，譬如說，他在此地已把葉青森ＯＫ，或是濃情蜜意的情話等，葉老頭剛好這個時候回來，客廳裡有電話分機，他聽到了你們所說的一切，妳想，葉老頭會作何反應？他會跑到妳的房間，大興問罪，而妳呢，祕密已洩漏，已等不及由第三者處理，像預謀中的黃種或阿部等人，一不做，二不休，就順手拿起早已準備好的鋤頭，冷不防地朝葉丹青迎頭猛擊……」

宋組長話未講完，李玲只覺頭殼中飛出一群蜜蜂，嗡嗡作響，接著，眼前一黑，她的身體軟軟地滑落地上。

李玲暈倒，故事並沒有完，等大家七手八腳把李玲弄醒，宋組長才開始作結論。

「現在剩下凶器的幾個問題。第一，鋤頭木柄頂端的半枚阿部指紋，是阿部從日本攜回送給葉家時所留下來的。經過了許多時間，所以模糊，爲什麼反而沒有李玲的指紋，因爲李玲有備而來，她把她抓的地方抹掉，卻沒注意到木柄的頂端。第二，鋤頭會跑到黃種的計程車上，完全是李玲的詭計，嫁禍於黃種的預謀，只有她了解黃種的動向，那個晚上黃種由於心慌，停在葉家門前的計程車，連車燈都沒有關，遑論鎖車門，即使鎖了車門，如果李玲有心，她去配一把也是輕而易舉。第三，阿部和李玲的姦情，當然是阿部去挑逗她，但是李玲將計就計，一直把漢城的這個情夫鄭經隱藏起來，心機頗深，顯然一切出自預謀。第四，葉丹青既然喪命於李玲臥室，爲何又跑到他自己的臥室，這當然是李玲爲要故布疑陣，所設下的竊盜殺人，或嫁禍於黃種及阿部一郎的陷阱。

「財殺和情殺，一直是人性最脆弱和狠毒的一環，不用什麼理由，當人失去理性後，其狠毒之切，用在李玲身上，正好印證一句俗話說『最毒婦人心』。」

宋組長的一席話，使李玲整個崩潰了，鄭經蒼白的臉一直沁著冷汗，他無力插進宋組長滔滔不絕的敘述中，他既絕望又困惑。

「鄭先生，」沉默多時的李錫雨課長以一副勝利的姿態開腔道：「你早上打電話來城南警署時，宋組長已經在我們這兒，我們正要出發到你的學校找你的資料，故意說已經抓到凶手了，佯稱凶手便是朴大郎，讓你放下心，隨後我們動員到你學校，馬上找到你租居的地方，一搜查，包括摩托車、刺刀、有血跡污痕的衣褲及雪帽等，除了國際電話，最直接的證物均已獲得，你是聰明反被聰明誤呀！你自以爲在漢城是個隱遁者，加上天上掉下一個大好機會——朴大郎毆打葉青森，打得暈死過去，你隨後捅上一刀，神不知鬼不覺，完全把你的罪行推給朴大郎去承擔，妙計可是妙計，可是你也未免太大膽了，你行凶時所用的凶刀及所穿的衣物，竟然一樣也沒有丟棄。現在變成要你命的證據，鄭先生，天網恢恢、疏而不漏這個道理，放諸四海而皆準，是不分國籍地理的啊！還有仁川松苑的縱火事件，也是你的傑作，只可惜失敗，原來，葉青森此行賴你倆必殺的計畫，也不容懷疑了。此案據更深入調查，賠償問題才是大條呢。」

鄭經仍然不說一句話，他沉頹喪氣，已經向可預見的將來黑暗的命運投降了。

5

這個殺人事件，經駐韓使館人員與韓方幾番研商，由於鄭經是在仁川殺人，所以要留在韓國接受審判，而李玲呢，她當然與宋組長一同搭機返國接受法律的制裁。

三日後，依然是韓航的班機上，所不同的是這次飛機是朝南飛，離開三十八度線冰凍的北國，回到溫暖和煦的南方島嶼，然而在機上的宋組長和李玲雖然隔鄰而坐，宋組長依然可以聞到從李玲頭上散發出來的髮香，可是已看不到她那深澈明亮的眸子，紅潤白皙的臉色，亦已變成灰白。李玲空洞的眼神一直對著機窗外發呆，一個原來像個維納斯的美女，一個讓男人神魂顛倒的慾神，已經全然死去。

人生的際遇變幻莫測，宋組長看著坐在身邊的李玲，也不勝唏噓。

飛機不久便在桃園國際機場降落，宋組長陪著神智渙散的李玲才走完空橋進入機場大廈時，宋組長的上司——分局長及部屬老高和小陳已經擁在門口，歡呼地朝立功回來的宋組長迎去。

分局長紅光滿臉，洋溢著笑意，熱烈地握著宋組長的手說道：

「這一趟眞是辛苦你了，你可是立了大功回來，恭喜你，你連破了兩個大案，本局恐怕要留不住你啦！」

宋組長覺得這是分局長半年來難得的喜顏悅色，這種禮遇當然使他很受用，抑不住興奮地回道：

「謝謝局長，不過，紅杏命案那邊也已破案了嗎？」

分局長喜孜孜地說道：

「當然破啦，那個黃種已經招認，他以前是一派胡言，紅杏之死，是他與葉丹青聯手殺死的，所以他說幫葉丹青製造紊亂，以竊盜作掩飾也是謊言。另外，葉丹青本案，我們又在李玲和葉某的臥室找到了他們兩個人的指紋，尤其門後那一排工具，包括起子、扳手、鋸子等等，都有李玲的指紋，可見她選擇凶器還費了一番工夫。」

宋組長邊聽邊點頭，他的神思已飄到記大功、調升的馳騁裡。

「小宋，李玲在漢城一切都供出了嗎？」這回分局長靠近他的耳邊問道。

「何止招供呢，她已經崩潰了。至於謀殺葉青森的鄭經，因他在仁川犯案，恐怕要在那兒坐牢一輩子啦！報告局長，這個案子也是由於我到漢城去提供線索才破案的，聽說那邊的警署，要寄一份感謝狀給我呢！這份殊榮，你領導有方，也有份呀！」

分局長一聽，再一次緊緊地握住宋組長的手說道：

「那太好啦，小宋，你眞是有種，揚名立萬到國際上去啦！」

「謝謝，謝謝，局長領導有方……」

於是，宋組長志得意滿地跟大夥兒握手，李玲馬上由小陳接過去，他用手挽住她的手臂，接觸到她的手掌，她的皮膚陰涼，彷彿是一尾從深海裡撈起來的白帶魚，打從心裡透出來一陣冰冷。

而李玲呢，李玲只覺眼前一片白花花的模糊景象，彷彿是某次與她先生葉青森和她的兩個小孩小傑和小婷，到八里地方，從山坡丘陵望過去的一片芒草花，在黃昏裡輕曳，洋溢著一片溫馨的景象。

她突然從嘴巴裡輕輕地哼起一支模糊但愉快的童謠，哼著哼著，一顆晨露大小的淚珠，奪眶而出，碎在藏青色的風衣上。

〔附錄一〕

開拓者不寂寞

——為林佛兒的《美人捲珠簾》講幾句話

倪匡

國人寫推理小說的不多，有，也大都是短篇，好像只有林佛兒一個人在寫長篇推理小說，已出版的有《島嶼謀殺案》，新著是《美人捲珠簾》。一個人在做的事，稱之爲開拓者，應該沒有問題。一般的說法是，開拓者默默經營，多十分寂寞，但林佛兒在推理小說的創作上，顯然絕不寂寞，《美人捲珠簾》在《推理》雜誌上連載一開始，就引起了廣泛的注意，好評潮湧，回響廣泛，可知推理小說這種文學創作形式，深受廣大讀者喜愛。

和其他類型的小說一樣，推理小說——這名詞錯用了日文漢字，應該稱偵探小說，但從俗——也有它自己的獨特形式。林佛兒的創作，不但極圓熟地掌握了推理小說的獨特創作技巧，而且還擴大視野，所以他的小說，溢出了推理小說的範圍，更加廣闊，不但寫案件（推理小說必有條件之一），也寫案件之外的人和事，用長篇文藝作品的寫法，把許許多多的人和事交織起來，表達作者想要表達的意念。這種創作方式，有稱之爲「社會小說」者，好像名稱還值得商榷，但絕不止單純是推理小說，毫無疑問，而且，林佛兒在這方面，成就巨大，有目共睹。

《美人捲珠簾》故事波瀾壯闊，情節一波三折，推理過程細膩動人，在在都證明是一部上佳的小說，難怪他雖然是一個開拓者，可是絕不寂寞。

一日，酒後，林佛兒忽然說：書快出版了，寫幾句話？一口答應，話雖然不長，字字由衷，別看林佛兒樣子有點木訥，他的小說，卻靈活之極，變化無窮，是眞正的好小說！

原一九八七年五月初版《美人捲珠簾》序

〔附錄二〕

細草謀殺案
——序林佛兒的《美人捲珠簾》

周浩正

救護車尖厲的鳴叫，劃破長夜星空。

在一間寓所停下，迅速地用擔架抬出了一名男子。

隨即，一陣紛擾之後，大地復歸平靜。

林佛兒坐在辦公室的轉椅上，左手的中指關節，不停地輕擊桌面，兩眼望著虛空，若有所思。半晌，開始翻閱桌上一疊原稿。封面上赫然用粗獷的字寫著：「美人捲珠簾」。

他很著急。

稿件交給周浩正君已快滿月了，電話催促了四、五次，每一次的承諾，最後都被爽約。他承認，他從來都未曾喜歡過這個人。

認識周君，快有七年了。但眞正和他略有交往，是在他主掌《台灣時報》副刊的時候。

那時候，這傢伙還有點兒可取之處，不到四十歲，渾身充滿勁頭，一副不知天高地厚的樣子。在那一個階段，在他主編的副刊上，他總是想做各種嘗試。

「找到我林佛兒，不就是『推理小說』結的緣嗎？」林佛兒不禁微笑起來。「那時候，周浩正一直想試著推動『大眾小說』，我告訴他何不從推理小說做起？」

林佛兒的思索活動起來：的確，要不是他這傢伙那麼快「跑」了，原先計畫中的「林佛兒推理小說獎」早在六年前就成立了。

眞恨！

林佛兒握拳的手，重重地敲擊桌面。

必須懲罰他！

從年前就安排好「美人捲珠簾」長篇小說在《推理雜誌》連載，預計一九八六年年底，最遲也將於一九八七年六月單行本上市，然後，要求這傢伙寫一篇「序」。

早知道他離開當初的工作崗位之後，就未曾眞正安寧過，像一根兩頭點著的蠟燭，生命消耗得極快。

有一則寓言說過，一頭馱運重負的駱駝，在牠背上不斷加上負荷。到最後，只要一根小小的細草，就會壓彎了牠的脊骨。

哈哈，林佛兒得意地笑出聲來，這篇序，很可能就是他那一根致命的細草。

「台灣推理小說第一人——林佛兒」——這是周浩正在主編《美洲中國時報》副刊時，所贈予的封號。而今也成爲林佛兒生命中的重荷和掙脫不掉的夢魘。

我必須報復。林佛兒在心裡吶喊著。

謀殺他！用一根細草。

桌上的電話驀然響了起來。

林佛兒拿起電話，話筒另一端似在報告某事。

笑意在林佛兒嘴角漾起。

此時，救護車的尖厲鳴聲，正好從他七樓前的街道疾駛而去。

原一九八七年五月初版《美人捲珠簾》序

〔附錄三〕

評《美人捲珠簾》

葉石濤

台灣以前也有人寫過推理小說——不過，在那個時代裡並不叫做推理小說，而叫做探偵小說。民國三十四年十一月，光復不久的台灣，筆名爲林熊生的作家用日文出版探偵小說叫做《龍山寺的曹老人》。其實林熊生是著名日本人類考古學家金關丈夫先生，雖然這篇中篇推理小說，台灣地方色彩很濃厚，可是它的懸疑性和推理性倒淡薄，離眞正的推理小說還很遠。

台灣出現具備現代推理小說諸條件的長篇小說，當是八〇年代初期林佛兒所寫的《島嶼謀殺案》。在這長篇出版以前，林佛兒已寫了三、四篇習作，已經相當熟悉推理小說的各種技巧了。不過，林佛兒開始寫推理這個訊息給台灣作家帶來相當的震驚，這理由倒很明顯；台灣文學一向是以純文學爲號召，台灣文學的歷史上缺少大眾文學的傳統。此外，林佛兒一向是以詩人、散文家著稱。他的詩頗有抒情風格，他的雜文以辛辣的文化批評獨樹一格，而他的小說卻有濃厚流浪者的漂泊感。這樣的一個著名作家轉而寫推理小說，不是頂奇怪的一回事？

別忘了，把小說分爲純文學和大眾文學只是日本文壇的特有現象。小說其實只有好壞之別，並不涉及到純與不純的問題。像英國著名小說家格林（Granam Greene）就有許多名爲娛樂小說的作品，推理和懸疑是小說的主要因素。

由此點而言，林佛兒是台灣推理小說的開拓者，有一天世人當記得他在開拓台灣推理小說的輝煌業績。

現代的推理小說已具備了社會的、心理的、歷史的，甚至是科幻的複雜因素。但正宗的推理小說乃是像阿嘉莎・克麗絲蒂（Agatha Christie）或仁木悅子一樣以設計巧妙的詭計（trick），逐漸解謎的流程取勝。當然是以時代、社會背景爲輔，也涉及到人類深層心理的夢魘。

我以爲林佛兒的第二部推理長篇《美人捲珠簾》都具備了無可指摘的推理小說的特色。這本長篇推理的結構、情節的變換都符合八〇年代繁忙的現代社會的節奏。現代人類社會快速的生活節奏，在這本小說中是主要因素。小說的開展，又快速又乾淨俐落，幾乎沒有任何累贅。然而這本推理並不因現代生活的描寫而忽略了推理小說眞正的功能。作者所安排的解謎過程，其懸疑性之強，令人折服。舉出這兩點，足夠證明這是本優秀的推理小說。但是如果只做到這兩點也不足爲奇，究竟這只是推理小說應具備的條件罷了。這本小說不但超越了推理小說的限界，它比任何台灣小說更直接的反映了八〇年代台灣的企業社會的現狀，連帶地勾勒出韓國的政治制度、社會現況以及歷史和民族。我們常會在這本小說漫不經心的描寫中發現作者對台灣和韓國銳利的文化批評。這也許受到松本清張的社會風格頗濃厚的小說的眞諦吧。至於小說中人物個性的刻畫、深層心理的挖掘都有獨樹一幟的成就，實在不輸給任何台灣小說的精緻的表現。

最難能可貴的，可能是這本推理小說是屬於「台灣」的產物。小說的結構、情節、描寫也許受到外國作家的某種影響，但是小說具有的根本精神卻是扎根於台灣的土地、人民、風俗等獨有的傳統民族生活。在這一點上而言，這本推理小說應該有值得探討的更深廣的世界存在。

轉載自《推理雜誌》三十四期

原《美人捲珠簾》再版序

〔附錄四〕

有推理的好小說

——談林佛兒的《美人捲珠簾》

景　翔

林佛兒在國內的推理小說界，應該是很重要的人物，雖然他並不是國內第一個寫推理小說的作家，也不是第一個出推理小說的出版社負責人，但是他在這兩方面所下的努力，卻的確對推理小說在國內的發展，有不可抹殺的功勞。而眞正帶動國內重視推理小說的風氣，則更是必須歸功於他。

從喜好推理小說，到創作推理小說，林佛兒的進展相當可觀，他所寫的推理小說，先有兩個短篇〈東澳之鷹〉和〈人猿之死〉，然後是兩本長篇小說：《島嶼謀殺案》和《美人捲珠簾》。篇幅越來越長，故事情節也越來越繁複，推理小說寫作的技巧，當然也隨之越來越圓熟。

但是嚴格的說來，林佛兒的推理小說，還是「小說」優於「推理」。也就是說，林佛兒的小說技巧不弱，但在推理的部分，卻還可以再加強些。

雖然有人說，現在的推理小說，除了所謂的「本格推理小說」之外，推理小說還有更多的類型，但是對絕大多數喜歡推理小說的讀者來說，讀推理小說最大的樂趣，還是在看小說中

「詭局」的設計是否精巧，「解謎」的過程是否合於情理之內，卻出乎意料之外。

即使案件本身並不奇巧，若是線索紛擾，千頭萬緒，人物眾多，每個疑犯都有可能是眞正的犯人，而在抽絲剝繭的推理過程中，將線索一一過濾，使受嫌疑的人一一澄清，到最後只留下唯一眞凶，這樣的處理，也可以讓讀者在閱讀的過程中，自行利用線索來求答案，得到讀推理小說的另一種樂趣。

如果以上面所列的這兩種情形來看林佛兒的推理小說，恐怕會覺得不夠過癮。當然〈東澳之鷹〉限於篇幅，布線比較簡略，〈人猿之死〉也較單一，《島嶼謀殺案》在最後以自白方式來解決全案，則是連載時格於交稿時限，沒有能作更好的設計所影響的遺憾。而《美人捲珠簾》中，發生在台灣和韓國兩地的命案，其間糾結了相當多的複雜關係，但案件本身的謎局卻在比較之下，顯得不夠曲折了。

然而，《美人捲珠簾》還是有很多足以吸引讀者，也是林佛兒在小說寫作上相當成功的地方：

其一是人物關係複雜：儘管詳細計算起來，主要的人物並不很多，在台灣的是葉青森，他的妻子李玲，他的父親葉丹青，和他合夥的日本人阿部一郎，計程車司機黃種，查案的宋組長；在韓國的是朴仁淑，她的哥哥朴大郎，李玲在韓國的同學鄭經，和韓國警方的金刑事與李課長。除去警方的人之外，其餘的幾個人物，彼此間或多或少都有幾分牽連，而諸多事件就因爲這些複雜關係而引發，或演變出更複雜多變的情節來。

其二是人物性格的安排，幾乎每個人都有表面和內裡的兩種不同面貌。世界上每一個人都不止一個面貌，但這種現實中存在的情形，每每在小說或戲劇中，因爲創作者的力有未逮而無法呈現出來，使得人物變得典型化，或是性格趨於單一，而令人覺得人物太過於平面化。在《美人捲珠簾》裡，林佛兒卻將每個人物經常顯露在外的面貌，和只在某些情況下才會流露出來的隱藏的一面，都作了適切的描述，正由於性格上的多面性，才使得每個人在言行、思想與反應上，能合理卻未必能讓讀者依據典型就能猜得到，也因而產生了更多的意外和趣味。

其三是對「性」、「慾」、「情」等的描寫，不僅止於外在的場景，而且深入到心理的影響。林佛兒的小說中，「性」始終占有相當的分量，非推理小說的長篇《北回歸線》是如此，幾篇推理小說，也莫不是如此。《美人捲珠簾》裡，固然有性愛場面的描寫，但更重要的，是「性」在全書人物的性格中，占有極重要的地位，甚至於連查案的宋組長，也隨時隨地感受到性的誘惑或欲求，充分地寫出了「性」在人生中的確具有舉足輕重的影響力。

而從事詩、散文與小說創作多年的林佛兒，即使是性愛場面的直接描述上，也很注意文字的處理，使能美而不淫，尤其可見其用心和功力。

其四是林佛兒發揮了一個作家的敏銳觀察力和良好的記憶力。在台灣的各個場景有詳細的描述，並不困難，因爲可以先行設定好場景，隨時可以實地勘查是否有所誤漏，再就實際情況予以更正或補充。但是在韓國的各地場景，也能寫得極盡翔實生動，就可見他在旅遊途中必是下了很多的工夫去蒐集資料，並且加以詳盡的記錄，才能有這樣的結果。

而林佛兒在使用這些資料和記錄時，又加入了文學和藝術的處理手法，將原本可能是很枯燥的資料，化爲極爲生動的描述，使讀者在閱讀的時候，能有身歷其境的感受，在推理思索之餘，還能隨著小說中的文字臥遊韓國，並且能在想像中因文字的形容而編織出畫面以外的氣氛，應是額外的一種享受了。

人物的對白能貼合身分，其實是每一個作者應該注意，卻未必都能做到的，《美人捲珠簾》在這方面，卻有不錯的成績。至於每章正文前都有四行詩句，就更可以看出林佛兒的詩名不是浪得的了。

轉載自《推理雜誌》三十四期

原《美人捲珠簾》再版序

〔附錄五〕

向《美人捲珠簾》的作者致敬

黃鈞浩

一、台灣人的推理

我是個推理小說迷，喜歡收集各種推理書籍。我對本國人的作品一向最沒信心，它們不是東抄西抄、無恥盜作，就是無聊作態、漏洞百出。看來，畢竟是文化不同，沒有適合寫推理小說的環境與條件吧！

可是，近來情況竟然變了。最初令我刮目相看並列入藏書的本國作品是林佛兒的《島嶼謀殺案》、《美人捲珠簾》以及杜文靖的《情繭》等三本，其中尤以《美人捲珠簾》最令我喜愛與嘆服，因此在這裡提出來與讀者共享並交換心得。

首次看到台灣人能寫出國際水準的長篇推理小說時，眞是嚇了一大跳，尤其《美人捲珠簾》之情節安排能夠處理得勝過許多外國作品，眞使人又吃驚又興奮。這麼說，你相信嗎？

一般讀者對我國推理文學是極爲輕視的，認爲國人無法寫出像樣的推理小說的人不在少數。這與崇洋媚外無關。是台灣整個政治、文化環境所造成。以後是否會改進呢？落後了先進國家一百年左右，而且明顯地有部分在逐漸倒退的台灣文化，是令台灣人感到自卑的，我們是否能在有生之年看到它的進步呢？

別的不談，光就推理小說界來講，看過《美人捲珠簾》的讀者，相信在內心必定燃起了希望與感動之火吧！

理論上，台灣人寫的推理小說有如下的優點，也可說是比外國翻譯作品較占便宜的有利項目：

1親切感：不管台灣的語言、習慣、觀念、風土人情等，都較能使讀者產生共鳴；在文法及用詞方面，讀者也可以較輕鬆地閱讀及想像。

2幽默感：基於上述之背景而產生的幽默感或諷刺感，比外國作品較易爲台灣讀者所接受。

3影響力：基於對台灣社會、文化的使命感而創出之作品，在無意或故意中溶入的感情、意識、鄉土味等，不僅可以使讀者在娛樂中還能不忘記台灣人的苦難環境，並且可以對其他創作者產生不同層面的刺激、鼓勵與示範作用，從而使得推理小說在台灣得到扎根伸葉的能量與動力。

二、林佛兒的探案

《推理雜誌》第廿四、廿五期中刊出的島崎博之〈推理小說在台灣〉是一篇非常有價值的寶貴評介文。他將推理小說依其形式分成本格派、社會派、風俗派、傳奇派、行動派等五大類，林佛兒被歸入風俗派中。

可是，有人認爲風俗派與傳奇派之定義太籠統而主張將之再分類後歸入其他三派中。依此觀點，《美人捲珠簾》可以算屬於社會派範圍而包含了一些官能、幽默及本格成分的推理小說。

曾有人誇讚林佛兒是「台灣推理小說第一人」。在我想來，大概並非指他是第一個搞推理小說的人或寫得第一好的人，而是指「第一熱心的人」或「推行功績第一好的人」吧！同時由《美人捲珠簾》一書能令嚴苛的批評家也不得不脫帽致敬（簡直可稱爲「超人」）這件事看來，可以預見台灣的推理小說創作此後還須靠他帶頭負起推動的責任。不過林佛兒太忙了，有才華又有野心的同好者，請也一起來推動吧！

三、讀者的挑戰與期待

在此要向《美人捲珠簾》一書提出挑戰性的質疑！首先上場的是中南部代表及女權運動的代表。

跨國場景的《美人捲珠簾》對台灣的描述只侷限台北市一地而忽略了台灣其他各地是很可

惜的。大眾傳播界在有意無意間好像總喜歡把台北市當作台灣唯一的代表地，其實台北市是最沒有台灣特色及風味的地方，是當權者從事消滅台灣文化最有利及最先下手的地方。相信全台各地的讀者也很希望看到以有關中南部其他各鄉鎮爲場景的作品吧！那裡有著鄉土父老內心的吶喊，以及思念故鄉的台北寄居人的心聲呀！不過，我承認這是個無理要求。

其次，支持女權運動的讀者可能會對書中的男性中心主義不表贊同吧！

以上兩項對《美人捲珠簾》成爲好的推理小說並不妨礙，因此挑戰失敗。可是現在，代表本格派的選手上場了。

我們用三十三期《推理雜誌》介紹過的檢視本格派推理之七個標準來試驗一下，看過或想看《美人捲珠簾》的讀者如果自己加以評分的話，相信定會對那樣的好成績感到驚異，特別是其中「結局的意外」一項，有著令你嘆服不已的分數。可是對於「犯人的詭計」與「遊戲的公平」兩項的處理方式，卻有引起爭論的不同意見。

書中共出現三件謀殺案，有三名死者，但是並非同一名凶手或同一計畫中所設計。因爲能獨立完成全部詭計的企劃執行者才是最厲害的犯人，所以若犯人有共犯或部下的話，在這一項目中必須扣分。同時若數件命案中有因巧合而被利用的其他凶手所犯之案，則作者必須將該案在全部主案眞相大白以前設法讓讀者明白，然後再進行主案之剖析，而不可在主案完結後才突然說那些「副案」是別人幹的。那豈不是會喪失一部分的樂趣嗎？而且也稍微有點不公平。

「偵探的推理是否高明？」一項，由於並非本格派，沒有「主角偵探」（「宋組長」勉強可算是「糊塗型偵探」，但後來爲何突然變精明並沒交代），也沒有實際的男、女主角，故可省去不管。

無論總評分如何，讀者必須要記得社會派與本格派的標準是有差距的，但是可以說，《美人捲珠簾》在社會派或「變格派」的範圍內，絕對是一流作品。若將書中勉強算是偵探角色的「宋組長」之描述再加些修改，就可列入新本格派中了。

以如此嚴格的標準來批判並拿《美人捲珠簾》與外國作品比較的話，林白出版過的十五本松本清張選集中，除了《點與線》和《單身女子公寓》外，沒有一本比得上《美人捲珠簾》。喜愛社會派或本格派而尚未讀過本書的同好們應該趕緊買回來欣賞，絕對有珍藏的價值。

最後，與林佛兒自身作品〈人猿之死〉（我認爲不算推理小說而是諷刺小說）、〈東澳之鷹〉（漏洞與不合理處太多）以及《島嶼謀殺案》比較起來。《美人捲珠簾》可說是林佛兒到目前爲止的空前佳作，我們希望不是絕後之作，但願林佛兒繼續不斷地創下佳績，以滿足讀者的期待。

轉載自《推理雜誌》三十四期
原《美人捲珠簾》再版附錄

INK PUBLISHING 文學叢書 240

美人捲珠簾

作　　者	林佛兒
總 編 輯	初安民
責任編輯	施淑清
美術編輯	黃昶憲
校　　對	吳美滿　施淑清　林佛兒
發 行 人	張書銘
出　　版	**INK** 印刻文學生活雜誌出版有限公司 台北縣中和市中正路 800 號 13 樓之 3 電話： 02-22281626 傳真： 02-22281598 e-mail:ink.book@msa.hinet.net
網　　址	舒讀網 http://www.sudu.cc
法律顧問	漢廷法律事務所 劉大正律師
總 代 理	成陽出版股份有限公司 電話： 03-2717085（代表號） 傳真： 03-3556521
郵政劃撥	19000691 成陽出版股份有限公司
印　　刷	海王印刷事業股份有限公司
出版日期	2010 年 1 月　初版
ISBN	978-986-6377-20-4

定價　320 元

國家圖書館出版品預行編目資料

美人捲珠簾／林佛兒著；
--初版，--臺北縣中和市：INK 印刻文學，
2010.1　面；　公分（文學叢書；240）
ISBN 978-986-6377-20-4（平裝）

857.81　　98016442

NK INK INK INK INK INK IN
INK INK INK INK INK INK
NK INK INK INK INK INK IN
INK INK INK INK INK INK
NK INK INK INK INK INK IN
INK INK INK INK INK INK
NK INK INK INK INK INK IN
INK INK INK INK INK INK
NK INK INK INK INK INK IN
INK INK INK INK INK INK
NK INK INK INK INK INK IN
INK INK INK INK INK INK
NK INK INK INK INK INK IN
INK INK INK INK INK INK
NK INK INK INK INK INK IN
INK INK INK INK INK INK
NK INK INK INK INK INK IN
INK INK INK INK INK INK
NK INK INK INK INK INK IN
INK INK INK INK INK INK
NK INK INK INK INK INK IN
INK INK INK INK INK INK
NK INK INK INK INK INK IN
INK INK INK INK INK INK